의암호엔 비단인어가 산다

•안병규 장편소설•

나는 여러 나무 중에서도 특히나 소나무를 좋아한다. 간혹 산행하다가 멀리 울연한 숲 능선에서 청청히 솟은 소나무가 유독 시선을 잡아끌면 굳이 발품을 파는 수고쯤은 감수하고서라도 가까이 다가가 보고 오는 성미다.

한번은 인제 정자리로 소나무를 보러 간 적이 있었다. 산 중턱에 오르자 능선 중심으로 기품 있게 뻗은 아름드리 소나무들이 여기저기서 꿋꿋한 모습을 드러냈다. 예전 같으면 도성 왕실의 도편수가 찾아와 어명이요, 아뢰고는 톱으로 슬겅슬겅 잘라다 궁궐을 지어도 좋을 만큼 훌륭한 재목처럼 보였다. 청솔 우거진 나무 끝자락은 구름에 닿을 듯 까마득했고 모진 폭풍에도 끄떡없이 버틴 밑동 허벅지가 한 아름도 훨씬 넘었다. 곁가지가 뻗어 오른 허리춤까지 어느 한 곳 삐뚜름한 구석을 찾을 수 없게 그루마다 전봇대처럼 매끈했고 한결같이 황금비율을 유지한 우아한 자태가 볼수록 경이로운 풍모였다.

하지만 그리도 멋들어지게 자란 소나무에 가까이 다가가 등 뒤를 살펴보는 순간 입이 떡 벌어지고 말았다. 옛적 월형이라는 무서운 형벌을 받아 발뒤꿈치가 잘려나간 죄수 무리처럼 소나무 종아리마다 잘리고 파이고 찢긴 상처들이 아직 고스란히 남아있는 것이었다. 눈을 씻고 찾아봐도 몸성한 소나무는 보이지 않았다. 오래전 모진 화마를 입어 생겨난 흉측한 상처였다. 나무의 밑동이 움푹 파이고 속까지 깊게 타들어 간 당시의 상흔이 검측한 화석처럼 고스란히 남았는데 살아있다는 게 참으로 기적이다 싶었다.

간혹 어머니들이 빨래를 널기 위해 뒤란이나 마당 둑에 맞춤하게 자란 나무를 골라 빨랫줄을 동여맨다. 오랜 세월 버티기를 바라면서 어떤 어머니는 전깃줄을 구해다 묶고 어떤 어머니는 나일론 재질의 질긴 밧줄을 묶기도 한다. 어머니의 손은 맵고 야무져 동여맨 끈이 풀리거나 끊길 염려가 없다.

어머니는 무심해지고 나무는 자란다. 목줄을 거부하는 강아지처럼 그걸 벗어나려고 나무는 아등바등 애쓰며 몸부림치건만 몇 해가 지나도록 어머니는 널은 빨래에만 관심이 가 있고 나무에 매어 둔 빨랫줄은 그냥저냥 잊고 지낸다. 그동안 나무는 칭칭 감겼던 줄이 살 속에 파편처럼 박힌 채 살아간다. 나무 스스로 껍질 속에 아린 상처를 덮고 견디지만, 껍질에 남은 흉측한 상흔만큼은 스스로 지울 수가 없다.

한 사람의 인생이 태어나 죽는 날까지 크고 작은 산을 몇 능선이나 넘고 넓고 깊은 강을 몇 흐름이나 건너야 하고 아슬아슬한 안돌잇길, 위험천만한 너덜길을 몇 굽이나 돌아가야 할지 우리네 삶의 굴곡을 정확한 수치로 헤아리기는 어렵다.

좋은 말로 옷깃만 스쳐도 인연이라지만, 모든 만남 모든 인연이 아름답지만은 않다. 사람을 몇몇이나 만나고 그중에서 몇과 얼굴을 붉히고 머리로 몸으로 혀로 글로 흉기로 상처를 주고받는지, 그것이 일상인 우리는 대체로 의식하지 못한 채 살아간다.

삶은 누구나 평온한 적이 그리 많지 않기에 하루하루를 살아가다 보면 알게 모르게 내가 누군가에게 상처를 주고 혹은 누군가로부터 상처를 입게 마련이다. 나도 상처로 아프지만, 이 순간 내가 그은 상처로 인해 누군가가 아파하고 괴로워하고 있다는 사실을 우리는 까맣게 모르고 살아간다. 화마로 큰 상처를 입은 정자리 소나무처럼 평생을 시름

시름 앓는 이들이 있고 어머니의 빨랫줄에 매인 나무처럼 아는 듯 모르는 듯 그냥저냥 잊어 아린 상처가 종국에 적울로 남은 이들도 있다.

깊은 밤 당신이 잠 못 드는 이유는 어디선가 누군가의 신음이 들려오기 때문일 수도 있다.

바라건대, 살면서 입은 깊은 상처가 채 아물지 않아 누군가를 원망하다가 우울해하다가 절망하다가 끝내 지친 이들에게 이 책이 따뜻한 위로의 메시지가 되었으면 싶다.

2023년 여름 춘천에서,

안병규

66

아들아 무엇이 두려워 이렇게 오들오들 떨고 있느냐?

아버지, 저기 금관을 쓰고 망토를 두른 마왕이 보이지 않으세요?

아들아, 그건 그냥 자욱한 안개일 뿐이란다

아버지, 마왕이 내게 속삭이는 저 소리가 정말 들리지 않으세요?

얘야, 그건 단지 마른 나뭇잎이 바람에 흔들리는 소리일 뿐이란다.

(중략)

공포에 질린 아버지가 말을 몰아 집에 도착해 보니 아이는 품 안에서

이미 죽어 있었다네.

괴테 시, 슈베르트 가곡 〈마왕〉 중에서

99

1

　군대를 제대하고 1년 이상 시험 준비를 거친 끝에 나는 도시철도공사 직원채용 시험에 합격해 석삼년 간 역무원으로 일했다. 10년이 채 못 되는 기간이긴 해도 내겐 짧다면 짧고 길다면 긴 시간이었다. 업무의 상당 부분이 사람을 응대하는 일이어서 불식간에 벌어지는 일, 예컨대 늦은 밤 술이 거나하게 오른 취객이 찾아와 고성방가에 욕설을 섞어가며 역내 시설물을 훼손한다거나, 봉두난발을 한 노숙인이 역무원 눈치를 살피며 하룻밤 묵을 곳을 찾느라 역사 내부를 기웃거린다거나, 금방 숨이 넘어갈 듯 헐떡이며 달려와 분실물을 찾아달라고 애원하는 일 같은 돌발상황을 제외하면 역무실 안의 풍경은 손목시계 내부에서 회전하는 톱니바퀴 같은 것이었다.

　부역장을 포함한 직원들이 톱니바퀴가 맞물려 돌아가듯 정해진 시간대에 재깍재깍 3교대 원칙을 이어갔고 그런 기계적 일상이 변함없이 매일매일 반복되었다.

출근해서 업무 교대하고 순찰하고 시설물 점검하고, 간간이 고객호출이 있을 때 달려가 소통하고 식사하고 열차가 오갈 때마다 전호하고, 잠시 어물어물하고 그러다 근무 시간 종료 임박해 업무일지 쓰고 출근조와 교대하고 퇴근하고⋯⋯.

같은 동선과 업무가 매일 매시 반복되다 보니 어제 같은 오늘, 오늘 같은 내일, 오늘도 어제 같고 내일도 오늘 같을 눈에 보이는 일상이 나른해지고 무료해지기 일쑤였다. 때론 혈기방장한 내 청춘이 역내에서 수들수들 시들고 있다는 무력감에 빠져들곤 했다.

게다가 이 무렵 나는 오랫동안 만나왔던 한 여자와 헤어지기까지 했다. 그녀는 직원 간 내부경쟁이 치열하고 매일 마른행주 짜듯 새로운 아이디어를 요구하는 유명 광고회사 직원이었다. 늘 스트레스에 시달리는 그녀를 바라보고 있노라면 고소공포증 심한 사람이 잘 익은 몇 개의 과실을 얻으려고 천 길 벼랑 끝을 향해 아슬아슬 오르는 모습이 상상되곤 했다.

대학 동기였던 우리는 친구 사이로 어우렁더우렁 어울리다가 내가 입대하면서 헤어져 각자의 길을 걸었다. 그러다 몇 해가 지난 뒤 정말 우연한 계기로 다시 만났다. 때마침 내가 근무하는 역의 대합실에서 어느 여행사의 광고 촬영이 있었는데 광고회사 직원으로 나타난 그녀와 눈이 마주친 것이다. 세상의 모든 만남과 인연은 드라마다. 이 만남을 기점으로 우리의 드라마도 시작되었다. 외로운 처지가 같아 잠시라도 떨어지면 영혼이 빠져나간 듯 공허했고 함께 있을 때는 무쇠가 달궈지듯 뜨거워졌다.

그즈음 우리는 이름 대신 불규칙형용사와 그 뒤에 붙는 명사를 묶은 뒤 다시 절반씩 쪼개어 나눈 애칭으로 서로를 호칭했다. 광고회사에 다니는 그녀의 깜찍한 제안이었기에 나는 스스럼없이 받아들였다. 거울을 쪼개어 나누어 갖듯 그리운님 넉 자를 반으로 떼어내 앞글자 둘(그리)을 내 애칭으로, 나머지 뒷글자 둘(운님)을 그녀의 이름 대신 지칭했다.

그 시기가 짧기는 했지만 우리는 남극의 빙하와 히말라야의 만년설까지 다 녹일 듯, 하늘이 맺어준 천생의 인연인 듯, 세상살이 구애받을 필요 없이 꼭 끌어안은 채 서로의 얼굴만 바라보고 살아도 평생 끄떡없을 듯 뜨겁게 지냈다. 하지만 그 강렬한 뜨거움이 오래 이어지지는 못했다.

서로를 마주할수록 어느 즈음부터 사이사이로 시린 바람이 들고 달궈졌던 몸은 서서히 식어갔다. 침대 위에선 사랑한다고 말했다가 떨어지면 땀이 식는 시간과 함께 서로를 향한 온도와 습도도 고온다습에서 저온건조로 변해갔다.

언제부터일까, 우리는 의당 헤어져야만 하는 사이인 것처럼 서먹해졌다. 한동안 떨어져 지내다가 그리움이 스며들면 다시 만났고 또 얼마간 지내다 보면 늦가을 들풀처럼 시들어 갔다.

어떤 만남은 피자 위에 얹힌 치즈 같다. 뜨거울 땐 끊어질 줄 모르다가 식어버리면 작은 흔들림에도 뚝 끊어지고 말기 때문이다. 우리 사이 역시 식은 피자 위에 얹힌 치즈처럼 작은 걸림돌이 생기기라도 하면 뚝 끊어지고 말 그런 사이처럼 이어져 왔다.

어느 날 그녀는 누군가로부터 정체 모를 가루약을 구해와 물에 타 마셨다.

"정신 호르몬제인데 내 능력으론 살아남기가 정말 힘겨워."

멀뚱히 바라보고 있는 내게 돌아온 답이었다. 과거 올림픽을 제패했던 동독 국가대표 선수들의 약물복용 뉴스가 머릿속에 떠올랐지만 그러려니 했다. 살아남기가 정말 힘겨운 처지라면 현재 그녀가 처한 상황이 죽기 직전일만큼 위기의식을 느끼고 있단 뜻이기도 했다. 그 자리에서 벗어나기보단 자리를 지키고 도약하기 위함인데 아무것도 해줄 수 없는 내가 약에 대해 왈가왈부할 성질이 아니었다.

이후로도 신선한 아이디어가 떠오르지 않아 머리를 싸매

고 끙끙 골머리를 앓던 중 잠시 밖에 나갔다 들어오면 금세 다른 사람이 되곤 했는데 두어 번 더 그 희한한 약을 구해 와 복용한 낌새가 느껴졌다.

나는 시간이 퍽 지난 후에야 머리가 맑아진다는 신비의 백색 가루약이 필로폰임을 알았다. 운님이 마약을 복용하고 있다니, 그건 내게 악몽이었고 청천벽력이나 다름없었다.

그녀와의 사이가 점차 서먹해지고 결국엔 헤어질 사이란 인식을 공유하게 된 이유가 딱히 마약 때문이라고 단정할 수 없지만, 공기업 직원인 내가 마약쟁이 친구, 마약쟁이 남편이 되고 싶지 않았던 건 사실이었다.

화촉동방에 불을 켜고 검은 머리칼이 파뿌리처럼 하얗게 세도록 고락을 함께할 확신이 선다면야 설령 눈앞에 거대한 바위츠렁이 겹겹 앞길을 막아설지라도 결코 헤쳐나가지 못할 난관이 될 수는 없을 것이다. 애절한 목청을 울려 끝내 바위츠렁을 무너뜨리거나 흐른 눈물로 켜켜이 담을 빚어 한 발자국씩 딛고서라도 기어이 눈앞의 장벽을 넘어설 테지만, 우리의 만남은 이미 식은 치즈처럼 뚝 끊어질 사이란 사실을 의식하고 있었기에 점점 가까워지는 이별의 경계점이 두렵지도 낯설지도 않았다.

둘의 연결고리가 끊어졌다가 이어졌다가 좁혀졌다가 떨어지곤 했던 요인을 꼭 집어 설명하기는 어렵지만, 같은 극끼리 만날 때 서로 밀쳐내려는 자석의 성질과 엇비슷한 무엇이 존재했다. 구름과 진흙의 차이 같은 이른바 운니지차의 아득한 거리감이 얼굴을 마주할 때마다 훅훅 밀려왔다. 벌겋게 달궈졌던 쇳물이 식어가는 과정처럼 멀고 아득한 거리를 오가며 우리는 헤어졌다가는 다시 만나고 만났다가는 다시 헤어지기를 반복했다.

그녀는 더 넓고 화려한 세계에서 더 우아하고 아름다운 삶을 살아가게끔 설계된 인생 같았다. 그런 거리감 속에 만나고 헤어지는 일이 자주 이어지게 되다 보니 헤어질 때 애틋한 몌별의 감정도, 만날 때 가슴 들썽이게 하던 설렘도 크게 부풀었던 거품이 꺼져가듯 점점 사그라들었다.

결국에 우리는 헤어져 각자의 길을 걸었다. 우리 둘 중 누가 먼저 냉정히 상대를 뿌리쳤는지, 명주실처럼 질긴 연줄을 싹둑 잘라냈는지 이제 와 그걸 들춰내 따질 필요는 없지만, 그날 그녀가 내게 또박또박 남기고 간 말은 지금까지 귀에 생생하다.

"그리, 내 뒷모습을 10초만 바라보고 돌아가. 내가 얼마나 냉정한 여자인지 알게 되면 헤어져 돌아가는 발걸음이 그다지 무겁지 않을걸."

운님이 돌아가는 뒷모습은 냉정하기보단 봄바람 같았다.

인연의 경계를 벗어난 그녀는 따스한 봄 햇살이 맞아주는 그녀의 세상으로 나비처럼 나풀나풀 사라졌다. 그녀의 등 뒤에 내려앉던 부신 햇빛, 원하는 향기를 얼마든지 찾아갈 수 있게 피어난 화사하고 무성한 들꽃들, 암나비 수나비들이 기품있게 날아들어 꿀을 빨고 춤추고 엉기어 교미하는 그들 세계가 한가득 내 눈을 채웠다. 하지만 운님이 떠나간 뒤 나는 밖에 나가면 겨울바람의 중심에 서 있는 듯 몸이 시렸고 안에 들어서면 삼청냉돌에 누운 듯 오슬오슬 추위에 떨어야 했다. 며칠 몸살을 앓고 난 뒤에야 그녀가 정말 내 곁을 떠난 사실을 인정하게 되었고 십 초만 바라보고 돌아가라던 말의 깊이를 체감했다.

병원에서 폐암 진단을 받고도 끝까지 일손을 놓는 일이 없었던 아버지가 어느 날 나를 불러 이제 당신이 버틸 수 있는 체력이 임계점에 와 있어 더는 일할 수 없겠다는 자가 진단을 내린 것도 그즈음의 일이었다.

"그간 어렵사리 일궈 온 낚시터가 얼추 자리를 잡아가는 터에 시난고난 앓아온 내 병이 이제 하루가 다르게 깊어져 더는 일할 근력이 없구나. 사슬돈이나 몇 푼 챙기고 뉘한테 명의를 넘길 수도 있었으나 내가 곰곰 생각해 보니 평생 살아오는 동안 식솔들에게 진 빚덩이가 너무 크더구나. 애비가 늘그막에 철들어 애쓰고 공들여 일군 낚시터다. 비록 눈에 뵈키는 큰 재물은 아닐지라도 애비가 식구들에게 남기는 유산이라고 생각하거라. 내 보아하니 앞으로 수상 낚시터가 장래 밥벌이 수단은 족히 될 듯싶다. 네가 아직은 젊어 나름 키워온 꿈이 있을 테고 도시에서 무얼 이루겠단 야망도 당차기는 할 것이다. 허나 객지에서 평생 남에게 매인 채 허리 굽실거려가며 눈칫밥 먹을 생각 말고 단박에 여기루 내려와 성근지게 손발 놀려 보는 건 어떻겠냐. 장담컨대 장차 네 앞가림은 물론이고 남에게 손 벌릴 일이나 처자식 밥 굶길 일은 없을 것이다. 쇠뿔도 단김에 빼랬다고 얼른 내려와 애비 낚시터를 물려받거라."

아버지는 요즘 젊은이들이 너나없이 귀를 홀리는 바람 소리에 취해 눈먼 망아지처럼 고마문령의 길을 따라 걷다가 인생이 늙고 곤비해진 뒤에야 젊은 날로 돌아가 뜬구름 잡는 꿈을 꾸게 된다며 한창나이에 밖에서 헛심 쓰지 말고 조기 귀향해 낚시터를 가업으로 이어가라 재촉했다.

아버지의 병세는 하루가 다르게 깊어져 그 후 한 달쯤 뒤 시내 대학병원에 입원했고 닷새 뒤엔 수술과 함께 일반 병실에서 중환자실로 옮겨졌다. 하지만 수술 후 여러 합병증이 겹쳤고 나중엔 급성폐렴으로 생을 마감하셨다.

2

아버지가 아직은 의식이 또렷할 때 나는 직장을 퇴직하고 춘천에 내려와 아버지의 수상 낚시터를 직접 운영해 보겠다는 뜻을 전했다. 아버지는 고개만 주억거릴 뿐 한동안 말이 없다가 저녁 무렵이 다 되어서야 가슴에 담아두었던 세 가지 당부의 말을 나직나직 들려주었다.

"어미한테 행여 불효자로 후회할 짓은 삼가거라. 한세상 살아본즉 취하는 게 술뿐이 아니더구나. 젊은 시절 객지 떠돌다 미색에 취하고 노름에 취하고 흥에 취해 정신없이 지내다가 어느 때 번쩍 어섯눈을 떠보니 헛되이 살아온 내 인생이 지척에 보이더구나. 세상 물정에 까막눈이어서 입때껏 중하디중한 가족을 나 몰라라 팽개치고 허송세월로 나돌기만 한 것이다. 집에 돌아와 살펴보니 처자식들이 하나같이 버려진 목둣개비 신세더구나. 하늘이 내려앉고 땅이 꺼진 기분이었다. 어디 험한 감탕밭에서 구르다 왔던지 식솔들 처지가 그지없이 처량하고 가련해 보이는데 내가 인생을 헛

살았단 사실을 그때 알았다. 애비가 주색과 노름에 빠져 밖에서 해롱거리는 동안 네 어미 속이 어떠했겠냐. 적울로 맺힌 응어리가 세월이 지났다 한들 안적 녹지 않았을 터, 그걸 풀어주지 못한 채 내 중병을 얻었구나. 부탁하마. 네 어미 눈 더는 젖게 하지 말아다오. 내가 죽어 무덤에 들어가서도 고이 눈이 감길까 모르겠다."

아버지는 해탈한 고승이나 도인처럼 자신에게 다가올 죽음의 그림자가 먼 곳에 있지 않다는 사실을 예견한 듯했다.

연거푸 버거운 숨을 몰아쉬면서도 아버지의 언질은 이어졌다. 기왕지사 돌아오기로 결심을 굳혔다면 안에서건 밖에서건 매사 대인관계에 있어 인심 잃을 짓은 절대 삼가란 거였고 마지막으론 낚시터 운영과 관련된 몇 가지 조언을 들려주었다. 예컨대 깊은 물 위에 벌여 놓은 장사라 늘 위험이 도사리고 있으므로 매일 매시 정신 줄을 놓지 말라는 것과 일하는 동안 일절 술을 입에 대지 말 것, 좌대에 든 손님들에겐 술을 보여주지도 팔지도 말 것, 낚시터가 휴식기에 들어가는 겨울철엔 매나니 늦놀다가 누진뱅이 뚝건달로 나돌지 말고 보트와 좌대들을 내 몸 가꾸듯 틈틈이 손보면서 이듬해 장사를 차근차근 준비할 것, 크게 홍수가 나면 애써 장만한 수상 좌대가 거센 물살에 떠내려가 한순간 가진 재산 전부를 잃을 수 있으므로 상류 댐에서 수문을 개방할 땐 정신 바짝 차리고 제대로 단도리를 하라는 내용이었다. 이 마지막 당부가 있은 지 얼마 지나지 않아 굳이 한 말씀 더 남기셨다.

"그냥 낚시터가 아니고 수상 낚시터이니라. 물가 장사는 늘 하늘 눈치를 봐야 하는 법, 동쪽 대룡산부터 서쪽 삼악산까지 하늘 한가득 비구름이 덮이거든 십 리 밖에서도 달려와 비설거지부터 하거라."

아버지가 자식의 앞날에 불운이 닥치지 않기를 바라는 마음으로 거친 숨을 몰아쉬면서 애써 들려준 금과옥조와 같은 이 마지막 당부의 말을 상기하면 이미 여러 해가 지났음에도 악몽과도 같았던 그 날 저녁의 끔찍한 사고가 떠올라 마치 불에 덴 듯 뜨거워진 낯을 차마 들 수가 없다.

이날 아버지의 준절한 당부는 결국 내게 남긴 마지막 유훈이 되고 말았다. 며칠 뒤 시내 대학병원에 입원한 아버지는 의식을 잃고 중환자실로 옮겨졌다. 이미 암세포가 장기 전체로 전이된 상태였다.

임종을 앞둔 환자를 지켜보는 가족들 대부분이 그러하듯 우리 가족 또한 아버지의 병세가 회생 가능성이 매우 희박하단 사실을 인정하고 있었음에도 그것이 생을 마감하기 직전 가족이 행사해야 할 당연한 도리이고 절차이고 의무인 것처럼 수술동의서에 서명날인을 했다. 아버지는 무의식 상태에서 수술대에 올랐으나 결과는 최악이었다. 지푸라기라도 잡겠다는 가족들의 간절한 바람에도 불구하고 아버지는 의식을 회복하지 못했고 수술 후유증으로 면역력이 떨어진 상태에서 급성폐렴을 앓다 끝내 세상을 뜨셨다.

그날 자식에게 남긴 몇 가지 당부 중에 절대란 단어가 몇 번 반복되었던 걸 나는 잊지 않았다. 아버지가 젊었을 당시 어머니 속을 어지간히 썩였다는 구체적인 내용을 내가 모르는 바도 아니었다. 한때 춘천 서부시장 하면 주색과 노름에 빠진 남정네들이 주야장천 꼬이던 주 무대였고 아버지 또한 한 해 농사가 끝나면 동짓달 전에 서부시장으로 나가 식구들이 밥을 굶거나 말거나 세월아 네월아 머물다가 설맞이를 핑계 삼아 정월이나 되어야 돌아올 정도로 허랑방탕한 세월을 보냈다. 그런 세월을 쉰여덟까지 보내다가 어머니가 맹장염 수술 시기를 놓쳐 복막염으로 크게 앓아누운 뒤에야 스스로 바깥출입을 삼가고 호숫가를 기반 삼아 낚시터를 운영하게 되었다.

대바지강(소양강) 하류 기세 좋게 솟은 삼악산과 그 맞은편 드름산의 아찔한 바위벼랑 사이 굴곡진 협곡에 콘크리트 구조의 의암댐이 건설되면서 춘천은 어디를 가나 고인

물이 길을 막아섰다. 도심 어디서나 술술 불어오는 바람이 물 냄새를 흘렸고 어디에나 안개 숲인 눅눅한 물의 도시가 되었다. 안마당만 나서면 들판이고 모래밭이고 옥빛이던 강이 흔적 없이 사라진 뒤 도시의 안마당 같고 뜨락 같고 놀이터 같고 쉼터 같았던 그 자리엔 거대한 호수가 드러누워 출렁출렁 몸을 뒤척였다.

늘 보아왔던 강이 사라지고 들이 사라지고 마을이 사라진 모습을 지켜본 사람들은 불쑥 눈앞에 등장해 있는 호수가 처음엔 낯설고 불편하고 거추장스럽고 두렵기까지 했다. 하지만 시간이 지나면서 사람들은 눈엣가시처럼 여겼던 호수가 삶에 지친 도시인의 영혼을 다독여준단 사실을 깨달았다. 호수는 외로운 이에겐 벗이 돼주기도 하고 너무 앞만 바라보고 달려와 숨이 가쁜 이들에겐 촉촉이 가슴을 적셔주면서 여유롭게 사는 방식을 알려주었다. 호수는 예전의 안마당처럼 뜨락처럼 놀이터처럼 쉼터처럼 사람들이 가까이 다가오기를 기다리는 것 같았다. 그런 기대에 부응이라도 하듯 사람들은 호수와 점차 가까워졌고 어느 때부터인가 서로 떨어져서는 안 될 친구 사이처럼 혹은 이웃처럼 깊고 두텁고 친밀해졌다.

이후 춘천은 전국 어디서도 갖지 못한 아주 특별한 호칭 하나를 얻었다. 춘천을 상징하는 호반의 도시가 그것이었다. 사람들은 춘천이란 본래의 지명 외에도 호반의 도시라는 또 다른 이름으로 불리는 것을 전혀 낯설어하지 않았다. 마치 가슴이나 어깨에 붙은 훈장처럼 은근한 자부심까지 느끼며 지냈다.

하지만 호반의 도시로 불리기 전까지 사람들은 꽤 어리둥절했고 혼란스러웠다. 일테면 겨울철 어둠새벽부터 시내 도심과 주택가 골목, 마을 뒷산 중턱까지 꾸역꾸역 밀려드는 농밀한 안개야말로 이제껏 사람들이 경험해보지 못했던 생소한 풍경이었다. 도시가 습하고 안개가 많아 환절기마다 감기 환자가 부쩍 증가한다는 소식이 들려오는가 하면 어른이건 아이건 비염과 기관지천식에 시달리는 사람들이 갈수록 늘어난다는 흉흉한 소문까지 퍼져나갔다.

어디 그뿐인가, 갈수기 강물이 바닥을 드러낼 땐 바짓가랑이나 치맛자락을 말아 올리고 걸어서도 강을 건널 수 있었던 이웃 마을이 아득한 호수 건너 섬마을로 변해 고립되는 불편을 감수하게 된 것이다. 우리 동네 서면이 그러했다. 춘천 서북지역에 위치한 서면은 눈만 뜨면 빤히 건너다보이는 거리였건만 의암댐이 들어앉은 뒤 춘천 시내와 아득히 멀어져 넓고 깊은 호수에 갇힌 채 외딸게 고립되었다.

육로로 오갈 수 있는 길이 있기는 했다. 강 하류로 한참을 내려가 의암댐 위 교량을 건너거나 강 상류의 춘천댐까지 올라가 댐을 가로질러 다시 춘천으로 돌아 내려가는 길이 춘천을 오갈 수 있는 두 가지 선택지였다. 이렇게 남향과 북향으로 길고 지루하게 오가야 하는 육로이다 보니 대부분의 서면 사람들이 직선로인 뱃길을 택해 춘천을 드나들었다.

우리 집은 서면 사람들이 뱃길로 시내를 오가는 금산 나루와 바로 접하고 있었다. 섬 아닌 섬이 되어버린 마을은 댐이 생겨나기 이전에도 옛적 뗏목꾼들이 쉬어가던 유명한 강나루가 몇 곳 있었다. 하지만 금산리가 어떤 동네인가, 볕 따습게 들고 사람 오가기 쉬운 요지마다 면사무소와 초등학교, 중학교, 우체국, 농협 등 굵직한 관공서가 울묵줄묵 들어서 있고 도로변엔 약방, 옷방, 철물점, 방앗간, 정육점, 중국집, 노래방, 당구장 등 번듯한 상점들까지 터를 잡은 올찬 동네였다. 윗동네 서상리, 신매리를 잇는 오미나루나 아랫동네 현암리와 덕두원을 연결하는 신연나루 외에 하루 사람 예닐곱쯤 오가는 몇 곳 나루가 있기는 해도 방동리, 월송리, 금산리 일대 걸차기로 으뜸인 농지가 늘펀하게 누웠고 서면 상권을 쥐락펴락하는 중심지이고 보니 금산나루가 서면의 관문으로 일찍부터 자리매김할 수 있었다.

억척스럽기로 소문난 서면 사람들이 수레에 채소를 한가득 싣고 새벽 첫배에 오르는 과정은 개미 역사하는 듯 장관이었다. 집집에서 끌고 온 수레들이 배터 앞 너른 공터에 줄을 지어 서 있다가 배가 도착하면 서로 끌어주고 밀어주고 하며 선박 안에 그들먹하게 채워 싣고는 춘천 호반동 선착장에서 내려 또 가파른 언덕길을 밀어주고 끌어주고 하며 주변 시장으로 이동해갔다. 근화동 번개시장이나 서부시장, 요선시장, 심지어 언덕길을 몇 번이나 오르내리고 중간에 서너 참 쉬어야 당도할 수 있는 팔호광장 옆 동부시장, 육림극장 옆 중앙시장까지 수레를 삐질삐질 끌고 가 채소를 팔고 들어오는 일이 하루도 거르지 않고 이어졌다. 때문에, 새벽부터 저녁까지 배터 앞 너른 공터엔 시장을 오가는 사람들, 시내 학교를 오가는 아이들, 이런 일 저런 일 잡다한 볼일을 보러 오가는 사람들로 항시 북적였다. 그 배터 앞 널찍한 공터 바로 옆에 몇 채의 어상반한 가옥들이 다닥다닥 붙어있었는데 그중 한가운데에 우리 집이 자리 잡고 있었다.

서면 사람들 대개가 큰 텃밭 한두 뙈기씩은 소유하고 있었지만, 우리 집은 슬레이트 지붕에 시멘트 블록으로 벽을 쌓은 허름한 기역자집 한 채와 겨우 자급할 정도의 집 뒤 3백 평짜리 터알이 가진 재산의 전부였다.

딱히 돈벌이가 없던 차에 어머니는 빼어난 음식솜씨를 앞세워 식당을 열어야겠다고 아버지께 몇 해를 채근했다.

자존심 강하고 고지식한 아버지가 그 요구를 쉽게 들어줄 리 만무했다. 식당이 솥에 밥만 끓여 파는 게 아니라 대폿집을 겸하고 있다는 이유 때문이었다.

비록 가정을 돌보지 않고 겨우내 서부시장에 나가 질탕히 외상술을 마시고 노름빚까지 져 체면을 구긴 채 들어올지언정 어머니가 오가는 사람을 상대하며 음식을 조리해 팔고 한발 더 나아가 외간남자들을 집에 끌어들여 물장사까지 한다는 건 두 눈에 흙 들어가기 전이나 후에도 절대 수락할 수 없다며, 어머니의 하소연이 있을 때마다 무 자르듯 단칼에 말머리를 잘라버렸다.

아버지는 몇 해가 지난 뒤에서야 임자 뜻대로 해보라며 체념하듯 마지못해 동의했고 아버지의 수락이 떨어지기가 무섭게 어머니는 손수 방 하나를 헐어내고 탁자 네 개를 들인 자그마한 식당을 열었다.

식당엔 탁자 외에도 어머니 혼자 겨우 드나들 정도의 좁은 공간을 활용해 수도시설과 화구 등 조리시설이 갖추어졌고 귀퉁이 한쪽으로 주방까지 꾸려졌다. 장사를 시작해서는 굴풋한 시장기를 느낀 이웃 아낙들이나 아이들을 상대로 잔치국수를 말아내다가 시일이 지나면서 가짓수를 늘려가고부터는 목마른 나그네들에게 하루 서너 통자씩 막걸리를 떼어다 팔기까지 했다. 사람들로 붐비는 길목이란 이

점과 서분서분한 어머니의 성격, 게다가 정갈하게 차려내는 손맛 덕에 식당은 드나드는 손님들이 제법 꾸준했다.

여러 해 뒤 윗동네인 신매리와 사농동 인형극장을 잇는 4차선의 다리가 놓였다. 신매대교였다. 수레를 이용해 뱃길을 드나들던 사람들은 더 이상은 배를 탈 이유가 없어졌다. 더 빠른 지름길이 열렸고 더 편리한 자동차가 생겨나면서 집집이 한 대 이상은 필수품으로 장만했던 손수레가 고물상에게 팔려나가거나 집 앞 공터에서 고철로 삭아 없어졌다. 서서히 손님을 잃어 빈 배만 오락가락하던 나루에도 사람들 발길이 뚝 끊기면서 어머니의 식당 역시 위기를 맞았다. 마을 나루와 시내 관문인 호반동 배터를 운행하던 여객선은 시에서 지원금까지 받아가며 겨우겨우 운행하다가 끝내 경영난을 이겨내지 못하고 문을 닫았다. 사철 밤낮없이 오가는 사람들로 북적이던 배터 앞 널찍한 공터엔 사람이 찾지 않아 해가 뜨면 외진 골짜기처럼 을씨년스러웠고 해가 지면 강아지 한 마리조차 얼씬거리지 않아 적막하기까지 했다.

아버지는 위기를 기회로 여겼다. 배터 옆 호수 언저리엔 핫도그를 들고 있는 아이 손처럼 삐죽삐죽 솟은 부들이 무성했다. 납죽 엎드려 물살에 얹혀 지내는 마름도 군락을 이뤘다. 산란기 즈음이면 팔뚝만 한 잉어나 월척급의 붕어들이 푸른 수초 사이를 굼뜬 몸으로 느릿느릿 오가는 모습을 흔하게 볼 수 있었다.

아버지는 이 고요하고 아늑하고 운치 있는 호숫가야말로 강태공들이 꿈에서나 그리던 최고의 낚시터라고 판단했다. 단박에 전국 유명하다는 수상 낚시터를 찾아다니며 꼼꼼히 살피고 와서는 집 뒤에 붙은 땅을 판 돈으로 호수 위에 수상 좌대를 세우고 그 위에 샌드위치 패널로 방갈로 다섯 채를 지었다.

외딴 듯하면서도 바로 물 건너 도시가 보이고 안방인 듯하면서도 물살 출렁이는 눈앞 호수에 앉아 낚시를 즐길 수 있으니 꾼들에게는 호수에서 만끽할 수 있는 온갖 여유로움과 평화로움, 낭만을 마음껏 누릴 최적의 낚시터인 셈이었다. 사람의 발길이 뚝 끊긴 쓸쓸한 배터였지만 아버지의 낚시터만큼은 명소로 입소문이 나면서 주말이면 공실로 비어있는 좌대가 거의 없을 정도였다. 문을 닫아야 할지 말아야 할지 고민이 깊던 어머니의 식당 역시 낚시터를 찾는 조사들이 꾸준히 늘어나면서 그들을 상대로 국수를 말아내고 김치찌개와 백반 등 음식들을 마음껏 차려낼 수 있었다.

3

내가 대학 2학년 첫 학기말 시험을 끝내고 집에 돌아와 있을 무렵이었다. 나루터와 접한 너른 공터 뒤편 그러니까 우리 집 양쪽 옆으로 나란히 붙어있는 세 채의 가옥과는 전봇대 두어 개쯤 거리를 둔 야트막한 언덕 위에 붉은 기와 집 한 채를 새로 짓고 낯선 외지인 가족이 이사 와 살기 시작했다. 눈길 끝자락엔 하늘과 대룡산이 맞닿아 보이고 그 아래는 봉의산과 춘천 시내가 품 안에 안길 듯 들어오는 전망 좋은 터였다. 널찍한 정원엔 꽃들이 난만했고 둑 아래에 선 짙푸른 호수가 마을과 도시 사이에 늘펀히 누워 쉼 없이 일렁였다.

새로 이사 온 집엔 아이 하나를 둔 젊은 부부가 단출하게 살림을 꾸리고 살았다. 남편으로 보이는 사내는 씨름꾼처럼 허우대가 거방졌고 목청마저 천둥소리처럼 굵어 웃고 떠드는 소리가 이따금 우리 집까지 울려오곤 했다.

하지만 사내를 목격하는 일이 흔치는 않았다. 그는 기껏

해야 한 달에 서너 번쯤 검은 승용차를 몰고 들어왔다가 이틀 이상 머무는 법 없이 다시 서울로 돌아가곤 했다. 사내가 돌아가면 젊은 여자와 아이는 집 앞 벤치에 나와앉아 하염없이 호수를 바라보거나 주택 신축공사가 끝날 무렵 옮겨 심은 영산홍, 진달래, 개나리, 장미, 라일락, 수국, 목련 등 정원수에 물을 주곤 했다.

멀리서 봐도 여인의 미모는 예사롭지 않았다. 키도 훤칠하고 몸매도 꽃대처럼 날씬했다. 가까이서 본 사람들 말로는 얼굴이 TV에 나오는 탤런트나 배우 뺨치게 작고 예쁘다는 거였다.

정체 모를 낯선 외지인의 등장에 마을 사람들이 의구심을 품는 건 당연한 이치였다. 아낙들이나 남정네들도 나루 공터에 삼삼오오 모여들면 으레 이들의 집을 올려다보며 수군거리기 일쑤였다. 동네 아낙들은 여자의 정체를 두고 서울 강남의 고급 술집에서 술이나 따르며 헤프게 지내다가 돈 많은 사내를 후려 살림을 차렸을 거라 나름 추측했고 혹은 본마누라가 아니라 숨겨 둔 첩이 분명하다고 아예 명토를 박기까지 했다.

얼마가 지나서야 나는 이 여자를 직접 눈앞에서 볼 수 있었다. 늦게 일어나 뒤척이다가 겨우 식당에 나와 어머니가 차려준 아침밥을 먹고 막 자리에서 일어서려던 참이었다. 이때 그 집 여인이 아이와 함께 우리 식당 안으로 불쑥 발을 들여놓은 것이다. 너무 뜻밖이어서 그들 모자를 바라보던 우리 모자도 잠시 우두망찰하고 서서 눈꺼풀만 껌벅였다. 하지만 서로 얼굴을 바라보는 그 순간 내 눈에 비친 여인의 첫인상은 어찌나 고혹적이던지 수십 해가 지난 지금에도 옛 사진을 들여다보듯 기억이 선명하다. 여인이 가게 안으로 들어서자마자 좁고 어둠침침했던 식당 안은 갑자기 백열등이 켜진 듯 환해졌고 몸에서는 뽀얀 광채를 뿜어내는 듯 부셨다.

옛사람들이 미인의 기준으로 꼽았다는 삼흑, 삼홍, 삼백까지 들먹이면 너무 고리타분하고 요란한 비유일지 모르겠다. 그 고릿적 구닥다리 기준을 대며 이 여인의 미모가 어쩌고저쩌고 잣대를 들이대는 방식도 적절할지 모르겠다. 어쨌든 첫눈에도 인상이 시원하고 수려해 보였던 건 사실이다. 얼굴색은 박꽃처럼 희었고 훤한 이마 아래 눈썹은 붓으로 그린 듯 검고 부드러웠으며 서글서글한 눈은 금방이라도 샘물 몇 방울이 쪼르르 흘러내릴 것처럼 촉촉하고 맑았다. 미간에서 매끈하게 흘러내린 콧등은 벼랑 위 정자처럼 오뚝 솟았으며 잔잔한 미소가 엿보이는 붉은 입술은 꽃으로 착각한 나비가 냉큼 날아와 앉을 듯 화사했다. 게다가 사슴처럼 목이 길었고 키까지 훤칠해 몸 어디에도 눈에 거슬리는 곳 없어 보이는 빼어난 용모였다.

　대학 시절 도서관에서 우연히 읽었던 책 중에 미인을 일
컫는 고사성어들이 줄줄이 나열돼 있어 대체 몇 가지나 되
는지 헤아리다 결국 손을 든 적이 있었다. 내가 알고 있던
절세가인이나 경국지색, 곡미풍협, 가인박명과 같은 흔한
고사성어 외에도 유미도안, 월궁항아, 무비일색, 명모호치,
설부화용, 운빈화용 등 여인의 고운 자태를 유려하고 절묘
하게 묘사한 고사성어들이 부지기수였다. 내 앞에 나타난
여인을 바라보고 있노라니 버들잎 같은 눈썹, 복숭아 같은
얼굴, 월궁에 산다는 선녀, 맑은 눈에 새하얀 치아, 눈처럼
흰 피부와 꽃 같은 얼굴, 구름 같은 귀밑머리와 꽃처럼 화
사한 고사성어 속 여인의 용모가 그림인 듯 바로 눈앞에 서
있는 것이었다.

　여자가 문밖을 나선 건 더군다나 마을 한복판까지 외출
한 건 이때가 처음 있는 일이어서 어머니도 이 낯선 여자가
어디서 온 누구인지 첫눈에 알아보지 못한 채 어정쩡 서 있
기만 했다. 그러나 해맑은 얼굴에 말쑥한 옷차림을 한 아이
가 식당 안으로 깡충 뛰어든 뒤에야 같은 이웃이면서도 동
네 사람들의 입방아에 단골로 오르내리던 그 여인네임을
단박 알아챌 수 있었다. 어머니 역시 이 낯선 여인네의 정체
에 대해 이것저것 알아낼 더없이 좋은 기회를 떠가는 먹구

름 바라보듯 그냥 흘려보낼 리 없었다. 타고난 붙임성에다 상긋한 표정, 얼음덩이도 녹일 듯 살가운 목소리를 굴리며 어머니가 물었다.

"네가 우리 마을에 새로 이사 온 아이로구나. 올해 몇 살이냐?"

아이가 어머니의 얼굴을 빤히 올려다보다가 망설임 없이 대답했다.

"일곱 살이에요."

아이 역시 눈이 맑고 목소리도 또랑또랑했다. 엄마의 기품을 빼닮아 얼굴색이 송편 반죽처럼 뽀얗고 옷차림새도 귀티가 자르르 흘렀다. 고드름을 떼다 붙인 듯 코를 빼물고 다니거나 검붉은 피부를 드러내고 흙강아지가 되어 들판을 휘젓고 다니는 또래의 시골아이들과는 표정도 몸가짐도 사뭇 달랐다.

"내년에 학교 갈 나이로구나. 서울서 살다 왔니?"

"네."

"이름이 뭐냐."

"정명일이에요. 우리 엄마가 매일 밝게 살라고 지어준 이름이거든요. 밝을 명 날 일."

제 이름을 대는 말투가 예사롭지 않았음은 물론이고 눈빛 또한 맑은 날 호수에 떨어지는 햇빛처럼 강렬하고 투명했다.

"아이구, 똘똘하기도 해라. 그래 새로 이사 온 집은 마음에 드니?"

"네."

"한적한 시골 마을이라 좀 심심하겠구나."

"산도 호수도 숲도 들도 다 처음 보는 것들이라 신기해요. 여기엔 벌레하고 물새하고 바람이 엄청 많아요. 며칠 전엔 우리 집 앞 꽃밭에 목이 빨갛고 등이 푸른 뱀 한 마리가 찾아오기도 했어요."

"그게 늘메기란 뱀이다. 꽃뱀이나 유혈목이라고 불리기도 한다만 사람을 발견하면 번개처럼 도망치는 겁쟁이란다."

내가 나서서 아는 대로 대꾸했지만, 천진난만한 아이의 대답이 더 놀라웠다.

"내가 뱀 이름을 지었거든요. 파란 목덜미에 우리 엄마 입술처럼 빨갛고 둥근 점이 아롱아롱 박혀 있어서 입술뱀이라고 이름을 지었어요."

늘메기나 유혈목이보다는 아이가 지었다는 입술뱀이란 이름이 더 그럴듯했다. 입을 야물거리며 조랑조랑 쏟아내는 아이의 말본새는 천진스러운 데다 귀염성 있고 야무져 나도 어머니도 아이의 입과 눈을 쳐다보느라 그만 정신이 혼미해졌다.

여자가 어머니께 잔치국수 두 그릇을 주문했다. 국수를 차려내는 동안 어머니의 질문은 여자에게로 옮겨졌다.

"이 동네에 일가친척이라도 있으시우?"

여자가 실미소를 지으며 고개를 가로저었다.

"서울서 연고도 없는 물설고 낯선 시골 동네까지 내려왔으니 식구들이 얼마나 갑갑하고 적적하실까."

"대신 요선동에 큰댁이 있어요."

"춘천에 시댁이 있다고요?"

"네. 종종 전화통화도 하고 시부모님이 이따금 다녀가시기도 해서 이곳 생활이 그다지 낯설거나 쓸쓸하진 않아요."

차분하게 답하는 목소리도 도랑물 소리처럼 사글사글했다. 국수에 막 젓가락을 집어넣으려 할 때 어머니가 좁은 주방에 들어가 설거지를 하며 또 물었다.

"애기 아버지가 돈을 잘 버시나 봐요. 사장님들이나 타고 다니는 비싼 외제 차를 몰고 오신다지요?"

여자는 계속되는 어머니의 물음에 좀 당혹스러워하면서도 얼굴을 찌푸리거나 귀찮아하지 않았다.

"큰 사업은 아니에요."

"회사 사장님이시겠죠?"

"뭐 사장일 수도 있고 아닐 수도 있고 그러네요."

사장이면 사장이고 아니면 아니지, 뭔 대답이 그래, 하는 투로 어머니가 여자를 흘끔 돌아봤다. 여자는 어머니의 물음에 일일이 답하며 국수를 떠먹기가 민망했던지 아예 빈 젓가락만 잡은 채 아이의 서툰 젓가락질에만 눈길을 주고 있었다.

"얼굴이 어쩜 비단처럼 저리도 고우실까. 혹시 전에 테레비에 자주 얼굴 비추던 분 아니슈?"

여자가 고개를 절레절레 흔들었다. 국수를 반은 흘리고 반은 입에 넣던 아이가 어머니의 물음에 대신 답했다.

"우리 엄마는 학교 선생님이셨어요. 지금은 퇴직하고 집에서 시만 쓰세요."

"시를 짓는 선생님이라구요?"

"그다지 유명하진 않아요."

쑥스러운 듯 여자가 볼에 홍조를 띠며 대신 답했다.

4

이날부터 호수 옆 언덕 위에 집을 새로 짓고 이사 온 집 여자는 마을 사람들로부터 시 짓는 여선생으로 불리게 되었다. 술집에서 일하다 운 좋게 부잣집 사내를 만나 먼 곳으로 피신해 와 살림을 차렸다거나 본마누라가 아니라 첩으로 살고 있을 거라 수군거리던 동네 여인네들도 여자의 정체가 어머니 입을 통해 알려지기 시작한 뒤로는 시인네 집, 혹은 여선생네 집으로 호칭을 바꿔갔다.

간혹 나는 책을 보다가 무료해지면 호숫가에 나가 낚싯대를 드리우고 한없이 수면을 응시하곤 했는데 가끔 여선생의 일곱 살배기 아이가 내게 다가와 소곤거리곤 했다. 이날도 아이가 거리낌 없이 내게 다가오더니 먼저 말을 걸어왔다.

"아저씨, 여기서 무얼 하세요?"

"난 아저씨가 아니다. 앞으론 형이라고 불러."

아이가 잠시 머뭇거리다가 다시 물었다.

"형. 지금 뭐 하고 있어요?"

"보면 모르냐? 물고기 잡는다."

"무슨 물고기를 잡는데요?"

"붕어."

"그럼 붕어만 잡고 인어는 절대로 잡지 마세요."

불쑥 다가온 아이가 귀찮게 묻는 말이어서 관심도 없다는 듯 건성으로 대꾸하던 나는 인어란 생뚱한 말에 아니, 잡지 말라는 당돌한 요구에 어처구니가 없어 내 옆에 쪼그리고 앉은 녀석을 흘끔 바라봤다.

"인어?"

"네, 비단인어."

"비단잉어는 들어봤어도 비단인어는 첨 듣는 소리다."

아이가 어이없다는 듯 입술을 샐쭉거리고는 단호한 목소리로 생선토막 자르듯 단어를 똑똑 끊으며 말했다.

"비 단 인 어 라 고 요."

"동화책에나 있지. 여기에 그런 이상한 고기는 없다."

그 말에 아이는 실망한 표정으로 돌아섰고 금방 얼굴이 붉으락푸르락했다.

"거짓말쟁이, 이 호수에 인어가 산다고 했어요."

"누가?"

"우리 엄마가요."

"너희 엄마가 거짓말쟁이야. 인어는 밥 먹고 할 짓 없는 떠버리들이 심심풀이로 지어낸 상상 속 물고기란다."

내 말이 채 끝나기도 전에 아이가 자리에서 발딱 몸을 일으켰다. 얼굴색이 홍채가 되어서는 숨을 시근벌떡거리며 엄마를 불렀고 언덕 위 제 집터서리를 향해 쏜살같이 기어 올라갔다. 엄마, 저 형이 그러는데 엄마가 거짓말쟁이래. 인어는 할 일 없는 떠버리들이 심심풀이로 지어낸 상상 속 물고기래. 씨근덕거리며 오르는 아이의 목소리가 들렸고 잠시 후 여자가 집 앞 정원에 나와 내 모습을 지켜보다가 집 안으로 사라졌다. 낚시를 핑계로 물가에 쭈그리고 앉아 어린 아이와 타시락거리기나 하는 나를 아이의 엄마가 어찌 생각할지는 짐작이 가고도 남는 일이었다. 그런데 잠시 후 여자가 아이를 앞세우고 내가 낚시하는 호숫가를 향해 걸어오는 모습이 보였다. 아, 식당에서 보았던 그 우아하고 기품있어 보이던 여인이 지금 내게로 다가오고 있는 거였다. 내 심장이 낚싯바늘에 끌려 나온 물고기처럼 파닥거렸다.

하지만 나는 이내 정신을 가다듬었다. 나는 아이의 엄마가 대체 무슨 말을 한 것이냐고 따지러 오는 게 아닐까 싶어 내심 대꾸할 준비를 해두고 있었다. 사실이 그렇지 않으냐, 이 호수에 인어가 살고 있다면 내 열 손가락에 장을 지지겠다. 세상에 인어가 존재한다고 당신이 끝까지 우긴다면 좋다. 나도 한마디 하겠다. 우리 동네엔 요즘도 여의주를 문 용이 시도 때도 없이 나타나 하늘을 오르락내리락하고 팔월 보름 한가위 전후해선 삼족오와 불사조가 춘천 중심인 봉의산에 날아와 둥지를 튼다. 아침엔 해 잘 드는 마적산과 구봉산, 대룡산, 금병산, 삼악산으로 나들이를 나가고 저녁 무렵엔 멀리 화학산, 설악산, 태백산, 오대산, 지리산까지 먹잇감을 구하러 나가는데 그때마다 후욱후욱 내뿜는 불길이 서녁 하늘의 노을로 번지는 것이다. 그뿐이 아니다. 면사무소 뒷산 장군봉 언저리 오동나무 숲엔 날갯죽지에 황금가루를 주렁주렁 매단 봉황이 날아와 앉았다가 해가 저물기를 기다린다. 이윽고 호수에 낙조가 떨어지면 장군봉에 앉았던 봉황이 호수 위로 훨훨 날아와 날갯죽지 깃털마다 주렁주렁 매달고 있던 황금가루를 낱낱이 떨쳐낸 뒤에야 돌아간다. 자, 어떠냐. 내가 이런 얘기를 동네방네 떠들고 다닌다면 옳소, 옳소 하며 맞장구쳐줄 사람이 과연 몇이나 있겠냐. 다부지게 반박할 참이었다.

그러나 내게로 다가오는 그녀의 발걸음은 아이의 흥분된 걸음과는 전혀 다른 것이었다. 무얼 따지러 오는 걸음으로 보기엔 너무 찬찬하고 조용해서 나를 향해 다가오기보다는 그냥 무심히 지나치는 걸음처럼 보였다.

"저, 잠시 무얼 물어봐도 좋을까요?"

나는 어리둥절해서 잠시 머뭇거리다가 예, 하고 고개를 끄덕였다.

"혹시 이곳에서 낚시하는 사람들은 호수가 아무리 깊어도 밑바닥까지 훤히 들여다볼 수 있나요?"

의외의 질문이었다. 내가 당혹스러워 머뭇거리는 사이 그녀가 재차 차분한 어조로 묻는 것이었다.

"내 눈으론 호수가 하도 넓고 깊어서 저 너른 물속 풍경이 어떤 모양인지, 저 수심 깊은 물 안에 어떤 어종이 살고 있는지 낱낱이 들여다보기 어려운데, 누구나 다 그렇게 보이겠죠?"

나는 이번에도 가타부타 대답을 미루고 그야 그럴 테죠 하는 투로 겨우 고개만 끄덕일 뿐이었다. 그제야 여자가 맑게 웃고는 아들을 향해 속삭이듯 말했다.

"거봐라. 물속에 얼마나 큰 물고기가 살고 있는지, 어떻게 생긴 물고기가 살고 있는지 이 형도 정확히 모른다잖니. 네가 찾는 비단인어가 저 깊은 물 속에 없다는 말을 곧이곧대로 믿고 낙심할 필요 없다."

아이의 얼굴색이 금방 화색으로 돌아오더니 자리에서 폴짝폴짝 뛰면서 좋아했다. 여자는 아이가 웃는 모습을 흡족히 지켜보다가 내게 미안하다고 말하곤 막 돌아서려다가 여전히 나직하고 차분한 목소리로 말했다.

"난 아이에게 무얼 하지 말라거나 무얼 해선 안 된단 말을 하지 않아요. 무얼 상상하거나 표현하는 것도 방해하고 싶지 않지요. 하고 싶은 건 뭐든 할 수 있도록 도와주는 게 엄마가 해야 할 일이라고 믿고 있거든요."

그녀는 원하는 답을 얻어 달뜬 아이를 앞세운 채 자신의 어깨 폭만큼의 걸음나비로 사뿐사뿐 내 곁을 떠나갔다. 아이는 더 달떠 보였다. 엄마를 앞서 거닐며 잠시 깨금발로 오도카니 섰다가 송아지처럼 겅정겅정 뛰다가 할미새처럼 엉덩이를 배쓱거리면서 오르막길을 올라 둑 너머 자신의 집 안으로 사라졌다.

5

짧은 동화와도 같았던 두 모자의 별스러운 일이 있고 한 달쯤의 시일이 지났다. 지루하게 이어지던 장마가 끝나면서 쇳물 같은 더위가 이마를 후끈후끈 달궈가는 철이었다. 해가 서녘으로 기울어도 호숫가의 습습한 기운이 채 가시지 않아 안에서든 밖에서든 무슨 일을 하려고 잠깐 힘을 썼다간 여지없이 샅과 겨드랑이에 모래알을 뿌린 듯 땀띠가 돋았다. 여름날 저녁 무렵의 마을 서녘은 삼악산 마루턱으로 지는 노을이 잉걸불처럼 이글이글 타올랐다. 불이 붙은 구름 조각들은 뜨거움을 견디지 못해 바위산을 껑충 뛰어내려 발치 앞 너른 의암호에 벌러덩 드러누웠는데도 불길이 꺼지기는커녕 수면 위아래가 수수밭처럼 붉었다.

나는 날이 어둑해지기를 기다리며 선착장 옆 둔치에 나와 막 저녁 낚시채비를 서두르는 중이었다. 언덕 위 집터서리에서 나를 발견한 아이가 돌이 구르듯 내게로 달려 내려왔다. 고개를 발딱 젖히고 나를 바라보는 일곱 살 아이의 눈빛은 보면 볼수록 영롱하다 못해 신비롭기까지 했다. 세상의 모든 사물, 일테면 눈앞에 보이는 산이나 호수, 호수 건너편의 도시 전체, 심지어 내 영혼까지도 단박에 빨아들이는 힘이 느껴졌다. 생기로 가득한 눈빛이 어찌나 투명하고 맑던지 풀잎에 얹힌 이슬방울처럼 띄룩이는 눈동자가 반짝반짝 광채를 내다가는 어느 순간 눈꺼풀 속에서 톡 튀어나와 금세 큰 유성으로 부풀어 쏜살같이 저녁 하늘로 날아오를 것 같았다. 얼마 전 아이 앞에서 여기엔 인어가 없다고 무 자르듯 단언했던 내 말투가 문득 경솔했었다고 여겨지는 순간이었다.

"어제 비단인어를 봤어요."

아이가 또다시 내 눈을 들여다보며 확신에 찬 강경한 어조로 말했다. 그렇게 확신에 차 있는 아이에게 인어는 애초부터 없었고 어제나 오늘도 있을 수 없는 허상일 뿐이라고 이전처럼 단호히 답했다간 또 무슨 일이 벌어질 것만 같았다. 기가 넘어갈 듯 한바탕 울음을 터뜨리거나 나를 향해 욕이라도 퍼붓고 달아날지 모를 일이었다. 엄마를 부르며 언덕을 기어 올라가 저 멍청한 형이 어쩌고저쩌고 또박또박 이르고는 홧김에 언덕 위에서 단지만 한 돌이라도 굴릴 수 있겠다 싶었다. 일순간 뭇 남성들의 마음을 들뜨게 하는 아이의 엄마가 내게 다가왔으면 싶은 엉뚱한 생각에 장난기가 도지기도 하였으나 아이의 눈빛이 하도 진지해 확인하듯 되물었다.

"네가 정말 인어를 봤다고?"

인어에 관심이 있다는 의미로 해석한 것일까, 옆에 달싹 웅크리고 앉은 아이가 살이 맞닿을 정도로 가까이 다가왔다.

"주황색 인어였어요. 아침에 저 산에서 해가 솟구쳐올랐는데 호수가 비단처럼 반짝반짝 빛났어요. 그리고 하늘에서 햇빛의 옷자락 같은 긴 빛이 내려와 호수에 앉았거든요. 때마침 비단인어가 붉은 아침노을이 내려앉은 호수 위에 나타나 랄랄라 랄랄라 춤을 추면서 헤엄치고 놀았어요."

"인어가 어떻게 생겼더냐."

나는 흔한 인어를 상상하며 아이를 향해 건성으로 물었다. 아이는 잠시 고개를 돌려 무심한 내 얼굴을 흘끔 올려다보고는 천진무구한 표정으로 또랑또랑 답했다.

"우리 엄마가 지은 시에 나오는 비단인어랑 똑같이 생겼어요. 시를 외울까요?"

나는 그래라, 하는 투로 고개를 끄덕였다. 아이의 눈길이 호수에 가 멎으면서 표정이 금방 진중해졌다.

우리 집 앞 의암호엔 비단인어가 살지

댐이 끊어놓은 물길

헤매헤매 찾아도 사라진 길

왔던 바닷길 돌아갈 수 없었다네

외로움이 구름으로 떠돌다가

빗물로 내린 눈물이

내를 이뤄 의암호에 고였다지

별이 뜨는 눈

달을 닮아 시린 입술

비늘마다 무지개가 서고

지느러미마다 노여운 서슬 번득이는

의암호엔 비단인어가 살지

동살 부서지는 아침

윤슬 어지러운 오후

저녁 무렵, 아! 저릿저릿

가슴 달구는 아린 노을

바다가 그리워

혼자여서 외로워

멀리 바다까지 다리를 잇느라

펄쩍 뛰어올라 큰 무지개를 세우는

의암호엔 비단인어가 살지

엄마가 지었다는 시의 의미를 제대로 알고 왼 건지 그냥 저냥 왼 건지 내가 알 수는 없었지만, 이 영악한 일곱 살 아이는 시를 다 외운 뒤 고개를 발딱 젖히곤 의기양양한 눈빛으로 내 얼굴을 올려다보는 거였다.

"인어의 눈에서 별이 뜨고 비늘에서 무지개가 선다고?"

"내가 본 비단인어도 엄마의 시에 나온 비단인어와 똑같았어요. 무지개를 두른 것처럼 몸이 알록달록 빛났거든요. 엄마한테 말했더니 너도 마침내 비단인어를 보았구나! 하고 감탄했어요."

"인어를 어디서 봤는데."

"그냥 인어가 아니고 비단인어라고요."

"그래. 비단인어를 어디서 봤니."

"저어기."

아이가 가리킨 곳은 금산 나루와 중도 사이 호수 한가운데였다. 나는 말해주고 싶었다. 인어는 호수에 있었던 게 아니라 네 마음속, 그리고 네 눈 속에 있었던 거라고. 진지한 아이의 태도와는 달리 나는 낚시찌에 눈길을 준 채 건성으로 대꾸했다.

"내가 알기론 인어는 바다에서 살던데. 여긴 바다가 아니라 호수란다."

"옛날에요, 비단인어가 사람들은 어떻게 살고 있을까? 오랫동안 궁금해하다가 드디어 모험을 떠났는데요. 바다에서 강줄기를 따라 오르고 또 오르다가 상류에 도착했어요. 마침내 비단인어는 강가에 사는 사람들을 구경할 수 있게 되었어요. 사람들은 아침에 일어나기가 무섭게 들에 나가 일을 했고요, 저녁이면 집으로 돌아갔어요. 아이들은 강으로 몰려와 재잘거리고 깔깔거리며 헤엄치고 놀았고요. 비단인어는 사람들이 살아가는 하루하루가 마냥 신기해 세월 가는 줄도 모르고 강에서 봄을 보내고 여름을 보내고 가을과 겨울을 보냈대요. 그렇게 세 번의 여름을 보내고 마침내 바다로 돌아가려는데 그만 저 아래 협곡에 댐이 생겨 바다로 돌아갈 수 없었어요. 강줄기에 산과 같은 거대한 둑이 생겨나면서 돌아가야 할 물길이 뚝 끊겼어요. 비단인어는 길을 찾아 강을 샅샅이 헤엄치고 다녔지만 어디서도 바다로 돌아가는 길을 찾을 수 없었고 결국엔 바다가 너무 그리

51

운 나머지 마음에 병을 얻었대요. 비단인어가 오랫동안 호
숫가를 떠돌며 울다가 어느 봄날 아늑한 호숫가에서 가난
한 시인을 만났어요. 시인은 비단인어를 처음 보는 순간 사
랑에 빠져 매일 찾아와 시를 들려주며 사랑을 고백했대요."

그러면 그렇지. 이 대목부터 진부한 러브스토리가 시작
되는구나. 나는 뻔한 얘기다 싶어 아이의 이마에 꿀밤을 먹
이려는 시늉을 해 보이곤 때마침 입질이 온 낚싯대를 움켜
쥐고 챔질을 시작하려는데 옆에서 나를 바라보는 유리알
같은 눈빛이 어찌나 해맑고 어찌나 말똥하던지 중간에 말
을 뚝 끊고 아이를 돌려보내기가 어려웠다. 아이는 내 꿀밤
시늉을 의식하지 않은 채 다시 도란도란 말을 이어갔다.

"마침내 비단인어도 마음을 열고 시인의 고백을 받아들
였는데요. 안타깝게도 시인이 병에 걸려 둘의 행복이 오래
이어질 수 없었대요. 어느 날 비단인어를 만난 자리에서 시
인이 마지막 부탁을 했어요. 내가 사라지거든 아침부터 저
녁까지 호수에 해가 드리우면 어김없이 햇빛을 타고 내려와
물속에서 꽃으로 피어날 테니 그때까지 혼자라고 너무 슬
퍼하지 말아요. 시인이 사라진 뒤 둘은 영영 만날 수 없었
어요. 비단인어는 또다시 슬픔에 빠져 밤낮을 울며 지내다
가 어느 날 해 질 무렵에 붉은 노을과 함께 비단 같은 햇빛
이 호수에 한가득 내려와 있는 풍경을 보았어요. 그때 비단

인어는 호수에 내려앉은 윤슬 한가운데서 반짝이는 시인의 눈동자와 마주쳤대요. 비단인어는 얼마나 반갑던지 한걸음에 달려가 빛이 가득한 호수에서 시인과 만나 하나가 되었대요. 그 후부터 햇볕이 호수 위아래로 꽃 같기도 하고 별 같기도 한 윤슬을 한가득 뿌려놓으면 어디선가 어김없이 비단인어가 나타나 함께 어울려 춤을 추는 거래요."

그건 아마 시인이라는 아이의 엄마가 더러는 어디서 보고 더러는 어디서 듣고 더러는 어린아이의 감성에 맞게 꾸며 들려준 동화일 터였다. 천연덕스럽게 내뱉는 아이의 말을 그나마 내가 큰 거부감 없이 끝까지 들어 줄 수 있었던 건 흔해 빠진 인어공주 이야기가 아니었기 때문일 것이다.

"그런데 네가 그 주황색 인어를 보았다고?"

"주황색 인어가 아니라 비단인어라고요. 우리 엄마가 그렇게 이름을 지었거든요."

아들은 뱀 이름을 짓고, 엄마는 인어 이름을 짓고. 너희 가족은 금산리에다 작명소를 차렸냐? 하마터면 건성으로 아이 앞에 툭 던질뻔한 물음이었다. 하지만 아이의 순진한 눈망울을 바라보는 순간 나는 금방 태도를 바꿔 짐짓 관심이 있는 척 되물었다.

"네가 정말 비단인어를 봤다고?"

"난 비단인어가 보고 싶으면 강가에 나와 혼자 중얼거려요. 인어야, 인어야. 별이 뜨는 눈, 달 같은 네 얼굴이 보고 싶어. 지느러미를 활짝 펴고 비단 비늘을 번득이는 네 모습이 보고 싶어. 인어야, 인어야. 네 고향 그리 가고 싶거든 꼬리에 힘을 모아 물 위로 펄쩍 솟구쳐 바다까지 잇는 큰 무지개다리를 세워보렴. 이렇게 주문을 외워요. 어제 아침에 저기 높은 산에서 해가 붉게 떠올랐어요. 햇빛이 긴 날개를 펼치자 저 호수 한가운데 비단이 덮인 것처럼 영롱한 빛들이 내려와 너울너울 춤을 추었어요. 그리고 빛 한가운데서 비단인어가 찾던 시인이 마침내 모습을 드러낸 듯 호수가 은하수처럼 반짝였어요. 그때 갑자기 비단인어가 물속에서 펄쩍 뛰어오르더니 빛과 한 몸이 되어 물결 위를 오르락내리락하면서 춤을 추기 시작했어요. 그건 물 위에서 펼쳐진 우아하고 화려하고 웅장한 무도회였어요. 빠암 빠라밤 빠라밤 빠빠. 빠라빠라빠라 빰빠 빠라빠라바 빠라빠라빠라 빰바 빠라빠라바아. 요한 스트라우스 2세의 왈츠에 맞춰 춤추듯이 둘의 몸이 하나가 되어 호수 위를 오르락내리락하는데 얼마나 우아하고 감동적이었던지 아직도 내 눈에 생생히 어른거려요. 형도 같이 봤으면 좋았을 텐데.”

왈츠가 어쩌고 요한 스트라우스 2세가 저쩌고, 전깃줄에 쪼그리고 앉아 지지배배 지지배배 쉼 없이 지저귀는 제비처럼 수다스러운 이 아이가 겨우 일곱 살이라니. 도무지

믿기 어려운 일이었다. 이 아이는 간혹 언론에 소개되는 신동이나 영재 중 한 명이 아닐까 싶기도 했다. 학교 선생이었던 엄마로부터 조기교육을 단단히 받은 티가 나기는 해도 엄마의 시를 좔좔 외고 엄마가 들려준 동화를 토씨 하나 빼먹지 않은 채 조잘거리고 요한 스트라우스 2세의 왈츠를 웅얼거리다니, 이 마을 같은 또래의 미운 일곱 살, 응석받이 아이들과는 비교할 수 없는 명민과 총기가 엿보였다. 나는 잠자코 듣고만 있다가 한참이 지나서야 대꾸했다.

"네가 봤다는 주황색 인어, 아니, 비단인어를 나도 한번 보고 싶구나."

물론 아이의 눈을 고요히 들여다보지도 않았고 자상한 웃음을 지어 보이지도 않은 반은 건성으로 던진 말이었다. 아이가 내 대답을 고대하고 있었다는 듯이 자리에서 엉덩이를 발딱 일으키고는 엄마를 부르며 언덕을 기어올랐다. 엄마, 낚시꾼 형도 비단인어를 보고 싶대. 어제 내가 본 비단인어를 낚시꾼 형도 보고 싶대. 아이가 숨을 할딱이며 언덕 위로 올라간 지 얼마 되지 않아 마당 밖으로 엄마 손을 잡고 나온 아이가 나를 향해 외쳤다.

"형, 붕어나 피라미만 잡고 비단인어는 절대 잡지 말아요. 혹시라도 낚싯바늘에 비단인어가 물리면 꼭 풀어주세요."

이 범상치 않은 어린 소년의 짧은 외침과 해맑은 표정이 건강한 정신으로 내게 던진 마지막 부탁이고 마지막 낭랑한 목소리가 되리라곤 꿈에도 생각지 못한 일이었다.

6

　그날 이후 며칠이 지나도록 명일이네 가족들은 행방이
묘연했다. 매일 호숫가를 서성이다가 혹은 둑에 쪼그리고
앉았다가 인어야, 인어야, 얼굴을 보여달라고 불러대던 일
곱 살 아이 명일이와 아이의 엄마는 그날 저녁엔가 집을 비
우고는 며칠이 지나도 돌아오지 않았다. 늦은 밤 아이의 아
버지가 자가용을 몰고 와 식구들을 태우고 현암리 쪽 그러
니까 서울 방향으로 지나가는 모습을 목격한 사람들이 있
기는 했다. 수입차가 아직은 흔한 편이 아닌 시절이어서 아
무리 늦은 오밤중이라 해도, 아무리 세상일에 무심한 사람
들이라 해도 부자나 타고 다닌다는 검은색 벤츠가 미끄러
지듯 마을에서 사라져가는 모습을 허투루 흘려보내기는 어
려웠을 것이다.
　어쨌든 두어 주 지났을까 싶은 즈음 느닷없이 마을에 형
사들이 들이닥쳐 여기저기를 기웃거리며 이것저것 묻고 다
녔다. 젊고 덩치가 크고 수상해 보이는 누군가가 그 집을

찾아온 적이 있었는지, 외지에서 찾아온 사람들이 수시로 대문을 들락거렸는지, 그들과 가깝게 지내는 동네 사람들이 있었는지 등을 묻고 다녔다. 전봇대 두어 개 사이의 이웃인 데다 식당인 우리 집을 형사들이 그냥 지나칠 리 없었다. 어머니에게 수첩에서 꺼낸 사진을 보여주며 본 적이 있는지를 물었고 그런 질문은 내게도 돌아왔다. 나는 낚시가 취미여서 물가로 내려온 아이와 두 차례 나누었던 얘기를 대강 들려주었다. 그때 형사로부터 사건 소식을 전해 듣는 순간 나는 충격에 빠져 잠시 어안이 벙벙해졌다. 얼마나 경악스러운 사건이었는지 등줄기에선 소름이 돋고 머리숱이 쭈뼛 솟기까지 했다.

"그 집 식구들이 얼마 전 참변을 당했어요. 가족들이 인척 결혼식장에 갔다가 그만 조폭의 칼을 맞아 남편은 현장에서 즉사하고 부인은 병원으로 옮겼지만, 부상이 심해 아직 깨어나지 못하고 있어요."

그러면서 혹시 그들 가족이 사라지기 전 이곳에 신체 건장한 사람, 예컨대 때가 여름철이니만치 손등이나 팔뚝에 문신한 젊은이가 주변을 서성이거나 다녀간 적이 있었는지를 캐묻는 거였다. 사건 사고가 일상이어서일까, 부부 중 남편은 현장에서 즉사하고 부인은 중상을 입어 아직 깨어나지 못하고 있다는 소식을 전하면서도 형사는 얼굴색 하나 변하지 않은 채 우리 가족의 입을 주시하고 있었다. 우리 집과 서너 키 정도 언덕 차이기는 하나 거리상으로 한눈에 들어오는 위치여서 관심만 두면 그 집을 방문하는 사람들이 하루에 몇이나 되며 어떤 차를 타고 왔고 어떤 옷을 걸쳤고 키나 몸집으로 풍기는 외관이 어떠어떠한지를 너끈히 식별할 수 있는 위치였기에 형사들이 알고 싶은 내용을 듣고 본 대로 얼추 설명해주는 데는 무리가 없었다.

"마른하늘에 날벼락이라고 이 무슨 변고래요. 그 집 식구들이 참변을 당하다니. 혹 남자가 돈 많은 회사 사장이랍시구 으스대다가 뉘한테 원한을 사기라도 했나요?"

어머니가 애써 정신을 가다듬고는 우리 식당에 찾아들어 온 형사들을 의자에 앉히고 얼음물까지 따라 건네며 물었다. 어머니는 여자와 아이보단 베일에 싸였던 사내가 더 궁금했던 모양이었다. 형사가 피식 웃었다.

"회사 사장이라고 하던가요?"

"그 집 여자가 여기 한 번 찾아와 잔치국수를 먹고 간 적이 있어요. 아저씨가 돈 잘 버는 회사 사장이냐고 물었더니 가타부타 대답 없이 머뭇거리는 눈치입디다."

"이웃분들도 여태껏 그 집 남자가 뭐 하는 사람인지 전혀 모르고 지냈습니까?"

"밖에 나댕겼어야 말이지요. 이웃 사람들이 어쩌다 차에 타고 내리는 모습만 봤다는데 먼발치에서 봐도 허우대가 범강장달이 같다고 누군가가 수군거리긴 하데요."

　그 집 식구들과 일면식도 없는 이웃들이 가까이서 본 적도 마주친 적도 없는 사람의 말본새나 생김새를 알 턱이 없었다. 어머니는 누군가라는 이를 핑계 삼아 어쩌다 먼발치에서 흘깃 바라보고 느꼈던 속내를 형사들 앞에 털어놓는 눈치였다. 어머니의 대답이 끝나기가 무섭게 형사 하나가 고개를 끄덕이며 대신 답했다.

　"그 사람 꽤 유명한 조폭 부두목이었어요."

　"조폭이라니, 그게 뭔 말이에요."

　"조직폭력배란 말 못 들어보셨어요? 깡패라고요. 그 사람이 깡패 부두목이었는데 원수지간이던 다른 깡패조직원한테 칼부림을 당해 남편은 현장에서 죽고 마누라는 칼에 찔려 크게 다쳤단 말입니다."

　화들짝 놀란 어머니가 의자에 주저앉으며 탄식했다.

　"어머나! 저걸 어째. 찌를 거면 깡패라는 범강장달이 같은 사내나 찌를 일이지. 그 이쁘고 순한 여자가 뭔 죄가 있다고 보릿대처럼 나실나실한 몸에 칼을 꽂는대요. 천벌 받을 불상놈들 같으니라고."

　이렇게 해서 그 집의 그동안 가려졌던 실체가 동네 사람들에게 낱낱이 밝혀졌다. 조직폭력배의 계보를 잇는 무슨 파의 부두목이었던 남자는 가족들이 신변에 위협을 느끼자 이곳으로 아내와 아들을 이주시켰고 덕분에 무탈했다. 그러나 가족을 동반하고 조직원 일가의 결혼식에 참석차 이동하던 중 예식장 근처 휴게소에서 원한 관계였던 다른 조직원의 습격을 받아 남자는 현장에서 죽고 여자도 심하게 다쳐 현재 병원 중환자실에서 사경을 헤매고 있다는 거였다. 더 충격적인 일은 어린 일곱 살 아이까지 동행했다가 현장에서 부모가 칼부림 당하는 끔찍한 광경을 고스란히 지켜본 뒤 그 자리에서 실신하고 말았다는 소식이었다.

이후 그들은 오랫동안 동네에 나타나지 않았고 누구도 그들 가족의 뒷이야기를 전해주는 이가 없었다. 마을에 그들 가족과 연줄 닿는 이가 없다 보니 티끌만 한 풍문조차 들려오지 않았다. 누군가가 간혹 나타나 집을 손보고 돌아가곤 했는데 시 짓는 선생네 집으로 통하던 그 빈집은 이제는 동네 사람들 입을 통해 무시무시한 깡패 두목의 집으로 불리게 되었다. 아이들도 조직폭력배의 부두목이 살던 집이라는 은근한 두려움 때문인지 그 집 주변에 접근하기를 꺼렸고 어른들 역시 집터의 기가 사납다며 고개를 절레절레 흔들거나 아예 관심을 가지려고도 하지 않았다.

7

사건이 있은 지 수년 뒤, 그러니까 금산나루가 폐쇄되고 아버지가 수상 낚시터를 시작한 뒤에야 그 집에 두 사람이 들어와 살기 시작했다. 여자와 아이가 돌아온 것이다. 그러나 집으로 돌아오기는 했어도 두 사람은 이전과는 전혀 다른 사람이 되어있었다. 두문불출하고 집 밖에 나도는 일이 거의 없었다. 어쩌다 밖에 나올 땐 아마도 할아버지의 자가용으로 보이는 승용차를 타고 시내로 나갔다가 저녁 무렵이 다 되어서야 돌아오곤 했다.

여자는 예전의 우아하고 기품있었던 용모를 어디서도 찾아보기 어려웠다. 심지어 걸음을 옮길 때마다 잘름잘름 다리를 절기까지 했고 멀리서 보이는 얼굴은 어둡고 차가워 보였다.

아이 역시 커갈수록 죽은 아버지를 닮아가는 모양으로 몸집이 굵고 키도 껑충하게 성장했지만, 왠지 혼이 쏙 빠져나간 것처럼 눈동자가 머루레한 데다 걸음걸이도 시원찮아

보였다. 몸집 큰 체구로 고개를 움푹 수그린 채 세월아 네월아 걷는 모습은 사나흘에 한 끼 진입죽이나 겨우 얻어먹고 이 마을 저 마을 떠도는 행려자 걸음과 흡사했다. 마을 사람들이 가까이 접근하려 해도 무얼 물어보려 해도 멀찌감치 거리를 두고 할깃할깃 피해 가는 바람에 녀석이 말이나 제대로 할 줄 아는지, 백치가 되었는지 종잡기조차 어려웠다. 하지만 사람을 피해 베돌기만 하던 그와 어쩌다 호숫가에서 정면으로 마주치기라도 하면 겁에 질린 듯한 표정과 구부정한 어깨, 뒤퉁스러워 보이는 행실이 금방 눈에 들어왔다. 예전 일곱이란 나이에 요란 스트라우스 2세의 왈츠를 들먹이고 제 엄마가 쓴 시를 좔좔 외던 명민과 총기는 그의 몸 어디서도 찾아보기 어려웠다.

그사이 나는 군대를 다녀왔고 복학해 학교를 마친 뒤 도시철도공사에 취업한 매인 몸이어서 어쩌다 시간을 내야 집에 돌아올 수 있었다. 집에 돌아와서도 수상 낚시터를 오가며 아버지의 일을 거드는 일에 집중하다 보니 한때 취미였던 낚시와 점차 멀어졌다.

돌이 구르듯 아이가 쪼르르 달려 내려오던 호숫가 낚시터에 더는 나갈 일도 없었고, 아이 역시 내 눈에 띄지 않아 이후 어떻게 성장했는지 알 수 없었다. 다만 아이는 매주 한 차례씩 서울에 있는 큰 병원을 다녀온단 소문이 돌았다.

같은 또래의 아이들이 다니는 학교가 가까운 눈앞인데도 진학은커녕 교정조차 밟아보지 못하는 처지였다. 사건 당시 충격이 워낙 커 학교보다는 정기적으로 병원에 가 정신과 치료를 받고 온다는 소문만 무성했다.

그 후 3년 정도 시간이 흘렀을 즈음에서야 아이가 차츰 바깥출입을 하는 듯했고 또 수년쯤 뒤엔 예전 일곱 살 아이 적 시절로 돌아간 듯 아침과 저녁 무렵 집 앞 언덕에서 하염없이 호수를 바라보는 모습이 눈에 띄곤 했다. 가끔은 책을 들고나와 호숫가에 앉아 읽기도 하고 호숫가 곳곳을 찾아다니다 어느 지점에 머물러 시선이 한곳에 꽂히게 되면 옆에 사람이 다가와 인기척을 해도 미동조차 없이 오로지 자기 시선에만 집중하곤 했다. 하지만 끝내 누군가가 옷 깃을 잡아끌거나 몸을 톡 건드려 아는 체라도 하는 날엔 오줌을 지릴 정도로 혼비백산하여 집으로 달아나는 것이었다.

8

퇴직하고 집에 돌아온 나는 아버지가 내게 물려 준 수상 좌대 낚시터를 운영하기 시작했다. 쉬는 날마다 간간이 찾아와 아버지 일을 거든 이력이 있어 따로 일을 배우고 자시고 할 일도 없었다. 오는 손님 반가이 맞이들이고 가는 손님 언젠가 다시 찾게 친절을 베풀고 손님이 퇴실한 좌대에 가 내실 청소하고 시설물 꼼꼼히 관리하면 그만이었다.

하지만 이즈음부터 수상 좌대 낚시가 대세로 떠오르자 우리 낚시터에도 꾼들이 구름처럼 몰려왔다. 나는 낚시터 확장을 서둘러야 했다. 어차피 직장까지 그만두고 시작한 사업인 만큼 경쟁력도 높이고 수익성도 최대한 끌어 올려야겠단 생각에서였다.

나는 전 직장에서 받은 퇴직금을 투입해 첫해에만 두 대의 좌대를 더 늘렸다. 그중 한 곳이 낚시꾼들이 탐낼 만한 명소가 되었다. 우리 집과 목소리로 소통할 수 있을 정도로 가직한 거리였다. 주변에 연과 부들이 솟고 듬성듬성 마름도 자라있어 물고기들이 산란하기엔 최적의 장소였다.

수상 좌대에는 가족들 예닐곱이 함께 들 수 있게 나름 모텔 급 수준으로 방을 꾸미고 실내 화장실은 물론 TV와 냉장고, 에어컨, 난방시설까지 고루 갖추었다. 좌대에 들어와 며칠 낚시에 몰입해도 전혀 불편을 느끼지 않도록 공들여 투자한 시설물이었다.

결과는 기대 이상의 효과로 나타났다. 투자에 공을 들인 만큼 다소 요금을 얹어 받아도 낚시꾼들이 터무니없어하거나 언짢아하는 기색을 찾아보기 어려웠다. 오히려 한 번 이용한 사람이 다음번 출조에 대비해 미리 선금을 치르고 예약하는 일이 다반사였다. 편의 시설이 고루 갖추어진 명소로서의 가치를 낚시인들 스스로 인정해주는 셈이었다.

어머니는 낚시터 운영에 없어서는 안 될 훌륭한 조력자였다. 식당에서는 간단한 요깃거리로 잔치국수나 라면을 끓여냈고 김치찌개부터 제육볶음, 닭볶음탕, 닭백숙 등 값나가는 음식까지 척척 차려내는가 하면 낚시꾼을 대상으로 진열장에 그득먹하게 들여놓은 낚시용품들을 팔기도 했다.

나에게 언제쯤이나 여자를 데려올 거냐며 잊을만하면 채근하는 일로 모자간의 갈등이 불거지곤 했지만, 나이가 차도 홀로인 자식을 염려하는 노모의 입장을 당연시하면서 나는 그럭저럭 위기를 모면해 갔다.

9

혼자일 때 호숫가는 외로움이 더 진하게 찾아든다. 낙조 떨어진 검붉은 호수를 바라볼 때나 진종일 먹이 사냥에 바빴던 물새들이 짝과 함께 둥지를 향해 날아갈 때 누군가를 향한 그리움은 노을빛보다 더 붉어진다. 내 가슴 속에도 추억이 한가득 고인 넓고 깊고 푸른 호수가 존재한다는 사실을 비로소 깨닫게 된다. 성큼 다가온 외로움이 바람을 일으키는 순간 가슴에 고였던 추억의 편린들이 물결이 되고 파도가 되어 철썩철썩 심장을 후려친다.

사랑했던 사람들이 헤어지기 전 서로의 상처가 얼마나 깊고 얼마나 아플지 미리 수치를 계산해 두지는 않을 것이다. 나도 이별 직후 찾아온 몸살이 제법 시리기는 했었다. 하지만 만나고 헤어지는 일이 어디 한두 번이었으랴. 한때는 만나는 게 일상이었고 만난 횟수만큼 또한 헤어졌기에 너무 익숙했던 이별이 훗날 아린 그리움으로 다가오리라곤 생각지 못했다. 불현듯 찾아오는 외로움, 가슴 아린 그리움이 밀려올 때마다 마음은 벌써 경춘선 열차에 올라 서울로 달려가고 있었고 길이 멀어 더 빨리 다가가고 싶을 땐 물새처럼 훨훨 날아 삼악산 자락을 넘어가고 있었다.

그럼에도 내 몸은 호수를 지키고 있는 텃새처럼 의암호에 머물러 있었다. 그리운 사람을 찾아가지 못하는 이유는 아마도 내 옆에 호수가 있었기 때문일 것이다. 호수는 마음을 축축이 적셔놓았다가 울렁이게 했다가 들쑤셔 헤집어놨다가는 마침내 울먹울먹해질 즈음에서야 이제 편안히 쉬라고 자장가를 들려준다.

외로운 사람들은 날이 어둡기 전 귀를 조금만 열어도 호수 어딘가에서 들려오는 노랫소리를 들을 수 있다. 물결이 감미롭게 들려주는 자장가 소리다. 하지만 잠들기 직전 잠깐 실눈을 떠 호수의 율동을 훔쳐봐야 한다. 잠들지 못하는 이들을 위해 덮두들기는 깃털 같은 손길이 얼마나 부드럽고 얼마나 사랑스러운지 직전까지 울먹였던 가슴이 금세 가라앉으면서 절로 단잠에 빠져들게 되는 것이다.

날이 어두워 호수에 그윽한 달빛이 내리고 하늘에 별이 총총히 뜨는 밤 문득문득 운님의 얼굴이 떠오르며 가슴이 먹먹해지곤 했지만 나는 아침이면 아무런 일도 없었다는 듯 보트를 묶어둔 선착장으로 씨억씨억 걸어 나갔다.

동네 친구들은 주석에서 나를 사공으로 부르곤 했다. 나는 같은 말이라 해도 기왕이면 선장님이라 부르라고 응수했지만 짓궂은 놈들 앞에서 그게 통할 리가 없었다. 나는 정말 친구들 말처럼 낚시꾼들을 실어나르는 사공이 되어있었다.

채비를 멘 낚시꾼들은 성급하다. 벌써 마음이 좌대에 가둥둥 떠 있다. 호수에 들어가기도 전부터 눈빛은 찌에 꽂혀 있고 팔뚝은 씨알 좋은 물고기와 씨름하느라 불끈거린다. 낚시터로 향하는 발길이 설레지 않을 수 없는 이유다.

나는 찾아오는 낚시꾼들에게 좌대 이용 요금을 선금으로 받아낸 뒤 선착장으로 데리고 나갔다. 한 번 들어가면 나올 때까지 꼼짝없이 호수에 갇히는 신세여서 모터보트에 오르기 전 꼭 필요한 용품을 모두 챙겨왔는지 일일이 확인하고서야 호수 한가운데로 질주해 갔다. 낚시터로 곧바로 향하지 않고 굳이 호수를 한 바퀴 돌아보는 데는 두 가지 이유가 있었다. 갑갑한 도시에서 벗어나 마침내 호수에 왔다는 해방감을 고객들에게 선물해 주자는 의도였고 다른 하나는 좌대가 한눈에 보이는 곳에서 고객이 마음에 드는 낚시터를 직접 선택하라는 배려였다. 이러한 나의 고객 대응 방식이 요사스러운 상술로 오해될 소지가 있지만 어쨌든 효과는 있었다. 단골이 꾸준했으니 말이다.

좌대에 도착한 시간부터 고객들이 호수 가장자리 좁디좁은 좌대 안에서 할 수 있는 일이라곤 오로지 낚시와 먹고 쉬는 일뿐이었다. 나 역시도 이곳 호숫가 태생이어서 주변 낚시정보나 낚시꾼들의 심리를 얼추 꿰고 있는 축이었다.

호수에 낚싯대를 드리우고 찌를 바라보는 시간이 길어지고 깊어질 무렵 눈에 보이고 귀에 들리고 가슴에 떠돌던 세상만사를 바람과 구름과 시간에 흘려보내노라면 몸은 금방 창공으로 떠오를 듯 가벼워지고 마음은 자연 속에 흠뻑 젖어 들어 더없이 평온했다.

우리네 삶은 양심의 거울 앞에 서면 괜스레 작아지고 초라해지고 하염없이 부끄러워지게 마련이다. 우리 눈에 쉬 보이지는 않지만, 세상은 온통 싸움터여서 사람 꼬이는 곳엔 어디에나 피눈물이 흘러 진창을 이룬다. 오늘도 누군가는 나의 가슴을, 나는 누군가의 가슴을 베어 피를 내게 하고 눈물을 쏟게 한다. 비린 피가 흘러 길을 붉게 물들이고 아린 눈물이 쏟아져 거리가 흥건해도, 신고 다니는 구두에 피눈물이 툭툭 채여도 너무 익숙한 일상이어서일까, 무심히 하루하루를 버티고 살아가는 것이다. 삶이니까, 그것이 인생이니까. 세상이 본디 그러하니까. 자신이 상처를 입어 피해자가 되고도 누군가에게 상처를 줘 가해자가 되고도 피해의식이나 죄의식조차 인식하지 못한 채 엄벙덤벙 살아가는 것이다.

낚시인들이 물가에 나와 앉아 찌를 바라보는 시간만큼은 어쩌면 죄지은 사람이 사제 앞에 달려가 고해하듯 이물감에 시달려 온 눈과 귀를 씻어내고 우울감에 쪼그라든 감정을 다듬질하거나 조율하는 엄숙한 성찰의식이기도 하다.

금쪽같은 시간을 써가면서 먼 거리를 달려온 낚시꾼들에게 나는 이곳 낚시터에서 만날 수 있는 어류와 미끼, 입질 형태, 최근에 다녀간 낚시꾼들이 낚은 마릿수와 크기 등 세세한 조황 정보를 들려주곤 했다.

그리고 자연스럽게 어머니의 장사를 도왔다. 낚시꾼들이 수상 좌대로 이동한 이후엔 걸어서는 바깥세상으로 이동하기가 불가능해 삼시 세끼를 스스로 해결하기가 어려웠다. 그들을 좌대까지 이동시켜주고 돌아오기 직전 나는 좌대 벽면에 붙어있는 주문 가능한 음식과 가격, 전화번호가 적힌 식단표를 가리키며 어머니의 음식솜씨를 은근히 치켜세웠다. 그건 거짓이나 과장이 아니었기에 멋쩍고 민망해할 필요도 없었다. 좌대에 든 낚시꾼들이 전화로 주문하면 내가 어머니의 손맛이 담긴 맛깔난 음식들을 보트에 실어 신속히 배달했다. 준비해 온 라면으로 급한 허기를 끄기야 하겠지만 아무리 낚시에 집중한다 한들 공복으로 긴 시간을 보낼 수는 없는 노릇이다. 어머니의 무난한 음식솜씨에다 장시간 낚시로 속이 굴풋해진 낚시꾼들이고 보니 정성 들여 준비해 간 음식이 잔반으로 돌아오는 경우는 흔치 않았다.

그즈음 낚시만을 다루는 잡지사의 기자가 찾아와 주변을 돌며 두루 취재해간 뒤 다음 달 발행된 잡지에 우리 낚시터 소개와 더불어 어머니가 차려주었던 음식에 관한 설명이 사진과 함께 상세히 실렸다. 아버지의 손길과 영혼이 깃든 수상 낚시터는 내 젊은 열정까지 더해 이제 전국의 수상 좌대 낚시터 중 으뜸이라고 알려진 최고의 명소 중 한 곳으로 소개되고 있었다. 그건 객관적 사실로 검증이 된 사실이었다. 전국 낚시터란 낚시터는 빼놓지 않고 다녀봤을 잡지사 기자가 우리 낚시터의 단골이 된 네 가지 이유를 꼽았다. 수도권과 가까워 접근성이 좋은 데다 호수를 둘러싼 주변 풍경이 아침저녁으로 감동을 자아내고 참붕어를 낚아올릴 때 손맛이 그만이며 집밥처럼 차려내는 어머니의 음식솜씨가 일품이라는 거였다. 이 네 가지 이유는 이미 낚시잡지에 소개된 기사의 내용이기도 했다.

10

독자들은 나의 시시콜콜한 낚시터 이야기보다는 이웃집 명일이에게 더 관심이 가 있을 것이다. 이 무렵엔 사실 나도 명일이가 어떻게 지내는지 잘 알지 못했다. 그건 당연한 일이었다. 서로 교류하려면 얼굴부터 마주해야 할 테지만 그는 성장한 뒤로 우리 동네 그 누구와도 눈조차 마주치려 하지 않았고 먼저 말을 걸어오는 법도 없었다.

내게 일곱 살 아이로만 각인되었던 그는 더는 아이가 아니었다. 물론 나는 그 아이의 이름만큼은 잊지 않고 있었다.

정명일이에요. 우리 엄마가 매일 밝게 살라고 지어준 이름이에요. 밝을 명, 날 일. 일곱 살 어린 나이답잖게 또박또박 제 이름을 답하던 그 날, 나는 훗날 아이가 어른으로 성장한 뒤엔 왠지 한 인물 할 것 같은 비범함을 느꼈었다. 아이가 참혹한 사건을 겪기 전까지 내 생각엔 변함이 없었다.

그러나 사건이 있은 뒤로 이전의 내 생각은 지워졌다. 그건 어쩔 수 없는 일이었다. 자연에 속한 모든 생명체는 자신이 처한 환경에 적응하며 경쟁하고 살아가는 게 숙명인데 거기에 순응하지 못하면 응당 도태되고 낙오되어 자신의 존재를 잃어가기 마련이다. 숲속의 오만가지 식물들이 다들 그렇게 살아간다. 약육강식과 적자생존이 만연한 야생 동물 세계는 굳이 말할 필요도 없다. 사람 사는 세상은 절대 그렇지 않다고, 그렇게 열악하지도 치열하지도 않다고 딱 잘라 말하기 어렵다. 고운 손길, 따뜻한 배려로 약자를 보듬어 안고 요람에서 무덤까지 동행을 책임지는 착한 사회가 세상에 과연 몇 곳이나 존재할까?

어릴 적 명일이는 땅 표면으로 머리를 불쑥 내밀어 돋보이던 싱싱한 떡잎이었다. 하지만 누군가에게 떡잎이 밟힌 뒤엔 안에서 솟아올라야 할 속잎이 아직 보이지 않는 상처투성이의 싹이었다.

그는 사건 발생 후 몇 해 동안 우리 마을에 나타나지 않다가 돌아온 뒤 제도화된 교육환경과 담을 쌓고 어두운 동굴 속에서 혼자만의 세계에 숨어 살았다. 일곱 살 시절 또래의 아이들보다 훨씬 앞서 달려가다가 지금에 와서는 오히려 까마득한 거리로 뒤처져 있는 것이었다. 그는 이전의 그 비범한 아이가 아닌 것만은 확실했다.

나는 뒤늦게서야 엄마가 지어줬다는 명일이라는 이름의 숨은 뜻도 나름 짚어낼 수 있었다. 밝을 명에 날 일, 매일 밝게 살란 이름 뜻에는 음습한 뒷골목 어두운 세계에 사는 아버지를 닮지 말라는 엄마의 간절한 바람이 담겼을 것이란 추측이었다. 그러나 아버지의 죽음을 목격한 아이는 밝을 명 대신, 날 일 대신 깊고 어두운 동굴 속에 마냥 갇혀 사는 꼴이었다. 몸은 건장한 청년으로 성장했건만 홀로 호숫가를 베돌거나 기껏해야 자기 집 마당 벤치에 앉아 하염없이 호수만 바라보는 단조로운 일상이 일곱 살 무렵의 그와 큰 차이가 없어 보였다.

11

　내가 낚시터 일을 시작한 지 몇 해가 지난 어느 날, 이제
는 예전의 그 곱고 뽀얗던 얼굴과 백로가 거닐듯 날씬날씬
한 걸음이 아닌, 단아하면서도 기품있어 보이던 옷매무새가
아닌, 왼쪽 볼과 목 부위에 흉측한 쇠붙이가 긁고 간 흉터
가 보이는 얼굴에 왼쪽 다리를 절름거리는 걸음으로 50대
의 보통 아줌마 행색을 한 여인네가 다 자라 성인이 된 명
일이와 함께 불쑥 우리 앞에 나타났다.

　식당 안에 들어설 때까지도 어머니와 나는 불현듯 나타
난 그들이 어디서 온 누구인지 전혀 알지 못했다. 그러다가
매일 집 앞 벤치에 나와 호수를 바라볼 때 입고 있었던 명
일이의 회색 티셔츠와 멀리서 보아도 건장해 보이던 어깨가
구부정한 체구를 확인하고서야 이들이 옆집에 사는 두 모
자임을 알 수 있었다.

　"네가 명일이로구나. 그렇지?"

　내가 활짝 웃고는 반가이 맞으며 손을 내밀었다. 그러나

명일이는 불쑥 내미는 내 손을 짐짓 외면한 채 문밖으로 고개를 돌렸다. 불안한 그의 시선은 창밖 호숫가에 가 멈춰 있었다.

"예전에 한 번 먹었던 잔치국수의 깊은 맛을 잊을 수가 없어서요."

여자의 그 말은 잔치국수를 먹으러 왔단 뜻이기도 했다. 단골손님들로부터 한두 번 들어본 소리가 아니었기에 입가에 멋쩍은 웃음을 흘린 어머니가 곧바로 좁은 식당 주방으로 가 물을 올렸다.

"잡숫고 싶으면 진즉에 오실 일이지. 십 리 길, 백 리 길도 아니구 엎어지면 코 닿고 문지방만 넘으면 바로 우리 집이건만 왜 이제야 오셨수."

"사실은 어려운 부탁이 있어 겸사겸사 찾아왔어요."

여자가 어머니가 아닌 내 얼굴을 바라봤다. 처음 그녀를 보았을 때 숨이 막힐 것 같던 아찔한 미모는 아니었지만 그렇다고 몸가축에 소홀하여 오종종해 보이는 행색도 아니었다. 왼 얼굴과 목 부위에 난 상처로 월궁에 산다는 선녀처럼 고운 미색을 잃은 지 퍽 오래였으나 일곱 살 아이의 엄마였던 젊은 시절 유별나게 아름다워 보였던 입가의 미소와 차분한 목소리만큼은 예전 그대로였다.

대학생 신분이던 당시 엄연한 유부녀임에도 그 빼어난

미모에 끌려 볼 때마다 심장이 두근거렸고 혈기왕성한 나의 존재를 드러내 보고픈 은근한 욕심까지 품었던 것도 사실이었다. 비단 그러한 생각이 어디 나 하나뿐이었으랴. 동네 남자들은 그 집을 양념거리로 삼아 주석에서 툭하면 내뱉곤 하는 말들이 있었다. 어떤 놈은 돈이 많아 양귀비 같은 여편네를 끼고 산다거나, 그런 화룡월태의 미색을 갖춘 여자와 단 하루만이라도 살아봤으면 원이 없겠다거나, 얼굴은 천상 보름밤에 뜬 달이고 다리는 절굿공이처럼 매끈한 몸매인데 열리지 않은 가슴이야 오죽하겠냐면서 저들끼리 낄낄거리기 일쑤였다.

동네 아낙들은 아낙들대로 미색을 적잖이 시샘하듯 예전에는 첩이네, 술집 작부네 비아냥거렸다가 여자가 돌아온 뒤엔 미인박명이 팔자가 드세다느니 어쩌고저쩌고 수군거리다가, 나중엔 얼굴에 난 칼자국이 그리 흉측한데 하물며 보이지 않는 속살에 난 상처 자국이 얼마나 끔찍할까, 섬뜩한 상상까지 해가면서 거침없이 흉을 떨어대곤 했다.

마을 사람들이 악의가 있어 하는 말은 아니었다. 그녀의 빼어난 용모에 끌린 남자들이 섣불리 연모할 수 없는 상대였기에 혹은 뭇 여자들이 자신은 감히 범접할 수 없는 오롯한 기품을 지닌 여인을 시샘하는 마음에서 툭툭 내던진 말일 터였다.

"어려워 마시고 말씀해 보세요."

나는 예전 그녀의 빼어난 용모를 떠올리면서 그녀가 무엇을 부탁하든 다 들어줄 태세로 말했다. 얼굴에 남아있는 흉터도 그렇지만 이마와 목에 잡힌 잔주름도 예전 가슴 울렁이게 하던 그 모습은 분명 아니었다. 그럼에도 오랜만에 나타난 반가움과 마치 동경하던 연예인이 이제는 은퇴해 초라한 모습으로 내 눈앞에 다가와 있는 것처럼 잔잔한 설렘까지 더해 그녀가 원하는 부탁 하나쯤 충분히 들어줄 수 있다고 자신했다. 어쩌면 예전에 아이들을 가르치던 선생이기도 했던 여자가 내게 무례한 부탁을 해올 리 없고 들어주지 못할 부탁을 청하지도 않을 거란 지레짐작을 하고 있었는지도 모르겠다.

"얘가 저 낚시터를 자꾸 가보고 싶다네요. 한 번만 데려가 주실 수 있을까요?"

여자가 가리킨 곳은 마을 선착장 뒤편에 내가 이곳에 와 퇴직금까지 털어 처음 제작했던 1호 수상 좌대 낚시터였다. 그곳까지 한 번 데려가는 일쯤이야 어려운 부탁일 수가 없었다. 모터보트 시동을 걸면 엔진이 채 뜨거워지기도 전에 다녀올 수 있는 가까운 거리였고 거의 매일 오가는 일상 중 하나이기도 했다. 게다가 오늘은 좌대를 찾은 손님도 없어 텅 비어 있었다.

"지금 데려가 줄까요?"

국수가 나오기 전에라도 금방 다녀올 수 있는 짧은 거리여서 내가 일어서려고 움찔 몸을 일으키려는 찰나 그녀가 고개를 절레절레 흔들며 손사래를 쳤다.

"아니에요. 오늘은 잔치국수를 먹으러 왔어요. 얘는 아침이나 저녁 무렵 호수에 햇빛이 내려앉은 풍경을 참 좋아해요. 저 낚시터 앞 넓은 호수를 늘 가까이서 보고 싶어 했거든요. 언제 시간 되시면 한 번만 꼭 데려가 주세요."

나는 낚시 손님들이 들어와 있지 않은 때엔 언제든지 원하는 시간에 명일이를 수상 낚시터까지 데려가 주겠다고 약속했다.

"혹시 너 예전에 봤다는 그 비단인어를 만나려고?"

불쑥 떠오른 옛 생각에 내가 명일이의 어깨를 툭 쳤다. 명일이가 금방 겁먹은 기색으로 인상을 찌푸리고는 고슴도치처럼 몸을 움츠렸다.

"다들 아실 테지만 얘가 전에 큰 사고를 겪은 뒤 많이 힘들어했어요. 누가 뒤엉켜 싸우거나 피를 흘리거나 큰소리가 나면 공포를 느끼고 심할 땐 발작까지 일으켰지요. 낯선 사람과는 아예 얼굴조차 마주치려 하지 않았고 사람 모인 곳엔 얼씬도 하지 않았어요. 정말 힘든 시기였죠. 하지만 이젠 많이 좋아졌어요. 병원도 잘 다니고 하고 싶은 공부도 열심히 해 그동안 단절됐던 세상과의 거리가 많이 좁혀졌어요."

명일이는 나를 비롯해 마을 사람들이 생각했던 은둔 속의 삶을 살아온 게 확실했다. 그래서일까. 어린 시절의 귀공자 같던 얼굴은 윤곽만 희미하게 떠오를 뿐, 낚시하는 내 옆에 붙어 앉아 쉬지 않고 조잘거리며 맑은 눈동자를 연신 뙤록이던 눈빛을 지금 그에게선 도무지 찾아보기 어려웠다.

의식적으로 사람의 눈길을 피하려는 불안한 움직임이 계속 이어졌다. 게다가 그는 어머니가 방금 채를 썰다 나온 주방에 자꾸 눈길을 주고 있었는데 어깨를 움츠린 채 어디 숨을 곳이라도 찾는 듯 불안한 눈빛은 마치 암탉의 가슴팍으로 언제든 뛰어들려는 알에서 갓 깨어난 병아리 같았다. 그의 눈은 도마 위에 덩그러니 놓인 어머니의 식칼을 가리키고 있었다.

"죄송해요. 얘가 날카로운 칼이나 흉기를 보면 이래요."

그 말은 도마 위에 놓인 칼을 어서 치워달라는 주문이었다. 어머니가 주방에 들어가 눈에 보이지 않게 찬장 서랍 속에 칼을 치우고 나온 뒤에야 두 사람의 표정이 다소나마 안정을 되찾았다.

"네가 저기 가려는 이유를 알겠다. 너 옛날에 보았던 비단잉어를 좀 더 가까이서 보려는 거지?"

대답도 그녀의 몫이었다.

"명일이가 하고 싶은 걸 할 수 있게 도와주고 싶어요. 앤 모르는 사람을 꺼리고 멀리할 뿐 품행은 야젓하답니다. 다들 아실 테지만 사고 후유증이 깊어 초등학교 입구조차 가보지 못했는데 다행히 배우는 걸 즐기고 학습 능력도 뛰어나 하나를 가르치면 열을 깨우치더군요. 덕분에 차근차근 검정고시를 치러 고등학교 과정까지 마쳤고요, 요즘엔 자연생태계와 환경 분야 쪽 학문에 심취해 있어요."

약속은 며칠 후에 지켜졌다. 맑은 가을 하늘에 햇살이 곱게 부서져 내리는 오후였다. 여인이 명일이를 앞세우고 우리 낚시터를 찾아온 것이다.

"내려다보았더니 다행히 오늘은 좌대에 손님이 오시지 않았더군요."

여인은 아들의 청을 들어주기 위해 매일 우리 좌대 낚시터를 건너다보며 때를 기다리고 있었던 모양이었다. 여인이 어머니께 잔치국수를 시켜 먹는 동안 나는 명일이를 데리고 선착장으로 향했다.

그는 큰 키에 몸집마저 우람했지만, 어깨가 축 처지고 고개마저 항상 수그리고 있어 걷는 모습이나 서 있는 모습이 다 익어 목이 휘어가는 장목수수 같았다. 게다가 걸음걸이

마저 느리고 굼떴다. 식당에서 마을 선착장까지 내려오는 짧은 거리조차 내가 먼저 내려가 묶어두었던 밧줄을 풀은 뒤 보트에 올라 시동을 걸 때까지도 아직 도착하지 못한 상태였다. 행여 보트에 오르다 발을 헛디딜 수 있겠단 생각에 내가 손을 내밀자 그는 완강히 거부하며 팔을 뿌리쳤다. 그는 제 힘으로 느적느적 보트에 올라탔다.

나는 보트 한가운데 놓인 의자에 그를 앉히고 구명조끼를 입혔다. 몸집이 절구통처럼 우람해 치수가 가장 큰 구명조끼를 찾아야 했다. 조끼를 입힐 때 내 손이 몸에 닿는 것을 극도로 경계했지만 입어야 데려가 줄 수 있단 엄포에 그는 마지못해 수긍했다.

나는 내친김에 좌대 열 곳을 모두 돌아보기로 하고 명일이가 가고 싶어 하는 좌대를 벗어나 호수 하류 쪽으로 방향을 꺾었다. 속도를 높이자마자 보트 엉덩이에서 뿜어져 나온 물결이 부챗살처럼 호수를 갈랐다. 보트가 호수 한가운데로 진입할 무렵이었다. 보트 중간 의자에 등을 구부리고 앉았던 명일이가 시근벌떡 자리를 차고 일어나 내 팔을 낚아챘다. 보트가 출렁했고 하마터면 녀석은 보트 밖 호숫가로 나가떨어질 뻔했다. 내 팔을 암팡지게 붙잡아 그나마 바로 설 수 있었다. 그가 팔을 뻗어 자신이 가야 할 방향을 가리켰다.

"불안해할 필요 없다. 낚시터를 한 바퀴 돌고 올게."

하지만 그는 여간 고집불통이 아니었다. 다시 내 팔을 낚아챘고 또다시 보트가 기우뚱했다. 힘으로도 고집으로도 그를 제압하기는 어려운 일이었다. 내 고집대로 보트를 몰았다간 녀석이 또 무슨 짓을 저지를지 예측할 수 없는 일이었다. 난감해진 나는 중간에 보트를 세우고 곰처럼 뻗대는 녀석의 마음을 진정시켜야 했다.

"네가 원하는 저기 낚시터까지 금방 데려가 줄게. 대신 자리에 얌전히 앉아 있어야 해. 그럴 수 있지?"

녀석이 멀뚱한 눈으로 내 얼굴을 쳐다보며 고개를 끄덕였다.

"너 말할 줄 몰라?"

고개만 끄덕이는 녀석을 바라보며 내가 다그치듯 물었다. 욱하고 화가 치밀긴 했다. 그러나 자세히 보니 상대는 예전 일곱 살 시절에 보았던 아이가 아니었다. 유별나다 싶게 해맑던 눈빛, 아직 젖살이 빠지지 않은 아이처럼 뽀얗기만 하던 얼굴은 희미한 윤곽만 남아 있었는데 무표정한 얼굴이며 구부린 어깨는 마치 능침을 지키는 문인석처럼 우람했다. 예전 이슬 같은 눈알을 띠록이며 요한 스트라우스 2세가 어쩌고 왈츠가 저쩌고 조잘조잘 뇌까리던 비범한 아이로만 생각한 채 먼저 어디를 둘러보겠다는 사전 설명조차 없이 내 멋대로 보트를 몰아간 게 잘못이었다.

"말을 하라고."

"……."

"말할 줄 몰라?"

"보면 몰라? 귀도 열렸고 입도 열렸잖아."

툭 내뱉은 말투는 내게 억하심정이라도 있는 사람처럼 불퉁스러웠다.

"좋아. 그럼 나랑 함께 있을 땐 떼쓰지 말고 열린 입으로 말을 하라고. 보트가 전복될 뻔했잖아. 말을 하라고 말을. 알았지?"

하지만 녀석은 나와 말을 섞는 게 왠지 머슬머슬했던지 짧게 고개만 끄덕이곤 시선을 호수 쪽으로 가져갔다. 나도 그의 어수룩한 표정이 영 탐탁지 않아 버럭 소리를 질렀다.

"귀가 열려있다면서 왜 고개만 끄덕이냐. 말을 하라고, 말을."

"알았어."

"너 어렸을 적엔 나한테 고분고분하더니 그동안 혓바닥이 짧아진 거냐 싸라기밥만 먹었던 거냐. 왜 버릇없이 반말이냐."

"형이잖아."

퉁명스러운 녀석의 대답을 듣는 순간 내 입가엔 피식 웃음기가 번지고 말았다. 선입견인지는 모르겠으나 큰 허우대, 덩치에 어울리는 굵은 목소리와는 달리 툭 내뱉는 말투는 예전 일곱 살 수준과 엇비슷했다. 사실 나는 좀 늦게야 깨달았지만, 이때는 녀석이 몸집만 크고 숫된 어리보기로만 보였던 게 사실이었다. 어쨌든 퉁명스럽게 툭 던진 대답이긴 해도 아직 옛일을 또렷이 기억하고 있단 생각에 녀석이 낯설게만 보이지는 않았다. 나는 1호 좌대를 향해 저속으로 보트를 몰아갔다. 언제 또 무슨 행동을 저지를지 알 수 없겠단 생각에 경계심을 늦추지 않은 채였다.

이윽고 보트를 좌대에 들이대고 안전하게 정박시킨 뒤 우리는 보트의 난간을 통해 좌대 위로 올라섰다. 수상 좌대는 바닥에 깔린 플라스틱 드럼통의 부력으로 물 한가운데 떠 있는 건축물이어서 늘 사고위험에 노출되어 있었다.

좌대의 구조도 겉보기보단 훨씬 단순하고 조잡한 것이었다. 조기 두름 엮듯 촘촘히 배열한 플라스틱 드럼통 상단에 방부목으로 바닥을 깔고 그 위에 조립식 패널로 방을 꾸리고 지붕을 덮은, 거주용으로 지은 일반 주택과는 어느 면으로나 비교할 수 없는 조악한 재질의 수상 구조물인 셈이었다.

애초부터 낚시용으로 설계하고 제작한 좌대여서 물가에 몸을 기댈만한 난간이며 미끄럼을 방지할 수 있는 안전시설이 갖춰질 리 없었다. 내실 외에 낚싯줄이 걸리적거리지 않을 정도의 여유 공간과 무릎 앞에 푸르고 너른 호수만 출렁이면 낚시터로서 갖출 구색은 다 갖춘, 어느 모로나 손색이 없는 좌대였다.

좌대 모퉁이 네 곳에 건축용 파이프를 박아 바람이 불어와도 떠밀리지 않게 단단히 묶어두긴 했지만 깊은 물 한가운데서는 늘 위험이 도사리고 있었다. 때문에, 무의식중에 좌대 위에서 한눈팔고 서성이다가 혹은 일행끼리 장난치다가 발을 헛디뎌 물에 빠지는 일들이 종종 발생하곤 했다. 아버지가 낚시꾼들에게 절대 술을 팔지 말라고 신신당부했던 이유도 좌대 낚시터에서 빈번하게 발생하는 안전사고 때문이었다. 밖에서 보기엔 호수 위에 다소곳이 떠 있는 좌대가 풍경화처럼 운치 있고 평온해 보일 테지만, 좌대 자체가 낚시용으로 제작된 단순 수상 구조물이어서 이용객들이 종종 물에 빠지는 사고가 발생하곤 했다. 실제로 여기저기 수상 낚시터에서 이런저런 사고로 사람이 물에 빠져 죽었다는 소식이 한 해 두세 건씩은 들려오기도 했다. 눈에 잘 보이는 좌대 한쪽 모서리에 밧줄을 묶어 매어 놓은 튜브도 수상사고를 대비해 비치한 인명구조 용구였다.

녀석이 좌대에 올라 뭔 짓을 저지를지 예측하기 어려워 나는 매 순간 긴장할 수밖에 없었다. 그는 부들과 연이 자라있는 좌대 뒤쪽 그러니까 낚시꾼들이라면 누구나 선호하고 탐내는 물녘보다는 앞에 보이는 넓은 호수와 하늘에만 신경이 가 있었다. 좌대를 서성이며 한쪽 모서리에서 햇살이 내려와 꽂힌 호수를 한동안 바라보다가 반대쪽으로 가 고개를 꺾고는 두렷두렷 하늘을 올려다보았다.

큰 키, 우람한 몸집에 너부죽한 얼굴을 잠깐씩 바라볼 때마다 왠지 내가 예전에 알고 지내던 누군가와 닮았단 생각을 지울 수가 없었다. 한참 기억을 더듬던 나는 예전 우리 동네로 처음 이사 왔을 무렵 어쩌다 집 앞 정원에 나와 기지개를 켜곤 하던, 조폭의 부두목으로 활동하다가 다른 조직원의 습격을 받아 죽었다는 명일이 아버지의 먼발치 모습과 판박이로 닮았단 사실을 떠올리고 흠칫 놀랐다. 굽은 어깨만 꼿꼿이 편다면 영락없이 제 아버지의 옛적 모습이 분명했다. 지금 그의 몸은 일곱 살 시절과 달리 틀거지가 덩실하고 우람했던 제 아버지 풍채를 쏙 빼닮은 것이었다.

"하늘은 왜 자꾸 쳐다보니."

어디선가 인어가 불쑥 머리를 내밀 거라고 상상한다면 의당 호수에 집중해야 할 터인데 자꾸 하늘을 올려다보는 그의 기이한 움직임을 지켜보던 내가 수상쩍다는 듯 불쑥 물었다.

"……."

"예전엔 인어가 호수에서 나타난다더니 요즘엔 하늘에서 떨어지니?"

"노을, 노을이 없네. 비단이불처럼 아롱아롱한 노을이 전혀 보이질 않아."

명일이가 손등으로 해를 가린 채 하늘을 올려다보다가 구긴 종잇장처럼 인상을 찌푸렸다. 하지만 그건 우물가에서 숭늉을 찾는 어리석은 짓이었다. 아직 해가 서쪽으로 기울어 노을이 내려앉기엔 너무 이른 시간이었던 것이다.

"노을은 해가 서쪽으로 넘어갈 때 작별하는 친구처럼 다가오는 거다."

"노을이 호수에 잠기는 건 작별하기 위해서가 아니라 만나기 위해서야. 비단인어와 죽은 시인도 그때 만나거든."

내 말이 떨어지기가 무섭게 날아온 그의 대답은 또렷했지만 실망스러웠다. 넌 아직 인어의 존재를 믿고 있는 일곱 살 시절에 머물러 있구나. 나는 그렇게 말하고 싶었다. 아니, 넌 아직 일곱 살이지? 묻고 확인하고 싶었다. 하지만 나는 체념하고 말았다. 덩칫값은 물론이고 나잇값도 못 하는 어리석은 놈. 나는 뻘쭘하게 서서 헛웃음을 짓고 말았다. 그 와중에도 경계심을 늦추지 않고 있던 내 두 눈은 녀석이 혹시 이리저리 둔전거리다 발이라도 헛디디지나 않을까 싶어 연신 그의 뒤를 따라다니고 있었다.

"이제 돌아갈까?"

의중을 떠보기 위해 한 마디 툭 던지자 그는 어처구니가 없다는 듯 나를 흘낏 바라본 뒤 투덜거렸다.

"기왕 여기까지 왔으면 비단인어를 만나보고 가야지. 날 잡아 큰맘 먹고 왔는데 헛걸음치고 그냥 돌아갈 순 없잖아."

단호한 고갯짓 너머로 옛적 일곱 살 시절 똘똘하고 야무졌던 아이의 얼굴이 언뜻 스쳐 지나갔다. 얼굴과 목소리가 성인의 것으로 바뀌었음에도 행동과 생각이 그대로인 일곱 살배기 아이가 내 앞에 서 있는 듯했다.

"네 눈엔 요즘도 비단인어가 보이냐?"

"그럼."

그는 당연하단 듯 딱 부러지게 답했다.

"최근에도 봤다고?"

"여러 번."

"넌 헛것을 본 거야. 예전엔 마을마다 처녀귀신이 흔했다고. 네가 정말 인어를 봤다면 그건 인어로 변신한 처녀귀신이 확실하다. 어떠냐. 내 말이 맞지?"

나는 씰쭉 웃으면서 되물었다.

"유치하긴. 형은 예나 지금이나 나를 이상한 눈으로 바라본다고. 제발 나를 바보 취급하지 마."

유치하다니, 어수룩해 보이는 녀석이 할 말이 아니다 싶어 입에 실소를 머금는 순간 내 머릿속엔 예전에 읽었던 오디세이아가 불현듯 떠오르는 것이었다. 트로이전쟁에서 승리한 오디세우스가 부하들과 함께 고향으로 돌아가는 뱃길에서 매혹적인 노래로 뱃사람들을 유혹해 타고 가던 배를 전복시키고 뱃사람마저 모두 죽이는 요정 사이렌과 만나게 된다. 여기에 등장하는 사이렌이 유럽 인어의 시조란 말을 들은 적이 있었다.

"혹시 인어가 노랠 부르면서 가까이 오라고 유혹하진 않더냐?"

"비단인어가 무슨 유행가 가수인 줄 알아?"

나는 꽤 진지하게 물었는데 녀석의 대답은 여전히 퉁명스러웠다.

"바다에서 노래로 사람을 유혹해 죽이는 사이렌이 최초의 인어였단 말이다. 여기 의암호에 인어 비슷한 듀공이나 매너티가 살 리 없으니 아름다운 노래로 사람을 유혹해 잡아먹는다는 사이렌이 아닐까 싶어 하는 말이다."

"눈앞에 보이는 비단인어를 부정하기 위해 먼 나라 신화까지 들먹일 필요는 없어."

멍청한 놈, 내 말을 아예 귓등으로도 흘려보내다니. 나는 은근히 오기가 발동해 목청까지 높였다.

"호숫가 주변엔 매일 구름처럼 사람들이 오가잖니. 공지천엘 가봐라. 주말이면 호수에 놀러 온 많고 많은 사람이 쪽배를 타고 호수 위에서 물놀이를 즐기잖아. 호수를 들여다보며 사색하는 사람들은 또 얼마나 많고. 게다가 호숫가 어디에든 사시사철 낚시꾼들이 진을 치고 앉아 물고기를 낚고 있잖니. 낚시꾼들은 물속에서는 맛보기 어려운 온갖 산해진미를 미늘에 꽂아 호시탐탐 물고기들을 유혹하고 있다. 심지어 호수엔 매일 그물을 쳐 고기 잡는 어부까지 있다고. 그런데 왜 그 많은 사람 눈에는 인어가 보이지 않고 오직 한 사람 네 눈에만 보이냔 말이다. 그게 말이 돼?"

"형은 살아오는 동안 바람의 형체를 본 적이 있어? 매일 매시간 바람이 불어도 우리 눈엔 보이질 않잖아. 보이지 않아도 우리 곁을 스쳐 지나가는 바람이 있듯이 세상에는 눈에 보이지 않으면서도 존재하는 것들이 많고 많다고."

나는 깜짝 놀랐다. 녀석이 그렇게 많은 말을 술술 쏟아내는 데 놀랐고 일곱 살 시절의 총기도 여전한 듯싶어 더 놀랐다. 바람을 앞세운 논리도 그럴싸했다. 하지만 그렇다고 녀석의 말에 맞장구를 치거나 뭐라 대꾸하기도 맥쩍은 일이어서 나는 그만 말머리를 돌렸다.

"노을이 들기엔 너무 이른 시간이잖니. 대낮에 무슨 노을이냐"

나는 어깨를 늘어뜨리며 한숨을 쏟아냈다.

"저길 봐. 저기 하늘에서 내려온 햇빛이 물 위에서 꽃 잔지를 벌이고 있잖아. 저걸 윤슬이라고 해. 노을이 없어도 호수에 고운 빛이 내려앉아 화사한 꽃으로 피어나면 언제든 불쑥 시인이 나타날 테고 그러면 인어도 물 위로 솟구쳐 나와 노을과 어울려 춤을 출 거야."

얼이 빠진 듯 희멀겋던 그의 눈엔 검은 동자가 선명히 제위치로 돌아와 옛적 일곱 살 시절의 영매스러운 눈빛을 잠시 되찾은 듯했다. 그의 손끝이 닿은 호수 한가운데선 빛의 요정들이 날아와 한바탕 축제를 벌이고 있었다. 물결은 물결대로 흥에 겨워 달싹달싹 몸을 들썽이고 달뜬 요정들은 맑은 눈동자를 연신 깜박이며 정신없이 몸을 뒤흔들었다. 뜨거운 햇빛이 호수 한가운데서 그 광채가 어찌나 화려하게 번득이던지 잠깐 바라보다가 눈을 감아도 부신 잔영이 하도 맑고 선명해 안구를 가득 채웠던 빛의 파장이 눈꺼풀 속에 한참이나 남았다.

어찌 보면 그건 햇볕이 호수를 찾아들 때마다 벌어지는 정해진 의식 같은 것이어서 새삼스럽지도 유별나지도 않은 일이었다. 이곳에선 맑은 날이면 언제나 볼 수 있는 흔하고 낯익은 광경이기 때문이다. 강렬한 햇볕이 호수를 찾아들자마자 너무 뜨거워 들썽이던 빛의 촉수들과 너무 차가워 몸이 시려오던 물살들이 서로 끌어안고 혀를 핥는데 그 광경을 지켜보는 동안 잠깐 꿈을 꾸고 있는 듯 정신이 혼미해졌다. 이런 풍경은 비단 한낮에만 볼 수 있는 것이 아니다. 저녁 무렵 호수에 찾아드는 서녘의 노을 또한 몽롱하기 그지 없다. 낮에는 금방 쓸어낸 마당처럼 티끌 한 점 보이지 않던 말끔한 하늘이라 해도 저녁 무렵엔 어디선가 뜨내기 구름이 덩이덩이 찾아와 어느 놈은 햇살이 널어둔 비단옷을 냉큼 훔쳐 입은 뒤 흥을 참지 못해 덩실덩실 어깨춤을 추고 있고 벌써 취한 어느 놈은 홍당무처럼 시뻘건 얼굴을 한 채 술청을 기웃거리고, 어느 놈은 양이 되고 낙타가 되고 공작 새가 되고 귀를 쫑긋 세운 토끼가 되었다간 어느 순간 함께 어울려 만물상으로 변해버리는 것이다. 변화무쌍한 노을이 호수에 잠길 때의 서녘 정취야말로 몽롱한 꿈결인 거였다.

해가 서산으로 기울기엔 아직 너무 이른 시간이었다. 나는 명일이가 기다리는 저녁 무렵까지 마냥 서 있을 수가 없었다.

어떻게 저 어설프고 낯선 일곱 살 청년의 마음을 돌려 집으로 돌아가게 할 수 있을까. 녀석은 간절했고 나는 막막했다. 그런 고민을 자처한 나 자신이 어처구니없고 딱했다. 은근히 화도 치밀었다. 하지만 덩치 큰 녀석을 힘으로 제압하거나 내 고집도 네 고집 못잖다며 우격다짐으로 보트에

태웠다간 또 무슨 사달이 벌어질지 모를 일이었다. 배 안에
서 떼를 쓰며 물에 뛰어들기라도 하는 날엔 뒷감당이 쉽지
않으리란 생각 때문이었다.

12

결국 나는 나직한 음성으로 녀석을 불러세웠다. 어벙꺼 벙한 그를 막무가내 돌려세우기보단 어르고 달래어 속히 이곳에서 벗어나고 싶었다. 명일이가 대꾸 없이 내 얼굴을 빤히 바라보았다. 예전의 그라면 지금쯤 인어가 어쩌고저쩌고 절로 흥이 나 저하고픈 말들을 조잘조잘 제비처럼 쏟아냈을 것이다. 하지만 내 선입견 탓일까, 그는 말투도 눈빛도 훗날 한 인물 할 거라 믿었던 내 기대치와는 너무 멀리 벗어나 있었다.

"왜 인어를 보려는 거냐. 비단인어와 시인이 오랜만에 만나면 둘이 즐겁게 춤을 추든지 사랑을 나누든지 오롯이 그들만의 시간을 갖도록 배려해줘야지. 네가 다가가면 둘 사이가 엉망이 되잖아. 넌 훼방꾼이 되는 거라고. 안 그래?"

녀석이 입술을 실쭉거렸다. 아예 내 말을 들은 체 만 체 무시하는 눈치였다. 나 역시 물러서지 않았다.

"인어 입장이 돼 생각해봐라. 사람이 눈에 띄면 인어가

가만있겠냐고. 아예 네 눈에 띄지 않는 깊은 물 속이나 하중도, 붕어섬 등 어디 한적하고 아늑한 곳으로 달아나 알콩달콩 둘만의 시간을 갖겠지."

"위로하려고 그래."

"위로? 누가 누굴 위로해."

"내가 둘을 위로해 주려고. 비단인어와 시인은 둘 다 외로운 처지야. 나처럼 마음에 치유하기 힘든 상처를 입었다고. 내가 아픈 그들을 찾아가 진심으로 위로해 줄 거야. 그래야 나도 위안이 되고 치유가 되거든."

그래야 저도 치유가 된다는 말은 아직 상처를 안고 살아가는 일곱 살 아이가 고통스러워하며 토해내는 신음처럼 들렸다. 녀석이 안쓰럽고 측은하기는 했다. 요즘에도 아침에 잠에서 깨어 눈을 뜰 때나 저녁이 되어 잠자리에 들기 위해 눈을 감을 때 불쑥불쑥 그날의 참상이 떠오르는지, 어렵게 잠이 들더라도 밤새도록 악몽에 시달리다가 몸서리치며 잠에서 깨어나는 일이 매일 반복되는지 좀 궁금해지기도 했다. 하지만 궁금증 해소를 위해 녀석에게 대놓고 물을 수는 없었다. 아마도 당시 일곱 살 아이가 견디고 감내하기엔 너무 충격적이고 참혹한 사건이어서 기억이 머물러 있는 장소를 벗어나려고 탈출구를 향해 이를 악물고 달음박질쳐도 눈을 떠 보면 여전히 사방이 어둠뿐인 동굴 안에 갇혀 고립

된 삶을 살아온 게 아닐까 추측해 보는 거였다.

"사람들에겐 누구나 상처가 있어. 그걸 안고 살아가는 게 인생이다. 다만 상처의 깊이와 고통의 차이가 다를 뿐이지."

"상처로 시름시름 앓는 사람들이 누군가에게 어딘가를 향해 절규하며 도움을 청하지만 아무도 귀담아 들어주질 않잖아. 설령 들어도 모른 체하고."

녀석이 내 얼굴을 빤히 바라봤다. 참 오랜만에 정면으로 마주친 눈길이었다. 하지만 그것도 잠시뿐이었다. 그는 이내 눈길을 거두어 찔레꽃처럼 흰 윤슬이 한 아름 내려와 번득이는 호수 위로 가져갔다. 나는 그의 시선을 따라가며 계속 말을 걸었다.

"중학교 졸업식 날 우리 담임선생님이 애들을 교실에 모아놓고 당부했던 마지막 고별인사가 생각난다. 모든 인과관계는 찬물과 더운물이 교차하는데 너희들은 세상에 더운 물이 되어 가슴 찬 사람들을 덥혀주거라 했거든. 살아보니까 세상엔 얼음처럼 찬 성질을 가진 사람들이 많긴 하더라. 그렇지만 사람은 혼자서는 살기 어렵다. 누구나 주변 사람들과 어울리며 서로 도움을 받고 둥글둥글 살아가잖아."

"다 소용없는 일이야. 영혼까지 아픈 사람들에겐."

"다들 스스로 상처를 추스르고 극복하며 살아가잖니."

나는 유명가수의 잡초란 노래까지 들먹일 뻔했다. 밟혀 허리가 꺾이고 휘고 쓸려도 다시 일어서 꽃을 피우고 열매를 맺는 잡초처럼 너 역시 아픔을 딛고 일어설 수 있을 거라며 어깨까지 으쓱 들어 올릴 뻔했다.

　"형은 아마 모를 거야. 그날 내 앞에서 엄마와 아빠가 쓰러져 나 혼자만 남았을 때 얼마나 끔찍했는지. 난 엄마가 의식을 잃고 사경을 헤매는 동안 눈에 아무것도 보이지 않았어. 사방이 벽에 갇힌 것처럼 막막한데 갑자기 어디선가 회오리바람이 몰아쳐 와 내 작은 몸을 금세 빨아들였어. 나는 어딘가로 쓸려가 처박혔고 내내 심한 어지럼증을 느끼다가 겨우 눈을 떠 보니 어느 주택가 골목 끝에 혼자 처박혀 오들오들 떨고 있더라고. 그때의 공포를 영영 잊을 수가 없어. 그게 지독한 외로움이란 걸 시간이 훨씬 지나서야 알았지. 그걸 깨달은 순간 의암호에 사는 비단인어가 떠오른 거야. 비단인어! 얼마나 갑갑하고 외로울까. 바다로 돌아가지 못하고 좁은 의암호에 갇혀 홀로 살아가는 하루하루가 얼마나 쓸쓸할까. 한순간도 내 머릿속에서 비단인어가 사라진 적이 없었어. 온종일 비단인어가 머릿속을 떠나지 않고 눈앞에서 맴도는 거야. 나는 엄마에게 매달리며 애원했어. 빨리 의암호로 돌아가자고. 엄마는 처음엔 의암호로 돌아오는 걸 주저했지만 매달리며 애원하는 내 눈빛을 한

동안 지켜보더니 그래, 가자! 하고 이삿짐을 싸시더라고."

아, 그래서 폐가처럼 방치됐던 집으로 돌아왔구나. 나는 자신도 모르게 고개를 주억거렸다. 녀석이 그런 나를 의식하지 않은 채 말을 이어갔다.

"사람들이 만들어 놓은 거대한 댐 둑에 갇혀 돌아갈 수 없었을 비단인어의 아뜩한 심경이 어땠을까. 나는 비단인어의 절망과 탄식, 고독과 그리움, 깊어지는 상처와 고통을 떠올리면서 내게 닥친 막막한 현실과 너무 닮았단 사실을 깨달았어. 저 깊고 넓은 호수에 홀로 남겨진 비단인어를 나라도 찾아가 위로해 줘야겠단 생각을 그때부터 갖게 됐던 거야. 우린 호수에 비단인어를 가둬놓고도 너무 태연하잖아. 아예 무관심하고. 내가 다가가야지. 다가가서 무수한 날들 아프고 외로웠을 인어에게 미안하다고 정말 미안하다고 말해주고 싶어. 상처로 얼룩진 비단인어를 생각할 때마다 눈물이 나고 가슴이 미어져. 내가 먼저 다가가 진심을 담아 위로를 전하면 갈기갈기 찢긴 채 꽁꽁 얼어붙은 내 영혼에도 어느 순간 봄이 찾아올 것 같아. 따뜻한 봄이."

나는 갑자기 뒷골을 망치로 얻어맞은 것처럼 멍해졌다. 내가 일곱 살이 되고 내 앞에 우두커니 서 있는 명일이가 범접하기 어려운 어른의 모습으로 서 있는 것 같았다. 나는 고개를 푹 떨군 채 한참을 묵묵히 서 있다가 나직한 음성으로 말했다.

"좋다. 다음에 또 오자. 네 말대로 하늘에 주황색 노을이 뜨고 물 위에 비단잉어가 나타나 춤추고 다니면 내가 이곳에 데려와 줄게."

"다음에?"

녀석의 얼굴이 약간 누그러졌다. 나는 이런 호기를 놓칠 수 없어 분명하고 단호하게 대답했다.

"그래. 다음에."

"다음이 언젠데. 다음이란 말은 너무 불확실하고 추상적이잖아."

"비단잉어가 나타났을 때. 나도 너와 함께 비단잉어를 보고 싶다. 비단잉어가 나타나면 언제든지 달려와 나한테 말해. 너와 함께 이곳으로 와줄게."

"약속해!"

녀석의 당돌한 요구에 나는 한순간 주춤했다. 어르고 달래어 어서 좌대를 벗어나려는 내 얄팍한 속내를 녀석이 꿰뚫고 있었단 생각에 얼굴이 화끈거렸다. 내가 고개를 끄덕여주자 녀석이 확실한 다짐을 받겠단 투로 외쳤다.

"고개만 끄덕이지 말고 말을 해야지."

나는 녀석의 당돌한 요구를 수용할 수밖에 없었다. 그래, 하고 답해주자 찌무룩해 있던 녀석이 인상을 풀고는 고개를 주억거렸다.

우리는 좌대에서 내려와 보트에 몸을 싣고 선착장으로 돌아왔다. 명일이 엄마는 이미 식당에서 나와 선착장에서 아들을 기다리는 중이었다. 좌대 위에서 혹시 말썽을 부리지 않았냐고 묻는 그녀에게 나는 고개를 흔들며 아니요, 라고 짧게 답해주었다. 입가에 안도의 웃음을 지어 보인 그녀가 들고 있던 지갑을 열어 5만 원권 지폐 두 장을 꺼내 내 앞에 내밀었다.

"뜬금없이 찾아와 어려운 부탁을 드렸는데 속 시원히 들어줘 명일이가 원을 풀었겠어요. 정말 고마워요. 이건 기름 값이라 생각하고 넣어두세요."

처음에 나는 손사래를 치며 받기를 거부했다. 그러나 나는 좌대를 오가는 손님을 상대로 영업을 하는 장사꾼이었다. 모터보트를 이용했고 좌대에 올랐으므로 건네는 수고비를 챙기는 건 민망해할 필요도 낯뜨거워할 일도 아니었다. 이후에도 명일이가 보트를 이용해 어디를 간다고 할 때 그녀는 오늘 내 앞에 내민 금액만큼의 돈을 또 준비해야 할 것이다. 그녀가 건네는 돈을 받아든 나는 태연하게 말했다.

"명일이가 저를 친형처럼 믿고 잘 따르던데요."

나는 천연덕스럽게 그리고 뻔뻔스럽게 능청을 떨었다. 명일 엄마가 활짝 웃었다. 세상의 모든 웃음은 세상의 모든 꽃보다 아름답다. 결혼 전 고아한 얼굴에서 번지는 웃음이 얼마나 매혹적이었을까. 오래전 명일 엄마가 일곱 살 명일이를 앞세우고 내 앞에 나타났던 기억을 잊을 수 없다. 무엇에 놀란 듯 가슴이 울렁이고 덜컹거렸던, 잠깐 정신이 어질거리고 아뜩하기까지 했던 기억이 되살아났다. 고작 명일이를 앞세운 채 몇 차례 마주친 게 전부였지만 그 무렵 내가 보았던 여인 중에서 그녀는 단연 최고의 미인이었고 입가에 꽃처럼 피어나던 미소는 모나리자의 미소가 무색할 정도로 아름다웠다. 하지만 꽃이 이울듯 여인의 얼굴엔 어느새 자글자글 주름이 생겨나 있었고 머릿결도 비둘기 깃처럼 희끗희끗 희어가는 중이었다.

아이를 위한 일에 돈 몇 푼 쓰는 일쯤이야 아까울 게 없다는 듯 흡족히 웃어 보인 그녀는 명일이의 떡두꺼비 같은 손을 잡고 왼발을 잘름거리며 집으로 걸어 올라갔다.

13

하지만 그날 명일이와 맹세하듯 한 약속은 지킬 필요가 없게 되었다.

며칠 뒤 웬 트럭이 검은 고무보트 한 척을 싣고 와 선착장에 내려놓았다. 명일이네 모자가 호숫가까지 나와 호기심 어린 눈빛으로 낯선 보트를 요모조모 지켜보고 있었다. 명일이의 보트임이 확실해 보이는 징후였다. 명색이 고무보트라고는 하나 누군가가 오랫동안 이용하다 더는 쓸모가 없어 내다 버리기 직전의 물건을 거저 얻어 온 듯했다.

"이걸 타겠다고?"

위험천만한 일이라고, 여기는 발목이나 담그는 도랑물 졸졸 흐르는 냇가나 계곡이 아니라고, 게다가 여기는 배를 띄우려면 허가가 필요한 위험수역이라고 내가 다가가 단단히 주의까지 주었건만, 그들 모자는 막무가내였다.

"몇 해 전까지 친척이 타던 보트인데 겉보기엔 낡아 보여도 그런대로 쓸 만하다네요. 그리고 가져오기 전 시청 내 수면과에 알아봤는데 모터가 없는 보트는 본인만 안전하게 타고 다니면 누가 뭐랄 사람이 없다더군요."

보통 4마력 이하의 소형보트를 개인이 구매해 호수 안에서 이용하는 건 관청의 까다로운 허가사항이 아니란 말이 맞았다. 설령 그렇다 쳐도 모터도 장착되지 않은 낡은 구닥다리 고무보트로 무얼 하겠다는 건지, 눈이 있다면 이곳이 물놀이나 즐기는 징검다리 몇 개 놓인 얕은 개울이 아니란 사실을 모를 리 없건만 주변 사람들 우려는 아랑곳하지 않은 채 그들 모자는 보트를 오르내리며 연신 즐거워했다. 이 넓고 깊은 호수에서 안전장치도 없는 낡은 고무보트를 타겠다니 아이나 그걸 허락한 엄마나 자칫 인명사고로 이어질 수 있다는 사실을 전혀 의식하지 않고 있는 게 확실했다.

한때는 선미에 고성능 엔진까지 달고 바다나 호수의 물살을 수도 없이 가르고 다녔을 모터보트였겠지만 지금은 엔진이 제거된 상태여서 텅 빈 보트 후미가 썰렁하고 허전하기만 했다. 낚싯대를 꽂기 위해 설치한 부대시설 흔적도 고스란히 남아있었다. 레저용 고무보트치곤 제법 고급 사양에 속해 이것저것 갖출 구색은 다 갖춘 보트였으나 노후 흔적도 곳곳에 드러났다. 노가 끼워진 거치대와 손잡이도 보기보단 허술해 보였고 예전엔 꽤 고급스럽고 화려해 보였을 튜브의 외관 역시도 오랜 시간 제대로 관리하지 않았던 탓인지 본래의 투명한 색감을 잃어가고 있었다. 그나마 보트는 익숙한 손동작으로 노를 저으면 가까운 거리 정도는 그럭저럭 오갈 수 있을 법했다.

내가 오만상을 찌푸리며 고개를 가로젓고 있자니까 명일이 엄마가 다가와 말했다.

"보트 가진 낚시터 형을 어찌나 부러워하던지, 저도 작은 보트 한 척 갖는 게 원이라면서 하도 애걸복걸하기에 여기저기 수소문해 겨우 구해 왔답니다."

처음 며칠간은 명일이가 시도 때도 없이 고무보트를 타고 선착장을 드나드는 게 아닐까 싶어 꽤 걱정스러웠다. 하지만 명일이는 보트를 직접 이용하기보단 소유했다는 기쁨에 잠시 들떠 있는 듯했다. 아침 해 뜰 무렵과 해가 저무는 저녁 무렵이면 선착장 구석진 곳에 매여있는 자신의 보트에 올라 호수 이곳저곳에 시선을 옮겨가며 두어 시간씩 바라보기만 하다가 집으로 돌아갔다. 때와 장소를 가리지 않고 선착장을 제집 문지방 드나들듯 나돌면 어쩌나 싶어 내 눈길이 툭하면 선착장에 가 꽂혔지만 그런 우려는 기우였다. 그는 보트 옆구리에 장착돼있는 거치대에서 노를 꺼내 물에 담그고는 몇 차례 노 젓는 흉내를 내 보는 게 전부였다.

나는 얼마간 안도했다.

14

살아가는 하루하루가 버겁기만 한 도시, 무쇠 덩이를 짊어진 듯 무겁기만 한 등짐을 내려놓고 한갓진 곳에 가 잠시 쉬고 싶어도 세상사의 파도는 일절 틈을 허락하지 않은 채 더 무거운 짐을 지고 더 멀리 가라 재촉하며 등을 떠밀고 있다.

세상사의 모진 파도에서 벗어나 홀로 물가에 나와 앉아 낚싯대를 드리우고 꼬박 밤을 지새우노라면 거기가 도랑물 흐르는 후미진 개울이건 푸른 물살 굽이치는 강이건 잔잔한 호수건 파도 거센 바닷가건 이제까지 살던 세상과는 전혀 다른 새로운 세계가 있음을 깨닫게 된다. 깊은 밤 먼 산속에서 들려오는 소쩍새의 구슬픈 울음이 하도 섧고 애절해 한걸음에 달려가 네 우는 연유가 무엇이냐 사연을 물은 뒤 다독다독 재워주고 싶은 게 인지상정이고, 불현듯 이리 떼처럼 외로움이 압박해올 때 친구가 되어주겠다고 찾아와 이마 위에 휘영청 떠 있는 달과 총총한 별들을 발견하면 너무 반가워 울컥해지는 밤이 거기에 있다.

하지만 지금 시대가 강태공이 세월 낚듯 삿갓 쓰고 유랑하는 세상도 아니고 자고 일어나면 불꽃이 피듯 몸뚱이와 정신을 불살라야 겨우 먹고 사는 세상이 아니던가. 세월이나 낚을 요량으로 한적한 개울가에 나와 앉아 날이 새든 어둠이 익든 바늘 없이 늘어진 낚싯줄을 몽롱한 눈으로 바라보는 여유롭고 한유한 삶은 세상 어디서도 찾아보기 어렵다.

눈앞에는 청렬한 호수가 더운 가슴을 열라며 속삭이고 먼발치에선 물녘 위로 솟은 삼악산과 그 건너 드름산이 외로움을 함께하자고 벗처럼 다가와 어깨를 얽어준다. 그런데도 눈과 귀에 속세의 때가 끼어 듣지도 보지도 못하는 청맹과니인 것이 사람이다.

호수에 어둠이 검실검실 밀려든 저녁 무렵 중년 신사 셋이 벤츠를 몰고 낚시터를 찾아왔다. 반쯤 껍질이 벗겨진 콩나물 대가리처럼 앞머리가 맨들맨들 벗겨진 중년의 사내가 뒷짐을 지고 무어라 한 마디 내뱉기라도 하면 그림자처럼 수행하는 사내 두 명이 연신 허리를 굽실거렸다.

수행한 사내 중 하나가 차 트렁크에서 낚시가방을 꺼내 걸머메고 바삐 뒤따랐지만, 첫눈에도 이들이 낚시가 좋아 찾아온 사람들은 아닌성싶었다. 굳이 낚시가 아니어도 좌대 위에서 일행끼리 머물며 호수의 정취에 흠뻑 빠져보는 하룻밤의 낭만도 낚시 못지않은 즐거움일 터였다. 낚시를 구실 삼아 찾아와 하룻밤 쉬어가는 사람들이 종종 있었기에 나는 거리낌 없이 이들을 보트에 태워 원하는 좌대로 안내했다.

서너 시간쯤 지났을까 싶었는데 옆 좌대에 든 낚시꾼으로부터 느닷없이 전화가 걸려왔다. 통화가 시작되자마자 그는 작정하고 짜증부터 부렸다. 옆 좌대에 온 사람들이 물고기 잡으러 온 낚시꾼들 맞냐고 대뜸 따져 묻는 것이다. 보기엔 어떤 개망나니가 사람을 잡으러 온 것 같다고, 빨리 와 경찰을 부르든 쫓아내든 수를 쓰라고 닦달했다. 여기 낚시터 분위기 왜 이렇게 살벌하냐고, 깡패 우글거리던 자유당 시절도 아니고 육칠십 년대 군대 내무반도 아닌데 왜 하필이면 조용한 낚시터에 시정잡배들이 몰려와 사람을 패고 지랄이냐고, 전화에 대고 부글거리는 톱상스런 말투로 보아 현장 분위기가 무척이나 심각한 모양새였다. 나는 허겁지겁 모터보트를 몰아 소란이 벌어지고 있다는 좌대로 향했다.

지켜볼수록 목불인견이 따로 없었다. 깊은 밤 고요한 호숫가는 멀리서 잠자리 한 마리가 작은 날갯짓으로 나풀나풀 물 위를 날아도 그 가냘픈 소리가 마치 수탉의 홰소리처럼 요란스럽게 들려오는 법이다. 이 적막한 호수에서 흰 와이셔츠 차림의 민머리 사내가 동행한 두 수행원을 향해 악을 쓰며 내지르는 고성은 확성기에 대고 떠드는 소리처럼 야단스러웠다. 이 적막한 밤 수변에서 벌어지고 있는 소란은 저 멀리 호수 건너편 불빛 반짝이는 시내 근화동이며 호반동 번개시장 주변 여염집 안방까지 쩌렁쩌렁 날아갈 듯했다.

경황 중 다가가며 몇 마디를 듣자니까 회사 임원들이 지체 높은 회장의 심기를 건드려 벌어진 사달이었다. 옆 좌대 낚시 손님들을 위해서라도 나는 개싸움이라도 난 듯한 한밤중 소란을 서둘러 잠재울 필요가 있었다. 검지를 콧등 앞에 세우고는 쉬, 쉬, 조용해 달란 무언의 의사표시로 분위기를 수습해보려는데 어림도 없는 일이었다. 분기탱천한 회장이 등골까지 치민 화를 억누르지 못하고 오두발광하는 꼴이 갈수록 태산이고 볼수록 가관이다.

결국엔 나도 목소리를 섞어가며 고분고분 구슬려도 보고 자중해 달라고 사정도 해보는 거였다. 하지만 갈수록 태산이고 볼수록 천방지축이다. 오히려 자신의 높은 지체를 과시할 요량인지 내가 조용조용 다독일수록 등골의 기세가 더 퍼덕였고 맑은 호수에 침까지 퉤퉤 뱉어가며 핏대를 올렸다. 자중하란 나의 부탁은 회장의 기세를 누그러뜨리기는

커녕 추임새를 넣는 꼴이었다. 뿜어내는 쌍심지가 하도 매서워 너부죽이 엎드린 두 사내가 곁눈질로 회장의 눈치를 살피다가도 부라린 눈빛과 앙칼진 목소리에 절로 주눅이 들어 금세 강아지풀 꽃대처럼 고개를 꺾는 것이다.

회장은 독오른 수탉처럼 앙바틈한 어깨를 한껏 곧추세운 채 고두백배하며 잘못을 빌고 있는 두 사내를 연신 쥐잡듯 몰아쳤다. 입에 거품을 문 오만방자한 말본새며 우쭐거리는 꼬락서니가 천하에 둘이나 있을까 싶게 후안무치요 안하무인이었다.

"이 새끼들아. 니들 눈깔엔 내가 은행 씨디기로 보이지? 집에서 기르는 개조차 수상쩍은 종자들이 눈에 얼씬거리면 컹컹 짖어 집을 지켜주건만 밥값도 못하는 개만도 못한 너흰 대체 뭐 하는 놈들이냐. 내 호주머니에서 꼬박꼬박 월급 빼 처먹었으면 밥값은 제대로 해야지 밥값은!"

날 잡아 잡수 하고는 속수무책 당하고만 있는 쪽도 딱하기는 매한가지였다. 뒤로 넘어지기가 무섭게 발딱 일어나 이내 제자리에 쪼그리고 앉은 두 직원을 향해 발바닥으로 가슴팍을 밀어버리며 내지르는 폭언이 추상같았다. 세상이 모두 제 것인 양, 우쭐거리고 꺼떡거리는 이 망골을 나는 눈꼴이 시리고 배알이 뒤틀려 멀뚱멀뚱 지켜보고만 있을 수가 없었다.

발길질에 채인 한 사내가 좌대 바닥으로 나무토막처럼 나뒹구는 모습을 지켜보던 나는 버럭 맞고함을 치고야 말았다. 여기가 당신네 회사 사무실인 줄 아느냐고, 패려거든 회사에 가 패고 맞으려거든 회사 사무실에 가 맞으라고.

회장이 무르춤해 한발 물러서는 듯했지만 등등한 독불장군의 허세는 내가 114에 전화해 서면파출소 번호를 물을 때까지 계속되었다.

오가는 말을 조합해 보건대 회장에게 변변치 못한 아들이 하나 있었던 모양이었다. 아들이 음주운전을 하다 사고를 쳤고 그 뒷수습하는 과정에서 직원들이 깔끔하게 일 처리를 하지 못한 앙갚음이었다. 불만을 품고 있던 회장이 직원을 잔뜩 벼르고 있던 차에 일행 중 하나가 낚싯대를 잘못 던져 회장의 와이셔츠 자락을 낚고 말았다. 낚시 중 부주의로 종종 벌어지는 일이었지만, 회장은 하극상까지 들먹이며 혓바닥으로 발길질로 분풀이를 한 것이다.

그날 저녁 낚시터를 떠나가던 직원 한 명이 내게 다가와 귀띔해 준 또 다른 원인이 있었다.

"우리 회장이 외지로 출타하면 늘 영계를 탐내요. 낚시터에 젊은 여자가 오기로 약속이 잡혔었는데 갑자기 틀어지는 바람에 애먼 우리가 화풀이 대상이 된 거죠."

나는 천박 부박하기가 견줄 데 없고 관용이나 존중, 호의 따위는 일찌감치 쓰레기통에 내다 버린 뒤듬바리 사내와 목구멍이 포도청이라고 사직서라도 써 가슴에 품고 다니다가 기회다 싶을 때 어기차게 대지르고 그 길로 뛰쳐나가 다른 직장 찾아보면 될 것을 상전 모시는 노예처럼 그냥저냥 살아가는 두 사내를 더는 지켜볼 수가 없었다. 파출소에 신고부터 하겠노라고 엄포를 놓고 주머니에서 휴대전화를 꺼내 자판을 누르려는 순간 구타당한 직원 하나가 한걸음에 달려와 소곤거리며 통사정을 했다. 이 밤에 회장이 경찰서까지 끌려가는 날엔 두 사람의 목이 성할 리 없다는 거였다. 아랫사람을 비천한 노비 취급하는 자나 구복이 원수라고 밥줄 끊기는 게 두려워 악어새처럼 빌붙어 사는 자나 어리석기는 매한가지라 나는 길게 한숨을 내쉬고는 경찰을 부르는 대신 세 사내를 낚시터에서 내쫓아 소란을 수습했다.

어느 날엔가는 삼십 대 초반 직장인으로 보이는 남녀 두 쌍이 들어와 외곽 좌대를 차지하고 앉았다. 오랫동안 낚시가 그리웠던 모양이다. 한쪽에선 채비를 던져 수심을 파악하고 다른 쪽에선 왼손으론 지렁이를 꺼내고 오른손으론 글루텐을 개며 짝밥 채비로 분주했다. 금방이라도 구두짝만 한 월척을 낚아 올릴 기세였다.

느슨해지던 해가 서쪽으로 이울자 어머니 식당에 전화해 저녁까지 시켜 먹었다. 어지간히 허기가 졌었는지 주문한 음식이 식성에 맞아서였는지 수거해 온 빈 밥공기며 찬기들이 혀로 핥은 듯 깨끗했다. 아침이 되어 그들 일행이 밤낚시를 끝내고 돌아갈 무렵 고기를 단 한 마리도 낚지 못했다며 투덜거리는 소리를 나는 대수롭지 않게 생각했다.

"몇 수나 하셨어요."

물어도 들은 척 만 척이다. 가타부타 대꾸도 없이 보트에서 내리기가 무섭게 잰걸음으로 낚시터를 빠져나갔다. 저들끼리 히득히득 웃고 쏙닥이는 눈치로 보아 다툼이 난 것도 아닌 모양이었다. 조황이 실망스러웠다면 대개 낚시터에 불만을 털어놓게 마련이다. 벼르고 별러 찾아온 걸음이었건만 월척은 고사하고 붕어 낯짝조차 구경하지 못한 채 돌아가는 걸음이 오죽 서운하고 허탈하랴 싶어 초입까지 배웅해주고 돌아오는데 그들의 실소와 낌새가 왠지 모르게 꺼림칙하기만 했다.

낚시꾼들이 고기를 낚지 못한 섭섭한 감정을 낚시터 운영자에게 털어놓는 것은 비난받을 일이 아니다. 십만 원 넘게 이용료를 지불하고 빈손으로 돌아가게 된 낚시꾼으로선 애교 섞인 불만을 털어놓을 수 있는 거였고 나로서도 언짢아하는 현장의 목소리를 낚시꾼의 능력 탓으로만 치부할 일이 아니었다. 나는 현장의 쓴 목소리를 귀담아들어야 했다. 불만과 조황 내용을 들은 대로 기억했다가 다음번 그 좌대를 찾는 조사들에게 같은 시행착오가 벌어지지 않도록 낚시정보를 제공할 필요가 있었던 것이다.

그리고 나는 저녁이 될 때까지도 왠지 꺼림칙했던 그들 일행의 침묵과 실소를 까맣게 잊어버렸다.

저녁 즈음에 단골 낚시꾼 셋이 그 좌대를 찾았다. 한밤중이 되어서야 아침에 두 부부팀이 잰걸음으로 낚시터를 빠져나가며 흘리던 수상쩍은 조소의 내막이 드러났다. 늦은 밤 새로이 좌대에 입실한 낚시꾼으로부터 다급한 전화가 걸려온 것이다. 무슨 말부터 꺼내야 할지, 눈앞에 벌어진 상황을 어찌 설명해야 할지 감당이 안 되었던 모양이었다. 기절초풍할 일이 벌어졌다며 빨리 달려와 좌대부터 옮겨달라고 호소했다. 긴급한 호출로 보아 또 뭔 사달이 벌어진 게 확실했다.

아니나 다를까, 좌대로 달려가 방안을 들여다보는 순간 나는 하도 기가 차 있는 대로 벌어진 눈과 입과 코를 한동안 다물지 못했다. 눈에 들어온 방은 오방 난장 쓰레기더미였고 방안에 들어서자마자 구린내와 지린내가 콧구멍을 들쑤셔 숨이 멎을 지경이었다.

특히나 어질더분 방안에 흩어져 있는 이불을 바라보자니

비위 약한 내 목구멍에서 금방 헛구역질이 나고 말았다.

전날 좌대에 들었던 일행들이 이불마다 똥오줌을 질펀히 싸놓고 담뱃재며 소주병이며 오물 쓰레기 더미를 모아 범벅을 해놓은 것이었다. 그러고도 아무런 일도 없었다는 듯 유유히 낚시터를 빠져나가는 걸음이었으니 돌아가며 한 걸음씩 뗄 때마다 삐질삐질 입술 언저리로 새어 나오는 실소를 참아내기가 얼마나 고역이었을까.

당연히 나는 이날 아침 좌대를 청소하기 위해 내실에 들어갔지만 방을 쓸고 닦고 할 필요도 없었다. 이미 퇴실한 낚시꾼들이 좌대 내부를 깔끔하게 청소하고 라일락 향기 같기도 하고 아카시아꽃 향기 같기도 한 그윽한 향수까지 담뿍 뿌리고 떠났기 때문이다. 어디를 가건 손끝 야무진 여자들이 함께 머물다가 간 자리는 표시가 나게 마련이었다. 청소된 방안은 머리카락 한 올 보이지 않을 만큼 깔끔했다. 이부자리가 군대 내무반에 개어 둔 담요처럼 반듯하게 각이 서 있고 비치해 둔 사물들도 제자리에 정연하여 나는 돌아오는 길에 유별난 마무새라고 흡족해하며 감탄하기까지 했었다.

그런데 새로 입실한 낚시꾼들이 초저녁 낚시를 마치고 잠시 피로를 풀기 위해 이불을 펼치는 순간 바닥에 폭탄이 터지듯 똥오줌이 튀었고 방 구석구석으로 담배꽁초와 담뱃재, 온갖 쓰레기들이 파편처럼 날아간 거였다.

그날 저녁 나는 방에 흩어진 똥오줌을 묵묵히 치우며 혹시 그들이 내게 횡재수를 선물한 게 아닐까 싶어 이튿날 시내까지 나가 로또를 샀지만 맞지 않았다.

남자는 마땅히 집에 처자식이 있을 테고 여자는 버젓이 남편이 있을 테지만 치유나 휴식을 핑계로, 혹은 감쪽같이 가족을 속이고 잠시 은신처이기도 한 좌대 낚시터를 찾아오는 이들도 있게 마련이다. 고기 낚는 시늉으로 그럴싸하게 낚싯대를 드리워놓고 며칠 밀애를 즐기고 가는 이들의 아찔하고 조마조마한 사랑놀이, 그건 진정 누구를 낚은 것일까?

낚시 중독자의 아내가 수소문 끝에 낚시터까지 찾아와 남편의 바짓가랑이를 붙잡고 이렇게 사느니 차라리 남남으로 갈라서자며 울고불고할 때 나는 한 가정의 행복을 깨뜨린 가정파괴범이 된 자책감에 시달려 소주 생각이 나곤 했다. 홀로여서 찾아오는 외로움보다 함께 있어 불행한 삶이 더 모질고 가혹하단 사실을 나는 그때 처음 알았다.

낚시의 세계는 깊고도 오묘하여 한번 빠져들면 좀처럼 헤어나기 어려운 경우가 많다. 물속 세계의 생물체와 맞서

물 듯 말 듯 이어지는 입질의 애간장 녹이는 줄다리기, 채
비가 휘어질 때 나만이 모든 것을 가진 것 같은 포만감, 가
늘고도 질긴 낚싯줄이지만 금방 툭 끊어내고 달아날 듯 아
슬아슬 이어지는 긴장감, 격전 끝에 손끝으로 느껴지는 쾌
감과 전율, 낚아 올렸을 때 패자를 바라보는 오만가지 감정
이 낚시꾼들이 느끼는 진정한 카타르시스일 것이다.

　이렇듯 낚시가 세상 최고의 즐거움이라고 믿고 매일 물
가에 나와 앉은 사람이나 물속에서 노니는 물고기와 한판
겨뤄보겠다고 낚시터를 기웃거리는 사람이나 낚싯대 한쪽
끝엔 벌레가 있고 다른 한쪽 끝엔 가장 우둔한 바보가 있
다는 격언을 깊이 이해하는 이들이 많지는 않다.

15

휴가철을 맞아 좌대엔 낚시 손님들로 꽉 들어찼다. 선착장 바로 앞 최고의 명소로 소문 난 1호 좌대에도 연인으로 보이는 한 팀이 들어와 자리를 잡았다. 남자는 호리호리한 체구에 턱선이 날렵해 보이는 서른 안팎의 청년으로 보였고 함께 온 여자는 양쪽 어깨를 덮을 정도로 길게 머리를 기른 데다 몸이 날씬하고 얼굴마저 인형처럼 작아 보이는 미인이었다. 그들이 들어온 날 오후 하늘에 듬성듬성 구름이 떠다니긴 했지만, 햇볕이 내리쬐는 호숫가는 무덥고 습했다. 좌대 중앙에 그들이 가져온 파란 비치파라솔이 활짝 펼쳐졌다. 남자가 낚시채비로 분주하게 움직이는 동안 비치파라솔 그늘 밑 간이의자엔 여자가 호수에 시선을 준 채 한가로운 시간을 보내고 있었다.

좌대는 벽에 걸린 풍경 사진처럼 더없이 평온해 보였다. 오후 내내 비치파라솔 밑에 앉아 낚시하던 남자가 언제부터인지 자리를 비웠다. 아마 방안에 들어가 잠시 휴식을 취하는 모양이었다. 오랜 시간 여자 홀로 오도카니 의자에 앉아 있었는데 아마도 독서에 몰입해 있는 모습이 아닐까 싶었다. 그녀가 앉아 있는 동안 서녘 하늘과 호수는 낮에 그들이 들어왔을 때와는 전혀 다른 풍경으로 변해가고 있었다.

날이 저물기 시작하면서 진종일 뙤약볕을 떨구어대던 해가 삼악산 멧부리 위로 넌지시 내려앉았다.

몸을 태워야 구름일까? 해넘이를 기다렸다는 듯 앞다투어 모여든 구름마다 벌건 불길이 번져갔다. 햇살이 쏟아진 서녘 정중앙 구름장엔 쇳물 같은 잉걸불이 떨어져 이글거렸고 그 주변으론 여기도 한 무더기 저기도 한 무더기 시뻘건 불길이 옮겨붙었다. 먼발치에 떨어진 깃털 같은 구름도 결결이 쪼개어 불길을 맞아들였다.

구름은 비로 떨어지는 게 끝이 아니다. 나그네로 정처 없이 떠돌다가 제 몸을 불살라 노을 꽃을 피우는 게 일생의 낙이다.

더 먼 곳에 동떨어져 있던 구름 몇 무리도 벌써 흰 도포 끝자락에 불이 붙어 검은 연기가 뭉실뭉실 솟구쳐 오르는 중이었다.

이렇듯 서녘 하늘에 펼쳐진 화려한 구름 잔치가 거기에서 그친 것만이 아니었다. 낙조가 더 몽롱하게 다가온 곳은 서녘 하늘이 아니라 호수의 수면 위아래에서였다. 저문 해의 마지막 빛줄기가 내려와 꽂히면서 서녘 하늘과 호수 속엔 거대한 데칼코마니를 찍어 놓은 듯 수려한 빛의 궁전이 그려졌다.

"좌대에 괴한이 출현했어요. 가라고 소리쳐도 꼼짝 않는데 경찰을 부를까요?"

이런 긴박한 순간에 내게 전화를 걸어온 사람은 뜻밖에도 1호 좌대에 든 젊은 남성이었다.

책을 보던 여자가 저녁놀에 압도되어 호수와 하늘에 정신이 팔려있는 순간 명일이의 고무보트가 그녀의 눈앞까지 진입해 사달이 난 모양이었다. 여자가 놀라 남자친구를 불렀고 안에서 쉬고 있던 남자친구가 밖으로 뛰쳐나와 명일이가 더는 가까이 다가오거나 좌대 위로 오르지 못하게 딱 버티어 선 뒤 다급한 목소리로 내게 전화를 걸어온 거였다.

나는 선착장으로 뛰어가 늘 매어져 있던 명일이의 고무보트를 찾아보았으나 당연히 보이지 않았다. 그는 명일이가 확실했다. 그동안 보트에 오르기는 했어도 호수 가장자리를 떠나간 적이 없던 녀석이었다. 더군다나 보트에 올라 넋을 놓고 하염없이 호수만 바라보던 녀석이었다. 내가 어머니 식당이자 낚시점인 가게에 들어앉아 그동안 손보지 않았던 낚시용품들을 일일이 정리하고 있던 시간이 족히 한 시간은 넘지 않았을까 싶었다. 그 사이에 녀석이 일을 저지르고

만 것이다. 어쨌거나 나는 괴한이 침입했다며 내게 직접 전화한 고객을 안심시켜야 할 책임이 있는 사람이었다.

"옆집 사는 아이예요. 몸은 청년이지만 일곱 살 아이처럼 순진해요. 겁먹지 말고 내가 갈 때까지 기다리세요."

나는 모터보트에 올라 단박에 시동이 걸리도록 초크를 누르고 엔진 레바를 당겼다. 수년간 사용해 온 선외기 엔진이 가끔 말썽을 부리곤 해 조만간 새 보트로 개비를 고민하던 참이었다. 다행스럽게도 엔진은 탈 없이 한 번에 시동이 걸렸다.

선착장을 빠져나가 수상 좌대까지 이동하는 시간이 5분이면 충분했다. 보트에 앉아 있는 녀석과 좌대 위의 남자가 마치 대치하듯 마주 바라보고 있는 사이 여자는 아무런 일도 벌어지지 않은 것처럼 침착했다. 좌대 고정파이프에 몸을 기대고는 명일이의 어리숙하고 서툰 행동을 조심스레 살피는 중이었다. 남자친구가 안으로 들어가라고 재촉하는 눈치였지만 여자는 오히려 남자보다 의연하고 찬찬했다.

당황한 쪽은 나였다. 녀석이 위험을 무릅쓰고 선착장을 벗어났다는 사실이 놀라웠고 익숙지 않은 솜씨로 노를 저어 1호 좌대까지 진입한 무모함에 은근히 부아가 치밀었다. 좌대에 도착하자마자 나는 명일이의 뒤통수에 대고 버럭 고함부터 쳤다.

"네가 여기엔 웬일이냐."

미쳤냐고, 여기가 어디라고, 함부로 허락도 없이, 네깟 녀석이 여길 감히……. 아마 손님이 없었더라면 나는 녀석에게 눈알을 부라리고 한바탕 크게 호통을 쳤을 것이다. 죽으려고 환장을 했냐고, 간이 배 밖으로 나와 겁이 없는 거냐고 호되게 나무라고는 선착장에서 다시는 벗어나지 말라고 으름장을 놓았을 것이다. 하지만 일에는 순서가 있는 법이었다. 무엇보다 불안해하는 젊은 커플을 안심시키는 게 중요했다. 갑자기 좌대에 나타난 명일이가 폭력적이거나 누구를 해칠만한 위험인물이 아니란 사실을 증명해 줄 필요가 있었다. 몸은 성인이지만 정신이 미약하여 낯선 사람을 경계하고 상대방과 눈을 마주치려 하지 않는 순진한 아이란 사실을 증명해줘야 했다. 내가 나무라거나 소리치면 금방 주눅이 들어 코 뚫린 송아지처럼 고분고분 내 말에 따를 것이기에 녀석을 향해 목청을 높이는 거였다.

"언제 가라앉을지 모를 고물 보트를 타고 겁도 없이 배터를 벗어나다니, 너 죽고 싶어 환장한 거냐?"

나는 녀석이 어릴 적 마음에 입은 상처의 충격이 너무나 커 아직 제정신이 아니라고 믿고 싶었다. 평소엔 어엿한 지식인처럼 행동하지만 가끔은 보통 사람이 이해하기 어려운 예전의 일곱 살 아이처럼 행동한다고 믿고 싶었다.

내 목소리는 모터보트의 엔진소리보다 크게 쩌렁쩌렁 호 숫가로 퍼져나갔다. 내 말 한마디에 주눅이 들어 금방 고개 를 떨구고는 서툰 솜씨로 노를 저어 나루터로 돌아가리라 믿었는데 그게 아니었다. 녀석은 한순간도 자세가 흐트러지 지 않았다. 보트에 멀뚱히 앉은 채 여자에게 향한 시선을 좀처럼 거두지 않고 있었다. 낯선 이를 경계하며 상대방 눈 을 제대로 쳐다보지도 못하던 녀석이었다.

"여긴 왜 왔냐고 묻잖아."

내가 보트 난간으로 다가가 녀석이 타고 온 고무보트에 매인 나일론 끈을 끌어당겼다. 고무보트의 방향이 바뀌고 나서야 녀석이 내게 반응했다.

"비단인어로 보였어. 저 아가씨가."

녀석이 내 얼굴을 흠칫 바라본 뒤 팔을 뻗어 여자를 가 리켰다. 그제야 나는 호수와 하늘과 좌대 주변이 비단을 깔 아놓은 듯 온통 주황색으로 물들어 있었단 사실을 알았다. 노을은 마치 늦가을 마른 갈대밭에 번진 들불이 드센 바람 을 타고 이웃 산으로 활활 옮겨붙는 형상이었다. 검붉은 불 덩이가 어찌나 크고 진하던지 호수에서 지켜보는 내 몸까지 뜨거워지는 느낌이었다. 하늘만 그런 게 아니었다. 그 화려 한 선홍빛 노을이 호수에 한가득 내려앉아 물속에서도 붉 은 노을빛이 똑같이 너울거렸고 주변의 산도 계곡도 들녘도

수확 직전의 수수밭처럼 온통 붉었다. 그렇게 타들어 가는 노을을 결코 놓칠 리 없던 명일이가 호숫가에 나와 주변을 살피다가 좌대에 앉아 있는 낯선 여자를 비단인어로 착각하고 노를 저어 이곳까지 다가온 모양이었다.

녀석이 여기까지 와 낯선 여자를 그것도 눈까지 마주쳐 가며 바라보는 낌새로 보아 내 직감이 틀리지 않을 거라 확신했다. 나는 하도 어처구니가 없어 헛웃음만 나왔다.

"저분이 인어공주로 보인 게 아니고?"

말이 떨어지기가 무섭게 녀석이 콧방귀를 뀌듯 피식 웃었다.

"동화에 나오는 흔해 빠진 인어가 아니라 여기 의암호에 사는 비단인어 같았다고."

"동화에 나오는 인어공주나 비단인어나 그게 그거지."

"아, 정말."

말이 안 통한다는 듯 명일이가 고개를 푹 떨구며 길게 한숨을 내쉬었다. 녀석은 내가 해야 할 말을 지껄이고 있었다.

나는 녀석의 보트에 매인 나일론 끈을 내 보트 꽁무니에 단단히 묶은 뒤 좌대 위에서 어리둥절한 표정으로 서 있는 두 사람에게 다가갔다. 예전엔 비범할 정도로 똑똑한 아이였다. 일곱 살 무렵에 충격적인 사건을 목격한 뒤부터 학교도 다니지 않고 겨우 병원치료나 받아오다가 몇 해 전부터 바깥출입을 하게 되었다. 우리는 예전의 일곱 살 아이로만 기억한다. 어렸을 적 시인인 어머니로부터 인어 이야기를 듣고는 너무 심취한 나머지 의암호수에도 인어가 살고 있다고 찰떡같이 믿고 있다며 명일이와 관련된 이야기를 조곤조곤 들려주었다.

놀라게 해 미안하다고 양해를 구한 뒤 막 돌아서려는데 여자가 솔깃했던지 우리 보트 앞으로 두어 걸음 다가왔다. 겁에 질렸거나 무어라 한바탕 화풀이를 해대려고 다가온 걸음은 아니었다. 명일이를 향해 바라보는 눈빛이 퍽 진지했고 다정했다.

그녀는 명일이의 눈짓이며 고갯짓이며 행동거지 하나하나를 세심히 관찰하고 있었다. 나도 그녀의 눈길을 뒤따르며 명일이의 얼굴을 꼼꼼히 살폈지만 역시 성인이 된 녀석의 얼굴에선 예전 빛을 뿜던 총기나 영특한 기상을 전혀 찾아볼 수가 없었다. 암소처럼 큰 눈은 흰자위 아래로 늘어진 검은 눈동자의 각막이 느슨하게 풀리어 다소 머루레해 보이기까지 했다. 게다가 어깨마저 축 처지고 머리까지 수그리고 있던 탓에, 무엇엔가 겁을 잔뜩 먹거나 주눅이 들어 빨리 어딘가로 숨어들고픈 속내가 엿보였다.

"그랬군요. 참 오랜만에 곱고 선한 눈빛을 본 거 같아요."

여자의 눈빛도 호수에 비친 노을 색으로 붉게 빛나 보였다. 내가 보트를 돌려 명일이의 고무보트를 끌고 좌대를 벗어나려는 순간 여자가 잠깐만요, 하고 나를 불러세웠다.

"직업은 못 속이겠네요. 제 직업이 여성 월간지 기자거든요. 이곳 낚시터와 저분을 같이 취재해 보고 싶은데 그래도 좋을까요?"

나는 낚시터 취재야 환영할 만한 일이지만 명일이를 취재하는 건 아마도 그의 어머니 허락이 필요할 거라고 귀띔해 주었다. 여기자가 명일이에게 가까이 다가오라고 손짓했다. 함께 온 남자친구는 자신의 과민반응이 머쓱했던지 이제는 햇볕이 사라져 불필요한 비치파라솔을 접는 중이었다.

나는 명일이가 앉아 있는 고무보트를 끌어다 좌대 가까이 붙여 여기자와 대화할 수 있게 해주었다. 명일이가 인어를 확인할 의도로 이곳까지 왔다면 여기자가 자신이 생각한 인어가 아니란 사실을 확인시켜 줄 좋은 기회이기도 했다.

"내가 인어로 보였어요?"

명일이가 수줍어하며 고개를 떨구었다.

"그냥 인어가 아니고 비단인어, 멀리서 보면……."

잠깐 여자의 얼굴을 올려다본 명일이의 주눅 든 눈빛이

다소 생기를 찾은 듯했다. 멀리서 보면, 하고 말끝을 흐린 것으로 보아 지금은 여자가 인어가 아니란 사실을 받아들인 모양이었다.

나는 여기자에게 부연설명을 해줄 때라고 생각했다. 그걸 이해하기 위해선 낙조가 의암호에 잠겼을 때 수면에서 벌어지는 황홀하고 경이로운 노을 현상을 이해할 필요가 있다고 굳이 설명하고 있었다. 물에 비친 노을빛이 짙은 주황빛 일색이어서 명일이의 눈에는 아마도 물 위로 펄쩍 뛰어오르는 잉어들이 비단인어로 보이지 않았을까 하는 추측까지 덧붙였다.

비치파라솔을 접고 빈 낚싯대를 펼치며 내 얘기를 건성으로 듣고 있던 여기자의 남자친구가 끼어들었다.

"여기 호수에 인어가 살고 있다고 믿는단 말이죠?"

나는 대답 대신 고개를 주억거렸다.

"예전에 책에서 본 게슈탈트 법칙이 생각나네요. 사람들은 보통 어떤 현상을 목격하거나 어떤 상황에 직면할 때 사물을 친숙한 형태로 인지하거든요. 수면 위에서 벌어지는 물결과 물고기, 빛이 조화를 이룰 때 생겨난 특이한 형상을 어린 시절 너무 친숙했던 인어란 형태로 인지한 거겠죠. 달리 보면 환각이나 착시현상일 수도 있지만, 너무 어린 나이에 파격적이고 충격적인 이야기를 듣고 거기에 몰입되다 보니 즉흥적이고 직관적인 사고에 빠져든 것으로 보입니다."

여기자의 시선은 남자친구보다 명일에게로 돌아서 있었다.

"이름이 뭐예요?"

"대답을 해야지, 대답을."

여기자의 얼굴을 바라보지 못한 채 고개를 수그리고 있는 녀석에게 내가 재촉했다.

"정명일……."

그는 나와 어머니 앞에서 또랑또랑 내뱉던 밝을 명 날 일까지는 소개하지 않았고 이름조차도 겨우 들릴 정도로 말끝을 흐렸다. 입꼬리를 살짝 끌어올리며 미소짓는 여기자를 힐끔 올려다보던 명일이가 서로 눈이 마주치자 얼른 고개를 꺾었다.

"명일 씨는 노을을 좋아하나요? 나도 오늘 의암호의 노을을 보고 눈물이 날 것처럼 감동했는데."

여기자의 말이 떨어지기가 무섭게 명일이가 다시금 고개를 꼿꼿이 들어 올렸다.

"나도 노을을 좋아해요. 노을은 지쳐 힘겨워하는 사람들에게 태양이 주는 위로의 저녁 선물이에요. 태양은 온종일 하늘에 떠 있으면서 사람들이 얼마나 힘들어하는지 얼마나 고통스러워하는지 낱낱이 지켜봤잖아요. 어둠이 오기 전에

낮에 겪었던 고통을 모두 태워버리고 편안한 밤을 보내란 의미가 담겨있어요."

아, 나는 이번에도 명일이에게 뒤통수를 얻어맞은 것처럼 머리가 멍해졌다. 내 머릿속 한구석엔 아직도 명일이가 허우대만 멀쩡할 뿐 정신이 온전치 않다고 줄기차게 믿고 있었다. 나뿐만이 아니라 대부분의 동네 사람들이 그렇게 믿고 있었다. 하지만 녀석이 제정신이 아닐 거라고, 제정신일 리가 없다고 단정 짓고 최근까지 믿어왔던 나는 그가 여기자에게 쏟아내는 말 중에 혹이라도 정신상태를 의심할 만한 구석이 있는지 긴장까지 해가면서 지켜보았지만, 그의 목소리는 흐트러짐이 없었고 듣는 이의 감정까지 자극할 만큼 순수하고 해맑았다.

"그렇다면 나도 지금 태양이 주는 따뜻한 위로의 선물을 받은 거로군요."

여기자는 의암호에 인어가 있다고 믿는 별쫑난 청년이 도시인들의 이목을 끌기에 충분하다고 믿고 있는 눈치였다. 며칠 휴가를 내어 일터에서 벗어난 몸이긴 하지만, 내일 아침 명일이 엄마 동의를 얻어 이 순진한 일곱 살 청년을 취재해 보겠다고 내게 말한 뒤 저 직업병 맞죠? 하고 배시시 웃었다. 명일이 엄마가 아들을 찾아 나설 수도 있겠단 생각에 나는 서둘러 자리를 떴다. 다시는 고무보트를 타지 못하도록 단단히 주의를 주는 것도 잊지 않았다.

다음 달 그녀로부터 내게 잡지 한 권이 배송되었다. 잡지 초반부에 우리 낚시터 좌대를 찍은 컬러사진이 등장했다. 다음 장엔 서녘 하늘을 가득 채운 노을이 호수에 잠긴 황홀한 풍경 사진도 한 페이지 가득 장식하고 있었다. 무엇보다 내 눈길을 잡아끈 것은 기사 제목이었다.

〈의암호수엔 비단인어가 있다고 믿는 일곱 살 청년이 살고 있다〉

제법 긴 제목이었다. 기사엔 명일이의 어릴 적 아픈 과거까지 소상히 소개되지는 않았다. 일곱 살 무렵 뜻하지 않은 사고를 당한 충격이 마음의 병으로 남아 나이 서른을 앞둔 지금에도 인어가 호수에 나타날 거란 희망을 버리지 않고 맑고 순수한 일곱 살 소년으로 살고 있다는 내용이었다. 여기자가 명일이네 집에 가 취재를 마치고 돌아가기 직전 내게 찾아와 귀띔한 바로는 명일이 어머니가 아들의 얼굴이 잡지에 실리는 걸 원치 않더란 거였다. 취재를 꺼리는 건 어머니로서 당연한 반응일 터였다. 지금도 명일이는 정기적으로 병원을 오가며 심리치료 중인 처지였다. 치료 결과가 좋아 날이 갈수록 호전되고 있다고는 하나, 아직 낯선 이를 대하면 은연중에 두렷두렷 경계부터 하는 등 불안증세가 남아있는 것도 사실이었다.

별안간 남들로부터 관심의 대상이 되어 어중이떠중이들이 마을에 들어와 찾고 따라다니고 낄낄거린다면 그걸 지켜보는 부모의 속은 어떻겠는가. 기자도 노련미를 발휘했다. 지면에 명일이의 사진을 일절 올리지 않았고 기사도 명일이 어머니 부탁을 받아들여 아들 신상이 노출되거나 자극적이지 않게 공들여 쓴 것임이 분명했다.

기사가 나간 뒤로 나는 우리 낚시터가 잡지사의 홍보 효과를 톡톡히 누릴 것으로 기대했지만 실망이 컸다. 독자층이 젊은 여성이어서일까, 기사를 보고 찾아오는 낚시 손님들은 거의 없었다. 낚시보다는 오히려 일곱 살 청년 명일이에게 관심을 갖고 그를 보기 위해 찾아오는 이들이 종종 있었다. 심지어 어느 지방 대학 조소과 학생들이 수업 중에 제작했다는 석고 인어상을 차에 싣고 와 명일이를 찾기까지 했다.

명일이는 그 석고로 만든 인어상을 단박에 무시했다. 아마 버젓이 호수에 살아있는 인어를 죽은 인어로 형상화했다는 거부감, 자신이 목격한 비단인어와 형체도 색채도 전혀 닮지 않았다는 이질감 때문인 듯했다. 학생들이 무안해서 어쩔 줄 몰라 주춤거리는 사이 그는 선착장 앞 공터에 내려놓은 인어상을 흘낏 바라보곤 가소롭다는 듯 입을 실룩거리며 빈정거리기까지 했다. 물론 학생들과 저만치 사이를 두고 벌어진 신경전이었다.

"내가 아무리 설명해도 이 호수에 비단인어가 산다는 말을 누구도 믿지 않잖아. 아예 관심조차 없는 사람들이 도대체 무슨 짓을 한 거야. 저 흉물이 비단인어라고? 저건 비단인어를 욕보이는 짓이야. 저 조잡한 흉물은 가져가든 내버리든 맘대로 해."

그는 인어상을 거들떠보지도 않은 채 학생들보다 먼저 뒤돌아서 터덜터덜 집을 향해 올라갔다. 땀과 정성이 담긴 선의, 그걸 손수 차에 싣고 먼 길을 달려온 걸음까지 철저히 무시당한 학생들은 명일이가 사라지자 아연실색한 낯빛으로 난감해하다가 저들끼리 게두덜거렸다.

"그토록 순수하다던 일곱 살 청년이 지금 우리한테 투정을 부린 거야?"

황당했던지 앳된 티가 나는 학생 하나가 볼멘소리로 투덜거렸다. 콧수염을 기른 학생도 입술을 실쭉거리며 거들었다.

"떡 주고 뺨 맞는다더니, 딱 우리가 그 짝이네."

일행 뒤에 얌전히 서서 지켜보고 있던 학생 하나가 상황을 정리하려는 듯 큰 목소리로 일행을 향해 말했다.

"허탈해할 필요 없다. 내가 보기엔 저 사람 리플리 증후 군이 확실해."

학생들은 인어상을 그 자리에 내버려 둔 채 잠시 주변을 서성거리다가 기왕 춘천까지 내려온 김에 시내 가서 닭갈비 나 먹고 가자며 가버렸다.

나는 학생들이 선착장에 버리듯 놓고 간 인어상을 어떻 게든 활용하고 싶었다. 명일이가 의식하건 말건 그건 별개 의 문제였다. 호수와 인어는 서로 연관성이 있어 보였고 도 시 사람들에게 소소한 호기심과 재미, 나아가 심오한 상상 력까지 제공할 수 있겠단 생각에 인어상을 얼마 전 여기자 가 들어왔던 1호 수상 좌대로 옮겨놓았다.

16

삼악산 멧부리부터 화학산 주봉까지 이어진 긴 능선 위로 여름 해가 내려앉기 직전 산마루 위 서녘 하늘은 언제나 신령스러운 신의 화원으로 변했다. 사람으로선 이름을 알 수 없는 신들의 꽃들이 지천으로 피었다가 잠깐 사이에 지는 꽃잎들이 의암호수까지 날아와 살풋살풋 떨어졌다. 수면 안엔 붉은 꽃물이 번지고 수면 위엔 막 떨어진 꽃잎들이 손에 잡힐 듯 물 위를 떠다녔다. 노을은 하늘과 산과 호수와 조화를 이루며 그렇게 피고 졌다.

이때쯤 좌대 위로 옮긴 인어상도 저녁 운치를 더하는 데 제 몫을 톡톡히 해주고 있었다. 때를 맞춰 명일이는 호숫가로 내려와 인어상이 놓인 좌대를 뚫어지게 바라보고 있었다. 하지만 그날 이후 녀석이 또다시 고무보트를 타고 선착장을 벗어나 좌대까지 접근한 적은 한 차례도 없었다. 그럼에도 자신의 보트에 오르기만 하면 눈길은 언제나 1호 낚시터에 가 머물러 있었다. 그럴만한 이유가 있었을 것이다.

1호 좌대의 위치가 눈앞에 넓게 펼쳐진 호수를 동서로 남북으로 한눈에 살필 수 있는 중심지인 데다 언젠가 보았다는 비단인어의 출몰지이기도 했다. 제 딴에는 물살을 헤치며 이동하는 비단인어의 경로나 물 위로 펄쩍 뛰어오르는 놀라운 광경을 인접한 거리에서 좀 더 생생히 지켜볼 수 있는 최적의 장소라고 여겼던 모양이었다.

며칠 뒤 이른 아침이었다. 춘천 동쪽을 울타리처럼 에운 마적산과 대룡산 사이 능선에서 막 해오름이 시작되자 호수 멀리 소양2교의 아치를 중심으로 부챗살 모양의 돋을볕이 흘러내렸다. 아침을 알리는 화려한 햇살은 호수를 가득 덮었고 그 색채도 저녁노을 못잖게 화려했다.

명일이가 선착장에 모습을 드러낸 것도 이때였다. 언제나처럼 나는 낚시터를 한 바퀴 돌아보고 올 참이었다.

"너 또 인어를 보려고?"

나는 이제는 하도 식상해 녀석을 본 둥 만 둥 외면하며 건성으로 물었다.

"응."

의외로 대답이 시원했다.

"요즘에도 인어가 보이던?"

"가끔."

"네 눈엔 보이는데 내 눈엔 왜 인어가 안 보이는 거냐. 이 호숫가에서 너보다 더 오래 살았는데도 말이야."

"그걸 몰라서 묻는 거야? 형은 장사에만, 나는 비단인어에만 관심을 갖고 살아가기 때문이야."

나는 피식 웃었고 녀석은 인어상을 가져다 놓은 수상 좌대에 시선을 준 채 몸을 웅크리고 서 있었다. 좌대 주변으로 날아든 햇살은 염전에 덮인 소금처럼 하얗게 빛났다.

"넌 강물이 무섭지도 않니?"

"나한테 무서운 건 강물이 아니고 칼이야."

순간 아차 싶었다. 녀석의 머릿속엔 아버지를 살해한 범인의 손에 쥐어져 있던 피 묻은 칼이 남아 있단 사실을 깜빡 잊은 것이다. 그러나 나는 잘못이 없었다. 그냥 강물이 무섭지 않냐고 물었을 뿐이었다. 내가 잠시 어리둥절해 머뭇거리는 사이 녀석이 다시 주절거렸다.

"예전에 내가 다니는 병원 의사 선생님이 그랬어. 사람마다 두려움의 대상은 다릅니다. 나는 어렸을 때 동네 골목에서 놀다가 개한테 물린 뒤 어른이 되고 의사가 되었어도 세상에서 개가 젤 무서워요. 난 대뜸 칼이 더 무섭다고, 그깟 개가 무엇이 무섭냐고 비웃었더니 의사 선생님은 자꾸 개가 더 무섭다는 거야. 나는 칼이 더 무섭다고 소리치며 우겨댔어. 의사 선생님은 그럼 나랑 무서운 걸 바꿉시다 하고 제안했어. 나는 얼른 그러겠다고 약속하고 내가 무서워하는 칼을 의사한테 줘버렸지. 그런데도 지금 나는 개보다 칼이 더 무서워."

"그래서 강물이 안 무섭다고?"

"강물은 세상에서 가장 평화로운 곳이야. 강이 무섭다면 힘없는 작은 물고기들이 어떻게 매일매일 평온히 살아갈 수 있겠어. 집에 돌아가지 못하는 비단인어도 아직 이 강물에서 잘 살고 있잖아. 강물은 가까이 다가가면 누구나 다 친구가 되어준다고."

늘 시무룩한 표정이던 명일이의 얼굴에 화색이 돌았다. 무얼 물어도 고개만 까닥이거나 응, 아니, 하고 짧게 답하던 때와는 사뭇 달랐다.

"그래서 너도 강물과 친구가 된 거야?"

"저길 봐. 키 큰 나무도 산도 하늘도 구름도 호수 속에 깊이 들어와 누워 쉬고 있잖아. 강물은 다가가면 누구에게나 다 문을 열어주는데 무엇이 무섭냐고."

의암댐이 들어서고 물이 차면서 호수에는 크고 작은 몇 개의 섬이 생겨났다. 춘천댐 방면의 상류엔 고슴도치섬(위도)이 자리 잡았고 그 아래엔 고구마섬이, 춘천시내와 서면 금산리 사이 너른 호수 한가운데엔 징검다리처럼 떨어져 앉은 상중도와 중도, 하중도가 그리고 의암댐과 가까운 하류 덕두원 맞은 편엔 붕어섬이 펑퍼짐하게 자리를 틀었다. 예전부터 중도는 침식작용으로 자연이 만들어 낸 거대한 하나의 섬이었다. 의암댐이 생기면서 뱃길을 내기 위해 위아래 두 곳에 운하를 파 세 개의 섬을 만들었다.

섬이라고 해서 바닷가의 섬처럼 우락부락한 바위가 솟구쳐 있거나 한두 참 쉬어야 오를 뒷동산이 호수 한가운데 위엄있게 솟아 있는 것도 아니었다. 그렇다고 고개를 발딱 젖혀야만 바라볼 수 있는 높은 바람막이 언덕이라도 가로막고 있는 것 역시 아니었다. 모래가 쌓이고 진흙으로 다져진 널따란 평지엔 포플러나 아카시아, 버들, 갈대가 물기를 잔뜩 빨아대며 커가고 있었지만, 어느 섬이나 그러하듯 이미 사람들이 점유해 농사를 짓고 있거나 놀이시설을 만들어 더 많은 사람을 안으로 끌어들여 이득을 취하려는 작업이 한창 진행 중이기도 했다.

마침 명일이가 가리킨 호수에는 숲이 우거진 상중도가 의암호수에 긴 그림자를 담그는 중이었다.

누군가에겐 두려움의 대상이 누군가에겐 친구라는 것, 달리 표현하자면 누군가에겐 절친한 친구가 누군가에겐 두려움의 대상이 된다는 뜻이기도 했다. 강물보다 칼이 무섭다는 그는 호수를 두려움의 대상이 아닌 가까이하면 다 받아주는 친구처럼 생각하고 있는 거였다.

"너 저 호수 한가운데로 가고 싶지? 데려가 줄까?"

내 갑작스러운 제안에 기분이 달떠서일까, 고개를 끄덕인 녀석이 씽긋 웃어 보이곤 나의 다음 반응을 직감한다는 듯 말했다.

"고개만 *끄덕*이지 말고 대답을 하라고? 좋아! 데려가 줘."

"그래. 좋다. 대신 구명조끼를 입어."

녀석의 고무보트는 물때가 낀 채 선착장에 매여있었지만 근자에 와선 주변만 서성일 뿐 이전처럼 보트에 올라 만지고 집착하는 모습을 볼 수 없었다. 아마도 일전에 몰래 보트를 타고 우리 좌대까지 왔던 사실이 알려지면서 어머니로부터 호된 꾸지람을 듣고 더는 보트에 오르지 않겠다 약속한 모양이었다.

나는 모터보트에 녀석을 태우고 좌대를 둘러보기 시작했다. 아침 해가 이제 막 마적산 능선을 넘어와 붉은 낯을 드러내는 중이었다. 매일 반복되는 일출이건만 마적산과 대룡산을 잇는 능선 한가운데로 불끈 솟아오를 때 드러내는 아침 해의 윤곽은 늘 색다르고 유별났다. 가끔은 호기심 어린 얼굴로 산 능선에 턱을 괴고 있다가 굼벵이걸음으로 느릿느릿 떠오르는가 하면 또 어쩌다간 수천 발 불화살을 쏘아 올리며 불끈불끈 떠오르는 것이다.

17

이날 해오름은 유독 화려했다. 동트기 전 바다를 건너고 어느 강과 개울을 건너고 이슬 내린 숲을 헤치고 오르느라 촉촉이 젖었던 햇살이 마적산과 대룡산 주봉을 넘어서자마자 가닥가닥 뻗어내린 산등성이마다 젖은 빛살을 널었고 소양2교 아치 밑까지 흘러내리다 굴절된 굵은 잔영이 자기 집 안마당을 들어서듯 호수 위로 성큼 발을 들여놓았다. 호수를 탐하는 무리가 어디 한둘이겠는가. 낮이고 밤이고 몸을 더듬으며 추근거리는 바람 패거리들이야 늘 성가신 존재라 쳐도 날이 이슥해 모두가 외로운 밤이면 하늘 발치에 뜬 무수한 별들이 호수의 가슴을 열기 위해 연신 눈을 껌벅여도 냉정히 외면하던 호수였다. 어쩌다 창백한 보름달이 찾아와 서성일 적엔 차갑고 쓸쓸하고 허전한 처지가 서로 같아 잠시 내려와 쉬도록 문을 열어 빈방 하나쯤 내어주는 여유를 베풀기도 하였다.

해가 뜰 때의 호수는 바람이 추근거릴 때나 별과 달이

뜨고 질 때와는 확연히 달랐다. 누군가를 그립게 하고 품을 허전하게 만드는 어둠이 걷히면서 설렘으로 누워 뒤척이던 호수는 오랫동안 그리던 이가 찾아온 것처럼 숨가쁘게 해를 맞아들였다.

금세 앞가슴을 내어주고 함께 몸을 섞었다. 소양2교 아치 밑 호수는 감미로운 햇살이 닿는 곳마다 짜릿짜릿 살을 떨었다. 그때마다 호수의 달친 몸에서 떨어져 나온 수많은 물비늘이 수면 위에서 희고 맑고 영롱한 빛을 뿜어냈다. 물에 꽃물이 흥건히 번지고 활활 불꽃이 피었다.

나는 소양2교와는 정반대 방향인 의암호 하류 쪽으로 서서히 보트를 몰았다. 애니메이션박물관 뒤편 호수에 떠 있는 나의 수상 좌대 낚시터가 나란히 모습을 드러냈다. 때마침 아침 낚시가 한창 무르익을 시간이었다. 나는 손님들에게 방해가 되지 않게 저만치 떨어진 거리에서 좌대 하나하나를 점검했다.

아침 일찍 이렇게 좌대를 돌며 입실한 손님들이 밤새 탈 없이 잘 지냈는지를 점검하는 게 나의 중요한 아침 일과 중 하나였다. 대부분의 낚시 손님들이 밤을 새워가며 낚시에 집중하지만 어디에 가나 어느 곳에나 꺼들거리다 일을 저지르는 사람 한둘은 있게 마련이었다.

휴가철 아이들까지 데리고 좌대낚시를 하러 온 어느 가

족은 하룻밤을 겨우 지내고 날이 밝기가 무섭게 낚시터를 빠져나갔다. 3박 4일 예약이 잡혀 있던 손님이 하룻밤만 겨우 지내고 서둘러 좌대를 나간다는 건 피치 못할 사정이 생겼단 뜻이었다. 가족들이 보트에서 내릴 때까지 누구도 속 시원한 답을 주지 않다가 좌대 입실료를 정산해주고 헤어질 무렵에서야 가장인 남자가 내게 다가와 귀띔해 주었다. 바로 옆 좌대에 젊은 연인 한 쌍이 들어와 있는데 그것이 문제였다. 오밤중 호숫가는 아득한 곳에서 팔뚝만 한 잉어 한 마리만 힘차게 뛰어도 그 용맹하고 팔팔한 기운이 천둥소리처럼 우렁차게 들려오게 마련이었다. 심지어 잉어의 꼬리지느러미가 호수를 내리치고 난 직후 물결의 둥근 파장이 물 위로 사락사락 굴러오는 소리까지 고스란히 들려오는 게 호숫가의 밤이다.

바로 옆 좌대에서 숨이 넘어갈 듯 내지르는 여자의 교성이 어찌나 요란하던지 아이들 보기 하도 민망하고 낯이 뜨거워 거의 뜬눈으로 밤을 지새웠다는 것이다.

"모텔이며 호텔이며 콘도며 시내 유명 숙박업소들이 하고 많은데 왜 하필 조용한 낚시터에 들어와 밤새 그 짓이냐고요. 게다가 하룻저녁도 아니고 장장 3박 4일 일정이라잖아요. 저녁마다 의암호를 끓일 것처럼 불같은 밤을 보낼 터인데 성인인 우리야 애교로 봐준다 쳐도 한창 예민한 애들이 밝은 귀에 그 소릴 못 들었겠어요? 얼른 바닷가에 데려가 소금물로 애들 귀를 씻어줘야겠네요."

그는 타고 온 차 트렁크에 가져온 짐을 싣고 가족들과 함께 서둘러 낚시터를 떠나갔다. 이런 일쯤이야 누굴 탓할 수는 없는 일이었다. 그만큼 우리 낚시터가 아늑하고 주변 운치가 고혹적이기에 벌어진 일일 것이다. 하지만 오밤중 좌대 위에서 벌어지는 고성방가는 인접한 좌대에 든 낚시인들에게는 지옥이나 다름없었다.

낚시가방에 채비 대신 곽소주를 잔뜩 메고 와 밤새도록 곤드레만드레 퍼마시고는 혀 꼬부라진 소리로 노래를 부른답시고 목청을 질러대는데 낚시하러 온 것인지 훼방하러 온 것인지 돼지 멱따는 소리로 한 소절을 불러제꼈다가 잊을만하면 또 한 소절을 부르고 잊을만하면 또 한 소절을 불러대기를 어둑새벽 무렵까지 이어가는 것이다. 여기에 새벽부터 일행끼리 멱살잡이로 시비가 붙고 근거리의 옆 좌대에서 참고 참다가 뭐라 나무라기라도 하면 소주병을 던지는 것도 모자라 발가벗고 헤엄쳐 와 행패를 부려 경찰이 출동하는 일까지 종종 벌어지는 거였다.

좌대 먼발치에서 아침 낚시 중인 손님들에게 밤새 조황이 어땠는지, 지내기에 불편함이 없었는지 두루두루 묻고 답하고 점검을 끝낸 뒤 집으로 돌아가려다가 나는 문득 동선한 명일이에게 의암댐 인근 절벽 바위옹두라지 위에 세워진 인어상을 보여주면 어떨까 싶은 생각이 들었다. 구명보트를 걸친 채 보트 한가운데 앉아 뚫어지게 수면 위를 살피고 있는 녀석은 자신이 원하는 무언가가 호수에서 모습을 드러내면 금방이라도 물에 뛰어들 것처럼 사뭇 진지했다.

"너 또 인어를 찾고 있는 거지?"

"……."

이제껏 낚시터를 도는 동안 내가 무얼 하건 아예 관심도 없이 제 생각에만 골몰해 있던 녀석은 내가 묻는 말을 덤덤히 귓전으로 흘려보냈다. 묻는 말에 일언반구조차 없는 녀석의 태도에 은근히 부아가 치밀어 나는 단박에 녀석을 절망케 할 한마디를 쏟아냈다.

"인어는 벌써 예전에 죽었다."

녀석에겐 지구상에 인어가 없단 말보다 죽었단 말이 그나마 내가 인어의 존재를 믿어준단 뜻으로 해석할 여지가 있겠으나 나는 개의치 않았다. 내 말이 떨어지기가 무섭게 녀석의 몸이 뻣뻣하게 굳어졌다. 내내 호수만 바라보고 있느라 왼편 뱃머리 너머로 고개를 돌리고 있던 녀석이 얼굴을 드러내고 흘깃 나를 바라보았다.

"살아있는 모든 생명체는 언젠가 죽는 거야. 너도 알지?"

녀석이 발끈했다.

"죽는다는 말을 그렇게 쉽게 해? 그런 말은 죽음을 흔하게 보는 혹은 가까이서 보는 전쟁터나 장례식장에서나 나와야 할 말이잖아."

그냥 홧김에 툭 던진 말이 오히려 부메랑이 되어 돌아와 내 뒤통수를 후려쳤다. 일곱 살이 아니잖아, 중얼거리며 돌아가던 대학생들의 모습이 떠올랐다. 일곱 살? 그건 아주 오래전 사고가 발생한 얼마 후의 일이었고 지금 내 보트에 타고 있는 녀석의 모습은 마치 호수 아래 높게 솟은 삼악산처럼 우람하고 거대해 보였다. 단순히 그의 외관에서 느껴지는 체구 때문만은 아니었다. 얼결에 한 마디씩 툭툭 내뱉은 말투가 뭔가 모르게 무게감이 있어 보였고 세련되기까지 한 것이었다.

"그래. 인어는 네 말대로 자연으로 돌아가 바위 위에서 돌이 되었다. 내가 자연으로 돌아간 인어를 보여줄까?"

녀석은 시큰둥했지만 나는 오기가 발동해 재빨리 선미를 의암댐 방향으로 틀었다.

아직 개발의 때가 타지 않은 하중도의 숲이 호수에 잠겨 있었다. 하중도는 수십여 년 전 식목 행사가 있을 때 사람들이 동원되어 어린 은사시나무와 포플러를 꽂았는데 땅심이 걸차 가꾸는 이 없이도 후리후리하게 잘 컸고 사람 손을 거치지 않은 잡목까지 제출물로 자라 숲이 울창했다. 사람이 들지 않고 날개 단 새들만 오가는 섬은 은사시나무와 포플러가 하늘을 찌를 듯 솟은 데다 숲이 우거져 봄가을이면 주변 호수와 조화를 이루며 운치를 더했다.

나는 하중도 아래 마지막 섬인 붕어섬 앞을 지나 옛사람들이 도보로 서울을 오가기 위해 강을 건너다녔던 신연나루와 덕두원 마을 입구를 가로질러 의암댐 하류로 보트를 몰아갔다. 댐 아래쪽으로 호수에 풍덩 몸을 담근 드름산이 보였다. 바위투성이의 드름산은 밤새 조갈이 들었는지 깊은 호수 안에 거꾸로 머리를 처박고는 울묵줄묵한 목젖을 들썽이며 물을 빨고 있었다. 물에 잠긴 드름산의 등판 뒤로 고요한 물살을 가르며 지나가는 고깃배 한 척이 보였다. 내 보트 역시도 결 고르게 짠 양탄자 위를 지나가듯 고요하고 푸르른 아침 호수 한가운데를 질러 내려갔다.

가파른 삼악산 등산로 앞을 지나자마자 눈앞에 더는 접근하지 말라고 띄워놓은 굵은 밧줄이 나타났다. 수상 통제선이었다. 장마철 화천댐이나 소양댐이 안에 한가득 채웠던 물을 방류할 때면 의암댐도 호수에 유입되는 입수량만큼 수문을 열고 거센 물줄기를 쏟아내야 했다. 호수에 가득 고였던 물이 좁은 협곡의 댐 수문으로 쏠려 내려갈 때 통제선 밑으론 접근해선 안 될 위험구역이므로 사람이건 선박이건 절대 벗어나지 말라고 쳐놓은 밧줄이었다. 실제로 어느 해 장마철 배 한 척이 댐 수문 아래로 빨려 내려간 적이 있었는데 물 폭탄을 맞은 선박은 산산조각 부서져 선주가 쇳조각 하나 건져내지 못했다는 소문이 돌기도 했었다.

장마철마다 가득 불어난 물을 끌어안고 있는 콘크리트댐은 더는 수압을 견디지 못해 낡은 시멘트 덩이가 쩍 갈라져 하류로 떠밀리거나 금방이라도 조각조각 바스러질 듯 위태롭고 아슬아슬해 보였다. 하지만 요행히도 콘크리트 구조물로 건립된 댐은 사시사철 쉴 틈 없이 육중하게 밀어내는 물의 압력을 잘도 견디고 있었다. 댐 앞에 시야를 막아선 교량은 직선화로 새로운 경춘국도가 생겨나기 전 46번 국도의 역할을 충실히 해냈던 춘천 초입의 길목이기도 했다. 이 교량 진입 직전 의암리에서 칠전동으로 이어지는 도로는 지금도 해빙기나 장마철이 되면 까마득히 치솟은 드름산 암벽에서 절개된 바윗덩이들이 시도 때도 없이 굴러떨어져 도로를 덮는 사고가 빈발했다. 그런 아찔한 바위벼랑 사이로 도로는 용케 뚫려 있었다.

안돌잇길처럼 가파른 벼랑길은 지날 때마다 이마 위로 혹 돌이라도 굴러떨어지지 않을까, 호수 아래로 처박히지는 않을까 아찔하고 조마조마하지만 몇 굽을 돌아나가면 눈앞에 어머니 품 같기도 하고 아침의 정원 같기도 한 평온한 숲길이 맞아준다. 강 건너 병풍을 치듯 막아선 삼악산의 운치와 절벽 아래로 출렁이는 짙푸른 호수가 기묘하게 조화를 이룬 탓에 이곳이 춘천의 숨은 명소로 아름아름 알려졌고 자전거로 혹은 도보로 작심하고 이곳을 찾는 이들이 해가 갈수록 늘어났다.

예술가들이 이런 천하의 비경을 그냥 무심히 지나치거나 가만 내버려 둘 리가 없었다. 이곳 출신 작가 김유정을 기리기 위해 오래전 지역 문인들이 뜻을 모아 호수가 한눈에 내려다보이는 목 좋은 곳에 펜 형상의 문인비를 세웠고 또 몇 해 뒤엔 어느 대학교수가 시멘트를 빚어 도로와 호수 사이 우뚝 솟은 바위에 인어상 하나를 세워놓았는데 작품의 완성도는 어떨지 몰라도 위치로나 구도로나 주변 분위기로나 흠잡을 데 없이 잘 어울리는 완벽한 구조물로 자리 잡고 있었다.(현재는 청동 인어상으로 교체되었다)

명일이에게 인어상을 최대한 가까운 위치에서 보여줄 욕심으로 수상 통제선 아래까지 보트를 몰아갈 필요까진 없었다. 댐이 수문을 닫고 있어 보트가 잠시 수상 통제선을 벗어나더라도 위험에 노출될 상황은 아니었지만, 굳이 수문 가까이 접근하지 않고도 호숫가에서 우쭐하게 뻗어 오른 바위 최상층부에 다소곳이 앉아 있는 인어상을 볼 수 있었기 때문이었다. 나는 모터보트를 세우고 명일에게 손가락을 가리켰다.

"저기 바위 위에 앉아 있는 인어를 봐라. 이 호수에 살던 인어가 네 말대로 자연으로 돌아가 바위가 되었다."

인어상은 인접한 도로변에서 감상할 수 있게 설치한 조형물이었다. 그 반대편 먼발치 절벽 아래 호수에서 조형물을 올려다본다는 건 그것이 사람인지 정말 인어인지를 구분하기가 쉽지 않았다. 그렇지만 삼단 형태로 솟은 바위 위에 무릎을 조아린 조형물의 윤곽은 뚜렷이 시야에 들어왔다. 그것이 인어란 믿음을 주기 위해서는 허리선부터 꼬리 지느러미까지 촘촘하게 박힌 비늘이 눈이 부실 정도로 번득여야 할 테지만 호수에서 보이는 반 나신의 곡선 이미지만으로도 대번에 그 조형물이 틀림없는 인어상임을 짐작할 수 있었다.

"저게 인어상인 건 확실해. 우리가 어릴 때 동화책에서 흔히 보았던 인어상이야. 하지만 내가 집 앞 호수에서 본 비단인어는 지금도 멀쩡히 살아있다고. 상상력을 빌려와 만든 저 조잡한 인어상과 내가 본 비단인어를 비교하는 건 한마디로 어불성설이야."

명일이는 인어상을 잠깐 올려다본 뒤 시큰둥한 표정으로 고개를 돌렸다. 이곳까지 보트를 몰고 온 노고와 성의까지 무시당한 느낌에 나는 기분이 편치 않았다.

"물에서 뛰는 고기는 인어가 아니라 잉어나 가물치라고. 넌 이 호수에 사는 물고기 이름도 제대로 모르잖아."

"형은 이 넓고 깊은 의암호수 덕분에 살아가잖아. 그런데도 호수 안에 어떤 물고기들이 살고 있는지 정확히 모르지? 내가 대신 설명해 줄게. 의암호엔 대략 마흔 종이 넘는 물고기가 살고 있어. 토종어종은 각시붕어, 줄납자루, 메기, 가물치, 돌마자, 참종개, 새코미꾸리, 퉁가리, 동사리, 버들치, 쉬리 등 여러 종이 살고 다른 고기들보다 더 많은 우점종은 누치, 피라미, 줄납자루, 배스로 알려진 큰입우럭, 빙어가 차지하고 있어. 그중에서도 몸집이 큰 물고기는 누치, 잉어, 큰입우럭, 메기, 가물치, 떡붕어야. 여기에 이스라엘잉어, 떡붕어, 무지개송어, 큰입우럭은 외국에서 들여온 어종이고 우리나라 다른 지역에서 들어와 사는 물고기는 뱀장어, 빙어, 꾹저구 등이 살고 있다고. 내 생각엔 외국에서 치어를 들여와 1974년 5월 육영수 여사가 소양강댐에 방류했다는 초어란 물고기 역시 장마 때 이곳 의암호에 떠내려와 살고 있다고 믿어. 초어는 사람만큼 큰 물고기야. 이렇듯 먼 외국에서 들어온 물고기들도 건강하게 잘 살아가고 있는데 비단인어가 없다고? 비단인어가 죽었다고? 말이 되는 소릴 해야지."

나는 막힘없이 쏟아내는 녀석의 어류 지식에 그만 입이 떡 벌어져 할 말을 잃고 말았다. 이곳에서 태어나 이곳에서 교육을 받고 젊어서부터 이곳에서 낚시를 즐긴 나로서도 의암호에 서식하는 어류들을 제대로 파악조차 할 수 없었는데 녀석은 마치 사전을 찾아 읽듯 줄줄 꿰고 있는 것이었다. 그뿐만이 아니었다. 입이 열리자마자 한 수 더 떠 왜가리, 곤줄박이, 쇠백로, 민물가마우지, 쇠오리, 논병아리, 청둥오리, 흰뺨검둥오리, 물닭, 오목눈이 등 의암호를 기반 삼아 살아가는 조류까지 달달 외고 있었다. 그중에서도 겨울철 의암호 상류에 철새로 날아왔다가 최근에는 아예 텃새처럼 행세하며 집단 서식 중인 민물가마우지를 우려하고 있었다. 매년 개체 수가 증가추세인 민물가마우지는 호수 상류 우두벌 앞 버들 군락지에 서식하며 하루 오백 그램 이상의 물고기를 잡아먹고 사는 호수의 포식자여서 수수방관했다간 머잖아 토착어종이 씨가 마를 거라고 우려했다.

한번 입이 열린 녀석은 이번엔 의암호의 수질까지 들먹였다. 눈비가 쏟아져 공지천과 도심 주변 도로변에서 여과 없이 유입되는 우수는 의암호의 직접적인 오염원이고 춘천하수종말처리장에서 여과 후 의암호로 흘려보내는 방류수 역시 인과 질소의 농도가 높아 호수에 서식하는 인어를 비롯한 여러 어종에 피해를 주고 있다는 거였다. 나는 거침없이 쏟아내는 녀석의 말을 묵묵히 듣고만 있다가 끝내 두 손을 들고 항복을 선언하고야 말았다.

"그래. 내가 졌다. 네가 이겼다. 인어가 아니, 비단인어가 있단 네 말을 믿을게."

"누가 그랬잖아. 눈에 보이는 것만이 전부는 아니라고. 형이 설령 의암호엔 비단인어가 없다고, 아예 비단인어란 존재 자체가 없다고 단언해도 나는 실망하거나 주저하지 않아. 내겐 비단인어를 찾아다니는 시간이 가장 즐겁고 보람되고 행복한 시간이기 때문이야. 그건 형이 정성을 다해 낚시터를 만들어 놓고 간절히 낚시꾼을 기다리는 시간과 같은 거라고."

책에서 보았건 누구에게 들었건 녀석은 의암호의 생태환경을 두루 섭렵하고 있는 게 확실했다. 희멀건 눈으로 호수를 바라볼 때의 어벙벙한 자세나 길을 거닐다 어쩌다 마주쳐도 상대방 눈을 피해 주춤 뒷걸음부터 치던 이전의 그와는 전혀 다른 모습이기도 했다. 내 모터보트엔 그간 줄곧 일곱 살 청년으로 믿어왔던 명일이가 아니라 곰처럼 큰 괴물이 타고 있는 것 같았다. 인어의 존재를 한 치 의심도 없이 믿고 있다는 건 그에겐 이미 신앙이나 다름없다는 뜻이기도 했다.

하지만 인어가 있다고 확신하는 그의 믿음을 내가 받아

들일 수 있을까? 어림도 없는 일이었다. 내가 녀석의 말을 믿는다는 건 섣부른 사이비종교를 참된 신앙으로 인정하는 것과 다르지 않았다.

어쨌든 녀석이 몸만 성인인 일곱 살 아이라고 매번 착각하고 있었던 나는 괴물을 태우고 호수 한가운데로 와 있는 건 아닌가 싶어 등줄기에서 땀이 솟기까지 했다. 내가 짐작하고 있었던 숫되고 어리숙한 아이, 정신적 장애를 앓고 있는 아이가 아니라 그는 어느 방면의 학문을 심오하게 섭렵한 어엿한 지식인이었다.

그의 당돌한 태도에 내가 놀란 건 당연한 일이기도 했다. 큰 눈을 껌벅이며 앉아 있던 괴물이 자신의 지식을 앞세워 내게 인어의 존재를 믿으라 강요하며 단박 손을 끌어당길 것만 같았다. 나는 고개를 절레절레 흔들고는 서둘러 보트를 돌려 상류로 거슬러 올라갔다.

18

하중도를 벗어난 보트가 신연나루 앞을 가로질러 애니메이션박물관 쪽으로 막 접어들 즈음이었다. 영롱한 아침 햇살이 때마침 우리 낚시터 앞 호수에 날아들고 있었다. 호수 위에서 번득이는 빛은 그것이 햇살의 몸통인지 부스러기인지 분간하기 어려울 정도로 크고 잘았다. 누군가가 어두운 밤하늘에 밤새껏 떠 있던 은하수를 소쿠리에 쓸어 담아 호수 안에 듬뿍듬뿍 쏟아붓는 것 같았다.

호수 안에 잠긴 섬 그림자와 호수를 품어 안은 도시풍경, 그 외곽 먼 산 하늘과 맞닿은 능선의 유연한 곡선 모두가 우리 낚시터 앞 호수 한가운데 떨어져 나풀거리는 신비로운 아침 햇살을 보여주기 위해 정성껏 그려놓은 배경 그림 같았다.

어느새 명일이의 시선도 그곳에 꽂혀 있었다. 구부정한 어깨에 목을 옴쑥 파묻고는 큰 눈을 뒤룩이며 햇살이 한가득 내려앉은 1호 좌대 앞 호수를 넋 놓고 바라보고 있는 것이었다.

"아침 햇살이 넓은 호수 한가운데 비단이불을 깔았어. 아니야. 저건 호수에 생겨난 화원이겠지? 우리가 모르는 꽃향기를 맡은 벌과 나비들이 떼를 지어 날아와 파닥이잖아."

이 순간 나는 예전 일곱 살 명일이의 목소리를 듣는 듯했다. 빛이 호수에 떨어져 나풀거리는 그 황홀한 광경은 내가 보기에도 비단이불이었고 화원이었다.

나는 카메라를 미리 챙겨오지 못한 아쉬움이 컸다. 도시와 접한 호수가 이처럼 황홀할 수 있다니, 호수 한가운데서 보이는 나의 낚시터가 이처럼 평온해 보이다니, 햇살 찾아든 아침 호수의 아름다운 풍치가 사람의 마음을 이토록 사로잡다니, 잠깐 눈과 기억에만 담았다가 흘려보내도 오랜 시간 여운이 남아 있을 법했다. 눈에 보이는 풍치를 사진으로 남겨 두고두고 간직하고 싶을 정도였다. 주변 사람들에게 이 사진 속의 낚시터가 내 낚시터라고 평생 자랑해도 좋을 더없이 아름다운 아침 풍경이었다.

나는 모터보트의 속도를 줄이고 자리에 앉아 내 좌대들이 들어선 낚시터를 배경으로 사진 찍는 동작을 해보고 있었다.

그때였다. 무대 위에 조명처럼 쏟아져 내리는 부신 햇살 한가운데에서 영롱한 물살을 헤집고 뛰어오르는 무언가가 있었다. 낚시터 바로 옆 수초 언저리에서 물고기 한 마리가 펄쩍 뛰어오른 것이다. 의암호에서 아침저녁으로 물고기가 뛰는 장면을 목격하는 건 아주 흔한 예삿일이어서 새삼스러운 일도 아니었다. 하지만 내가 이날 아침에 본 장면은 두 눈을 의심할 정도로 놀라운 광경이었다. 멀리 떨어진 거리여서 펄쩍 솟구쳐 오른 물고기가 잉어인지 가물치인지 아니면 내가 이제껏 본 적 없는 다른 종의 물고기인지 육안으로 식별하기가 쉽지 않았지만 웬만한 사람의 체구처럼 커 보였고 꼬리지느러미를 퉁기며 치솟은 높이도 제 키보다 훨씬 높아 보였다. 게다가 이 놀라운 장면이 벌어진 장소가 때마침 아침 햇살이 하얗게 내려앉은 1호 좌대 근방이었다. 거센 물보라와 함께 물 위로 껑충 솟구친 큰 몸뚱이는 수면 위로 날아온 햇빛에 얼핏 드러났는데 전신이 빛에 휘감기어 하얗게만 보였다. 물을 박차고 뛰어오른 동작이 얼마나 역동적이었던지 여울지는 둥근 물살의 파장이 수십 굽도 넘게 이어지고 있었다.

낚시터에 시선을 붙박고 있던 명일이 역시도 괴물고기가 뛰는 그 갑작스럽고 놀라운 광경을 놓칠 리 없었다. 녀석은 물고기가 펄쩍 뛰어오르다가 낚시터 어딘가로 사라진 뒤에야 자리에서 벌떡 일어나 내게로 다가왔다.

"와! 봤지? 형도 두 눈으로 물에서 펄쩍 뛰어오르는 비단인어를 분명히 봤지?"

녀석은 작은 모터보트가 기우뚱거리는 것도 잊은 채 방금 뛴 물고기가 비단인어라 확신하고 흥분에 겨워 펄쩍펄쩍 뛰었다. 나는 보트의 속도를 줄이고는 냅다 고함을 쳤다.

"보트가 기울잖아. 앉아. 자리에 앉으라고!"

"우리가 지금 이러고 있을 때가 아니잖아. 비단인어를 만나러 가야지. 형, 빨리 나를 저기 비단인어한테 데려가 줘. 번개처럼 달려가 꼭 비단인어를 만나게 해달라고."

녀석은 좁은 보트 안에서 겅중겅중 뛰는 것도 모자라 몸까지 부르르 떨고 있었다.

"이 멍청한 새끼야. 배 뒤집히기 전에 빨리 자리에 가 앉으란 말이야."

보트가 뒤뚱거려 좀 위급한 상황이긴 했다. 좁은 보트 안에서 철없이 날뛰는 녀석이 이때만큼은 영락없는 일곱 살 아이인 것도 확실했다. 충동을 억제하지 못한 녀석의 돌발 행동이 어리석긴 했지만 나 역시 대응이 서툴고 어설펐다. 이때까지 내가 녀석 앞에서 또는 누구 앞에서 그렇게 큰소리로 욕하거나 성을 내본 적이 없었다. 나는 그가 멍청한 새끼라고 내게 욕을 먹을 만큼 정말 어리석고 둔한 아이였던가를 잠시 생각하고 좀 쑥스러웠다. 조금 전까지만 해도 어느 분야에선 어엿한 지식인이란 생각까지 했었는데 뜬금없이 멍청한 새끼라니, 금방 후회되었다. 졸지에 멍청한 새끼가 된 녀석은 날개 꺾인 새처럼 어깨를 축 늘어뜨리곤 주춤 물러선 뒤 제자리로 돌아가 앉았다. 그래도 물고기가 뛰어올랐던 1호 좌대 앞 호수에서 쉽게 눈을 떼지는 못했다. 그는 물고기가 뛴 현장과 내 표정을 번갈아 살피고 있었다. 입술이 바작바작 타고 있었던지 혀를 빼물고 위아래를 연신 적셨다. 초조한 눈빛과 여짓거리는 입술, 발뒤꿈치를 달싹거리는 작은 동작들 모두가 어서 빨리 그곳으로 데려가 달라고 애원하는 달뜬 몸짓이었다.

그럼에도 나는 명일이를 1호 좌대까지 데려갈 수 없었다. 1호 좌대엔 이틀 전에 이미 두 명의 낚시 손님이 들어와 아침 낚시에 몰입 중이었다. 지난밤 입질이 신통치 않았다면 낚시인들이 고요한 아침 물살 위에 뜬 찌를 바라보는 시간이야말로 가장 집중할 때이고 가장 예민할 때이고 가장 기대에 부풀어 있을 시간대이기도 했다. 그렇게 민감한 시간 기대에 부풀어 있는 손님들 곁으로 요란한 엔진소음과 함께 파도 못지않은 물살을 일으키며 보트를 몰아간다는 건 낚시인들을 대하는 낚시터 운영자로서의 예의도 자격도 없는 무례한 처사가 아닐 수 없었다. 더군다나 인어를 확인시켜 주기 위해서라는 얼토당토않은 이유를 들어 낚시고객의 심기를 건드린다는 건 낚싯밥을 먹는 나로선 도리가 아니었고 결코 용인할 수 없는 일이기도 했다.

나는 꽤 뻔뻔스러웠다. 녀석에게 멍청한 새끼라고 욕을 퍼부어 얼굴이 후끈 달아오르긴 했지만 미안하다고 사과조차 하지 않았다. 나는 아무 일도 없었다는 듯 태연스럽고 퉁명스럽게 대꾸했다.

"지금 뛴 물고기는 잉어야."

호수 위에 내려와 빛을 뿜고 있는 아침 햇살은 저녁 무렵의 노을이 내려앉은 풍경과는 느낌부터가 달랐다. 해가 저물기 직전 구름과 하늘과 햇살이 그려내는 저녁노을이야 물에 내려앉아서도 때론 사람들을 탄복시키고 때론 울먹이게 하는 오만 가지 무늬의 매력에 빠져들게 하지만 아침 호수에 내려와 부서지는 광채는 온유하면서도 섬세했고 은은하면서도 고왔다.

햇살이 내려앉은 호수에서 펄쩍 뛰어오른 물고기가 인어인지 잉어인지 나로서도 무어라 단언하기 어려웠다. 지금껏 내가 가까이에서 확인한 바로는 대개 아침에 뛰는 물고기가 잉어란 사실을 말했을 뿐이었다. 그 물고기가 잉어라고 건넨 한 마디는 그 물고기가 인어가 절대 아니란 말이기도 해서 녀석을 그곳에 데려가지 않겠다는 단호한 의지를 에둘러 표현한 말이기도 했다.

녀석은 내 의지를 금방 읽어낸 듯했다. 찌푸린 인상과 서운해하는 눈빛은 청을 들어주지 않아 막무가내로 떼쓰는 일곱 살 아이의 행동과 별반 다르지 않았다. 보트에 잠시 엉덩이를 붙이는가 싶었는데 어느 순간 자리에서 벌떡 일어나 나를 노려보았다.

"나는 강물이 무섭지 않아. 난 헤엄을 쳐서라도 비단잉어를 만나러 갈 거야. 형이 도와주지 않아도 돼. 내 힘으로 갈 테니까."

녀석의 손목을 잡거나 앞을 막아설 여유도 없었다. 뱃전으로 몸을 돌리기가 무섭게 녀석이 깊고 푸른 아침 호수 속으로 풍덩 뛰어들었다. 잠깐 사이 내가 손 쓸 여유도 없이 벌어진 일이었다. 물론 나는 한순간 머릿속이 하얘졌고 어쩔 줄 몰라 허둥거리기까지 했다.

하지만 호숫가에서 수년간 낚시터를 운영하며 별별 희한한 사건, 사고들을 겪고 보아 온 나였다. 그중에는 술에 취해 물에 빠지거나 작심하고 물에 뛰어든 사람도 있었다. 그나마 낚시터 주변의 수심이 얕아 제 발로 걸어 나온 사람도 있었고 모터보트를 타고 출동한 내가 구조한 사람도 몇이나 되었다.

전혀 예상치 못한 뜻밖의 돌발상황이긴 했지만 그렇다고 내가 손을 놓고 우왕좌왕하면서 이러지도 저러지도 못할 만큼 무방비 상태에 빠진 것만은 아니었다. 보트에는 물에 빠진 사람을 구조할 수 있는 비상용 튜브 하나와 긴 밧줄이 준비되어 있었다.

강물이 무섭지 않다고 큰소리치며 당차게 물에 뛰어든 명일이는 그러나 구명조끼 덕분에 물 위에 간신히 떠 있다가 혹간 팔을 휘젓기만 할 뿐 헤엄치는 동작과 자세는 영 서툴렀다. 연신 팔을 뒤척이며 버둥거렸지만 첨벙거리는 소리와 큰 동작만 요란할 뿐 앞으로 나아가지 못한 채 제자리를 맴돌았다. 그 서툰 헤엄으로 꽤 아득해 보이는 1호 낚시터까지 다가간다는 건 어림도 없는 일이었다.

녀석이 갑작스레 물에 뛰어들 때만 해도 나는 어떻게 대처해야 좋을지 몰라 가슴이 철렁했다. 물에 빠진 사람을 우선 구조부터 해놓고 나무라든가 집으로 데려가든가 하는 게 일의 순서였지만 나는 녀석이 물 위에 안전한 상태로 떠 있는 모습이 확인되자 가슴을 쓸어내리기도 전에 화가 치밀어올랐다. 하마터면 무의식중에 이런 정신 나간 또라이 새끼, 하고 또다시 욕지거릴 내뱉을 뻔했다.

그러나 그의 서툰 손놀림을 보는 순간 내 입가에 절로 웃음이 번졌다. 이쯤 되면 물에 대한 공포심이 서서히 조여오지 않을까 싶은 생각에서였다.

"이래도 강물이 무섭지 않니?"

나는 조롱하듯 쿡쿡 웃으며 녀석을 향해 소리쳤다.

"난 전혀 강물이 무섭지 않아. 언제나 칼이 더 무서워."

숨을 헐떡이면서도 물에 대한 두려움을 전혀 의식하지 않고 있단 사실에 나는 머쓱해졌다. 좋다. 그렇게 강물이 만만해 보이거든 제자리에서 허우적거리지 말고 풍덩풍덩 개헤엄을 쳐 가든 돌고래처럼 잠수해 가든 네 맘대로 해봐라, 냅다 윽박지르고는 혼자 돌아가는 척 해보고픈 장난기가 발동했다.

하지만 위험이 도사리고 있는 깊은 호수였다. 그것도 헤엄칠 줄 모르는 녀석만 덩그러니 검푸른 물 위에 남겨두고 홀로 돌아간다는 건 그것이 아무리 장난기라 쳐도 녀석의 돌발 행동만큼이나 섣부른 짓이 아닐 수 없었다. 세상의 모든 사고는 무관심으로부터 출발하지 않던가. 아버지도 물가에 펼쳐놓은 장사는 늘 하늘 눈치를 봐야 한다고 말했었다. 물가나 물 위엔 항상 위험이 도사리고 있단 뜻이었다. 깊은 호수 한가운데서 허우적거리는 녀석을 내버려 두고 홀로 돌아가다니, 이는 생각만으로도 끔찍한 일이 아닐 수 없었다. 물가에 살다 보니 어릴 적부터 어른들로부터 물의 위험성에 대해 들은 얘기가 많았다. 그중에는 물에 빠질 신수면 접싯물에도 빠져 죽는다는 말까지 있었다. 좁고 얕은 개울물도 아니고 깊고 너른 호수였다. 깊은 호수 한가운데서 허우적거리는 녀석을 내버려 두고 홀로 돌아가다니, 이는 생각만으로도 끔찍한 일이 아닐 수 없었다.

　더 머뭇거릴 필요가 없었다. 나는 보트 짐칸에 실려있는 인명구조용 비상 튜브를 꺼내어 명일이에게 던져주었다. 오로지 구명조끼 하나만 믿고 생각 없이 물에 뛰어든 그는 눈앞에 의존해도 좋을 대상이 포착되자 망설이지 않고 튜브를 끌어당겼다. 녀석이 튜브에 의지해 숨을 고르며 흥분을 가라앉힐 즈음 나는 그에게로 가까이 다가가 오른손을 내밀었다. 녀석이 다가와 덥석 내 손을 잡았다.

19

그 일을 겪은 뒤 내가 또다시 녀석을 보트에 태우고 어디를 데려가고 싶은 생각은 사라졌다. 그를 보트에 태우고 깊은 호수 한가운데로 데려간다는 건 시한폭탄을 싣고 불구덩이로 들어가는 것과 별반 다르지 않단 생각에서였다. 인어에게로 가까이 갈 절호의 기회를 놓쳐버린 아쉬움과 서운함 때문인지 녀석은 간혹 아침저녁으로 호숫가를 오가다 나와 마주쳐도 데면데면 스쳐 지나갔다. 녀석의 상한 기분을 모를 리 없었던 나는 짓궂게 그를 불러세우고 말을 걸었다.

"오늘도 인어를 봤니?"

제 딴에 인어를 보지 못한 날은 시무룩해 아무런 대꾸가 없었다. 하지만 스스로 인어를 보았다고 확신한 날엔 나를 본 둥 만 둥 스치고 지나가다가도 입꼬리를 귀밑까지 끌어올리며 환하게 웃었다. 이날도 그랬다.

"오늘은 인어를 봤구나!"

"응."

나는 슬그머니 장난기가 발동해 녀석을 불러 세워놓고 농 치듯 물었다.

"인어가 이뻤냐?"

"응."

"인어를 만날 때 벌렁벌렁 가슴이 뛰었지?"

"인어를 생각할 때도 만날 때도 늘 설레."

나는 씨익 웃으며 느물거렸다.

"너 나한테만 솔직히 털어놔 봐. 비단인어와 결혼하고 싶은 거지?"

"유치하긴."

"아니긴. 인어랑 결혼하고 싶다고 얼굴에 쓰여 있구만."

"비단인어는 이미 시인이랑 결혼했어. 비단인어를 불륜녀로 만들고 싶지 않아."

"시인은 죽었다며? 네 말대로라면 비단인어는 물에서 혼자 사는 과부잖아."

"과부라고? 형은 밥을 안 먹고 떫은 감만 먹는 사람 같아. 게다가 혀에는 밤송이처럼 가시가 돋아 있다고."

녀석은 펄쩍 뛰며 씩씩거렸다. 나를 흘깃 바라보는 그의 표정이 예사롭지 않았다. 분명 단단히 골이 나 있었다. 양미간을 잔뜩 찌푸리고는 이까지 악다문 모습이었다. 물에 뛰어들기 직전 보트에서의 조급한 몸부림과는 또 다른 표정이기도 했다. 나를 바라보는 눈빛이 왠지 섬뜩해 보이기까지 했다. 무어라 한마디만 더 꺼냈다간 호수에서처럼 또 무슨 일을 저지를 수도 있겠단 생각이 얼핏 스쳤다. 이쯤서 입을 닫고 보내줄까 생각하다가 그의 성난 모습에 재미를 느끼고 주책스레 한마디 더 던졌다.

"상대방의 마음을 훔치는 게 사랑이다. 너도 이젠 남의 마음을 훔칠 나이가 됐잖아."

"남의 마음을 훔치라고? 그런 유치한 도둑질은 잘난 형이나 해."

"그러다 인어가 다른 사람이라도 만나 재혼하면 넌 개밥에 도토리고 낙동강 오리 알 신세가 되는 거야. 호수에 정말 비단인어가 있다면 얼른 찾아가 청혼해."

"비단인어와 나를 싸잡아 모욕하지 마. 형은 가슴이 차고 음흉해. 상대방에게 구사하는 말도 가끔은 흉기가 돼 가슴을 찌른다고."

"다 널 위해 하는 소리다."

그는 평소 내 말투에 불만을 품고 있는 듯했다. 내 말이 끝나기가 무섭게 벌레 깨문 표정을 짓고는 고개를 절레절레 흔들었다.

"비단인어가 과부라니, 그건 너무 천박한 표현이잖아. 형은 무심결에 던진 말일지 모르지만 난 풀쐐기에 쏘인 것처럼 귀가 아르르하다고."

　그는 이를 감쳐 문 뒤 아예 내게서 등을 돌려버렸다. 짓궂은 장난기였음에도 그는 너무 진지하게 받아들인 나머지 자리에서 벌떡 몸을 일으켜 바닥에 나뒹구는 빈 우유 팩을 툭툭 걷어차며 집으로 돌아갔다.

　그는 단단히 부아가 났던 모양이었다. 다음 날 아침 나는 녀석으로부터 모진 개똥 테러를 당하고 말았다. 낚시터를 돌아보기 위해 아침 일찍 모터보트에 올랐다가 보트 여기저기에 아무렇게나 버려진 개똥을 발견하고 눈앞이 깜깜해졌다. 보트 바닥과 의자 위에 개똥 덩어리들이 나뒹굴었고 윈드실드와 난간, 엔진 보호 덮개에도 묽은 개똥이 덕지덕지 붙어있었다. 심지어 의자 밑 사물함에까지 개똥을 처넣어 온 천지에 범벅이 된 오물을 치우고 닦아내는 데만 한나절이 걸렸다.

　내가 멀쩡히 지나쳐 가는 녀석의 발길을 잡아 놓고 농을 친 게 잘못이긴 했다. 이웃 사람들이 불러세워 무얼 묻고 말을 걸어도 대답은커녕 눈길 한 번 주지 않고 슬몃슬몃 지나치는 그였다. 마을에서 유일하게 내게만 형이라는 호칭까지 써가며 믿고 따른 녀석이었는데 코앞에서 실없이 웃고 농을 치다니, 그건 신중하지 못한 내 실수였다. 녀석도 좋은 일이 생기면 기뻐할 줄 알고 화가 치밀면 의당 성을 낼

줄 아는 감정선이 있을 텐데 무심결에 그걸 건드리고 만 것이었다. 더군다나 그가 신앙처럼 떠받드는 대상을 과부란 말로 폄훼까지 했으니 모터보트에 개똥을 칠한 건 그나마 다행이었다. 녀석의 심성이 포악하기라도 했더라면 개똥이 아니라 인분 세례를 당할 수도 있었고 길모퉁이 어딘가에서 혹은 먼발치에서 그가 던진 돌팔매에 맞아 사경을 헤맬 수도 있는 거였다. 하지만 나는 호수에서 멍청한 새끼란 막말을 퍼부었을 때나 인어를 과부라고 지칭해 녀석의 감정선을 건드린 후에도 그에게 따로 사과하지는 않았다.

20

피자 위에 얹힌 치즈처럼 가늘고 길게 늘어지다가 당연하단 듯 뚝 끊어진 인연, 많은 시간이 흘렀음에도 나는 아직 그녀의 존재를 의식 속에서 깨끗이 지우지 못하고 있었다. 처음 얼마 동안은 그녀가 내 곁을 영영 떠나갔다고 확신했다. 그녀가 떠나가는 모습을 지켜보면서도 나는 옷자락을 잡기는커녕 말 한마디조차 건네지 않았다. 나 역시 같은 극끼리 마주한 자석처럼 그녀의 곁에서 멀어지고 있단 뜻이기도 했다. 그녀와 헤어진 뒤 얼마간 혼란스러웠지만 별 탈 없이 잘 지냈다.

하지만 우리를 끈덕지게 이어주던 인연의 끈은 영영 등을 돌리지 못한 채 아직 우리 곁을 맴돌고 있었다. 믿을 수 없는 일이다. 시도 때도 없이 불쑥 다가오는 외로움이나 그리움이 내 곁을 영영 벗어나지 않고 떠돌던 질긴 인연의 끈일 줄이야.

오랫동안 이어온 인연은 떠나간 사람이나 떠나보낸 사람

이나 가슴 한구석에 빈자리 하나씩을 꼭 남겨두게 한다. 그리운 사람이 언제든 다가와 앉을 수 있게 말이다.

어디로 가겠노라, 어디쯤 있겠노라 발길 머물 곳 말해 두고 떠난 것도 아닌데 어느 날 불쑥 내 앞에 그녀(운님)가 꿈결처럼 나타났다.

다람쥐 쳇바퀴 돌듯 매일 집과 낚시터만 들락거리던 나는 예전 직장을 다닐 때처럼 옷차림이 말쑥할 리 없었다. 작업복 차림으로 모터보트에 올라 낚시꾼들이 버리고 간 쓰레기를 한 아름 모아 안고 막 보트에서 내리려는 순간이었다. 선착장에 와 내 모습을 지켜보던 운님이 잠시 긴가민가하다가 나와 눈이 마주치고 나서야 겨우 알아보곤 배시시 웃었다.

하지만 그녀의 표정 역시도 퍽 낯설기만 했다. 눈에 익은 친숙한 미소가 아니었다. 기쁠 때 입꼬리를 들어 올리며 활짝 웃던 웃음은 더더욱 아니었다. 깡마른 몸매에 볼도 핼쑥한 데다 눈까지 움푹 파여 배시시 웃는 인상이 놀라울 정도로 낯설었다. 막노동자 차림의 후줄근한 내 모습도, 깡마른 몸으로 내 앞에 다가와 웃는 그녀도 서로에겐 예상치 못한 행색이었을 것이다. 나 역시 당혹스럽기는 마찬가지였다.

그 낯선 얼굴이 운님의 얼굴이 확실하다고 믿고 있었음에도 굳이 가까이 가 확인하려는 순간 그녀는 얼른 내게서 시선을 거두고는 멍하니 호수를 바라보았다. 멈칫거리다가는 흘낏 나를 바라보았고 눈이 마주치는가 싶을 때 또 다른 곳으로 눈길을 옮기는 어설픈 동작이 잠깐 이어지다가 마침내 겨우 입을 열었다.

"내 눈에 안 띄게 더 멀리 갔어야지."

우물처럼 파인 눈만큼이나 가라앉은 목소리였다.

"그러길 바라고 온 거였어?"

나는 가볍게 웃어 보이곤 보트에서 껑충 뛰어내렸다. 들고나온 한 아름이나 되는 쓰레기들을 선착장 옆 공터 쓰레기장에 버리고 온 뒤에야 목장갑을 벗으며 그녀 앞으로 다가가 손을 내밀었다. 쌍쌍이 낚시터를 찾아와 좌대에서 웃고 즐거워하고 행복해하는 연인들을 지켜볼 때마다 가슴 언저리에 밀려들던 허전하고 쓸쓸했던 감정이 운님을 향한 그리움이었다면 무의식중에 얼른 다가가 야윈 그녀의 몸을 감싸 안을 수 있었을 것이다. 그러나 우리는 가벼운 악수 선에서 첫인사를 나누었다. 오랜만의 해후치곤 퍽 초라한 인사였는데 나무 졸가리처럼 가느다랗게 마른 손이 문득 차갑게 느껴졌다.

"만나면 괜찮고 못 만나면 그것도 괜찮을 것 같아 와봤어. 만나도 우린 어차피 또 헤어질 테니까."

"어디 아파? 몸이 많이 야위었네."

"저 식당에 계신 분이 그리 어머니셔?"

돌아서서 집을 바라보니 식당 앞에 어머니가 나와 우리 두 사람의 만남을 꽤 진지한 눈빛으로 지켜보고 있었다. 선착장에 나타나기 전 식당을 찾아가 내 행방을 물었던 모양이었다. 내게 여자가 있단 말을 들은 바가 없던 어머니였다. 여태껏 찾아오는 여자라곤 그림자 하나 보이지 않던 차에 바싹 말라비틀어져 거죽만 쓰고 있는 낯선 여자가 아들을 만나겠다고 찾아왔으니 영문을 모르는 어머니로선 마땅히 신경이 쓰이고도 남을 일이었을 것이다.

"손자를 품에 안아보는 게 어머니 꿈이거든. 여자를 보면 저렇게 예민하셔."

"아직 미혼이었구나. 쑥맥 같긴."

그녀는 피식 조소를 흘렸다.

"여전히 뻔뻔하고 당돌하네. 수년 만에 나타나 한다는 말이 고작 쑥맥이라니. 잘 지냈냐고 묻는 게 순서 아니야?"

"너무 툴툴거리지 마. 그냥 얼굴이 보고 싶어 무작정 찾아왔어. 나는 말 없이 바라만 볼 테니까 그리는 내게 웃음만 보여줘."

하지만 나는 웃지 않았다. 너무 갑작스레 벌어진 일이라 웃을 수가 없었다. 그냥 제자리에 우두커니 서 있자니까 내게로 두어 걸음 다가온 그녀가 거의 넋 나간 표정으로 내 얼굴을 바라보기 시작했다. 생기라곤 없는 서글픈 눈빛이었다. 내게로 그녀의 시선이 다가오는 시간 만큼 나도 운님의 행색을 찬찬히 훑어보기 시작했다. 머리카락부터 발끝까지. 얼굴, 목, 아이보리 색상의 블라우스, 무릎 언저리에 희끔한 색상이 더 도드라져 보이는 청바지, 굽 낮은 회색 구두. 그늘진 차가운 표정에서 내 시선이 멈추었다. 옷차림이야 시대나 계절에 따라 혹은 유행과 각자의 개성 혹은 취향에 따라 언제든 바뀌기 마련이지만 아잇적부터 현재의 삶까지 자신을 자처하며 드러내 온 얼굴, 그 얼굴에 담긴 눈, 코, 입, 귀, 이마, 볼, 피부, 혈색에서 전해지는 표정만큼은 쉬 바꾸기 어려운 법이다. 하지만 그녀의 표정은 떨어져 지내는 동안 몰라볼 정도로 변해 있었다. 원래 호리호리한 몸매이긴 해도 움푹 꺼진 눈이 현재 그녀의 몸 상태가 정상이 아니란 사실을 말해주고 있었다. 긴 목이며 허리며 팔다리가 강아지풀 꽃대처럼 배리배리해 보였다. 옷을 입었다기보단 야윈 몸을 드러내지 않으려고 겨우 걸치고 온 듯했다. 갑자기 한바탕 돌풍이라도 몰아치면 운님의 마른 몸뚱이가 저만치 호수 한가운데로 가랑잎처럼 쓸려갈 듯 위태로워 보였다.

21

　서먹한 재회가 당혹스러워 잠시 주변을 서성이던 우리는 시내로 나가 건성건성 점심을 먹고 낚시터로 돌아왔다. 굳이 분위기 좋은 장소로 옮길 필요도 없었다. 때마침 내 좌대 한 곳이 비어 있어 함께 모터보트를 타고 좌대로 향했다. 서로 대칭되는 하늘과 호수는 사방이 고요하고 화창했다. 하늘 한복판에서 내리쬐는 오후의 달친 햇살이 푸른 호수에 내려앉았다. 그것은 마치 불새들이 떼 지어 날아와 둥지를 틀고 살아가는 서식지 같았다. 둥지 속에서 불새들이 날개를 퍼덕일 때마다 선홍색 물결이 수면 위아래로 들불처럼 퍼져나갔다. 이곳을 처음 찾은 운님을 위해 햇볕이 선물하는 특별한 이벤트인 것처럼. 그러나 그녀는 햇빛과 호수가 베푼 그 화려하고 신비로운 이벤트엔 아예 관심조차 없어 보였다. 내 곁을 떠나가 머문 곳이 향기 그윽한 꽃밭인 줄 알았는데 머물던 꽃밭에 피어났던 꽃들이 모두 시든 것일까? 여기까지 나를 찾아온 운님의 표정이 너무 어둡고 시무룩해 보였다.

"웃어봐. 가끔은 웃는 모습이 보고 싶더라."

"웃음까지 추해 보이고 싶지 않아. 그냥 예전의 웃음만 기억해 줘."

살포시 미소를 지어 보이긴 했지만 내 눈에 어리던 예전의 웃음이 아니었다.

"유유자적이 따로 없네. 이렇게 한가한 일상이 그리가 꿈꿔온 삶이었던 거야?"

좌대에 올라 간이의자에 엉덩이를 붙이고 앉은 뒤 생기라곤 없는 동공을 호숫가로 옮기며 그녀가 차가운 어투로 내게 물었다.

"어디를 봐서 유유자적이라는 거야. 여긴 도시라고. 내가 김삿갓처럼 방방곡곡 떠돌길 바랐던 거야? 아니면 호화로운 요트라도 탈 줄 알았어? 난 생계수단으로 낚시터를 열었고 여기가 신성하고 치열한 내 직장이야."

"일테면 귀소본능 같은 거겠지."

"무슨 뚱딴지같은 소리야. 내가 비둘기로 보여?"

"누구나 귀착지로 돌아가는 길이 운명처럼 정해져 있거든. 나도 돌아갈 곳을 찾고 있어. 내 귀착지는 어디일까. 결국엔 죽음일까?"

"대체 몸이 왜 그래. 어디가 아파?"

천천히 물어도 될 질문이었지만 움푹 들어간 눈에서 병색의 낌새를 눈치챈 나는 더 이상 참지 못하고 불쑥 되물었다. 그녀는 핸드백을 열고는 작은 지갑에 들어있던 검은 색상의 선글라스를 찾아 끼고 하늘과 호수와 주변을 쭈욱 훑었다. 이윽고 선글라스를 낀 눈이 내게로 돌아왔다. 그녀는 정지상태로 내 얼굴을 한참이나 바라봤다.

"민망해서 몇 달 전부터 선글라스를 끼고 다녀."

"잘 어울리니까 민망해할 필요 없어."

움푹 들어간 눈에 안경이나 선글라스를 끼는 건 잘한 선택이었다. 사실 처음 마른 명태처럼 수척해진 모습으로 나타났을 때부터 전혀 다른 사람처럼 변한 운님을 바라보는 내 시선도 여간 불편하고 당혹스러운 게 아니었다.

"갑자기 왜 불쑥 찾아왔냐고 묻는 거지? 그 시선이."

"그래. 그게 궁금하긴 하네. 말해 봐. 어쩐 일이야."

"누군가의 응원이 필요할 것 같아. 그래서 눈치 염치 다 팽개치고 발길 닿는 대로 걷다 보니 여기까지 오게 됐네."

"응원?"

나는 갑자기 나타나 무슨 해괴한 소리냐며 선글라스 낀 검은 운님의 눈을 바라보았다. 회사에서 원하는 가슴 뭉클하고 눈이 번쩍 뜨이는 아이디어를 짜내느라 밤낮 깊은 생각에 골몰해 있던 예전 광고회사 직원의 눈이 아니었다.

"응. 응원."

"그동안 운동 열심히 해서 올림픽이라도 나가게 된 거야? 어느 종목인데. 국가대표라면야 까짓 손바닥이 깨지건 말건 박수치는 일쯤 못 하겠어."

"마약."

"……."

"올림픽이라고 말하니 친절하게 종목까지 말해줄까? 필로폰이야. 난 필로폰 중독자라고. 어때. 구질구질하기는 하겠지만 응원해 줄 용기가 나?"

나는 사실 마약보다는 그녀가 다니던 직장이 더 궁금해 회사는, 하고 말끝을 흐렸고 그녀는 이미 두 해 전 짤리기 싫어 자진 퇴직했다고 답했다.

무얼 더 묻고 자시고 할 일이 아니었다. 어디가 아프냐고, 몸이 왜 나무젓가락처럼 뼈대만 남은 약골이 되었냐고 물을 필요가 없었다. 그녀에게서 마약이란 말이 대수롭지 않게 툭 튀어나오는 순간, 마치 내가 마약에라도 취한 듯 갑자기 정신이 몽롱해졌다. 그 혼란을 수습해 준 건 은근한 바람결에 밀려오는 잔물결 소리였다. 호수 저 아래서부터 바람에 밀려온 잔물결이 좌대를 떠받들고 있는 플라스틱 드럼통 겨드랑이까지 다가와 찰랑찰랑 간질이는 소리가 잠깐 사이의 정적을 메워주고 있었다. 나는 간신히 정신을 차리고 운님에게 물었다.

"그런데 뭘 응원하란 거냐고. 설마 나도 너처럼 필로폰 중독자가 되어달란 거야? 아니면 주머니를 털어 필로폰 밀매에 가담이라도 해 달란 거야?"

"사람의 의식 속에 가장 크게 부풀었다가 허무하게 꺼지는 거품이 뭔지 알아? 꿈이야. 나도 한때 유리천장을 깨보겠다고, 선망받는 걸 크러쉬가 돼보겠다고 남산만 한 꿈을 키웠었는데 능력이란 게 끝없는 무한 질주가 아니잖아. 결국엔 약물에 의존해 버티다가 거품이 꺼지니까 내 몸이 이 꼴이 돼 있더라고."

"그래서. 꺼진 거품을 다시 부풀리겠다고?"

그녀가 허탈하게 웃고는 가느다란 손가락을 앙팡지게 감아쥐면서 답했다.

"처음이자 마지막 결단이야. 마약을 끊기로 했거든. 약물 치료 모임이 있는데 거기 들어가 마약쟁이들끼리 집단생활하면서 서로 격려하고 마음 고쳐먹고 새로 출발하자 매일 매시간 다짐하는 거지. 당장 내일부터 단약 프로그램에 참여할 생각이야. 물론 나 역시 다른 약쟁이들처럼 내 의지가 아무리 강해도 결국엔 약물 유혹을 벗어나지 못할 거란 암울한 예측을 하기도 해. 의외로 죽음의 그림자가 눈앞에 가까이 와있는 느낌이어서 두렵고 불안하기도 하고. 사실 중독자에겐 단약 선언이 무모한 도전이야. 실패할 가능성이 성공할 가능성보다 훨씬 크다고. 그러나 어쩌겠어. 못 끊으면 내가 죽는다는 걸 뻔히 아는데, 실패하더라도 시도는 해봐야지. 암튼 내일 들어가면 죽어서 나오든 살아서 나오든 둘 중 하나일 거야. 응원해 줄 거지?"

나는 그녀가 바라는 대답을 시원스레 들려주지 못했다. 마약 중독자들의 세계를 경험해보지 못한 내가 어찌 알겠는가. 아련한 옛사랑의 추억보단 내가 걷는 인생길 한 모퉁이에서 갑작스레 장애물 하나를 만난 느낌이었다. 깡마른 몰골로 나타나 뜬금없이 마약에 중독된 사실을 고백하고 단약 선언까지 하는 과정이 그녀에겐 나약한 자신과 치열하게 전쟁이라도 벌이겠단 굳은 약속일 테지만 나는 그녀의 의지가 가슴에 와 닿지 않았다. 끈덕지게 이어졌던 인연의 끈은 이미 피자 위에 얹혔던 치즈 가닥처럼 뚝 끊어진 것처럼 둘의 사이가 멀게만 느껴졌다.

운님은 좌대 의자에서 일어나 스스럼없이 웃옷을 벗어 던지고 내 앞에 자신의 말라비틀어진 상반신을 거리낌 없이 드러내 보였다. 한 줌도 안 되는 크기로 쪼그라든 가슴, 울묵줄묵한 어깨뼈와 쇄골 아래 밭고랑처럼 줄 간 갈비뼈, 막대기에 가죽을 씌워놓은 듯한 상박골과 하박골이 앙상한 모습을 드러냈다.

"추하지?"

너무 피골이 상접해 다가가 포옹이라도 했다간 품 안에서 살도 뼈도 아사삭 바스러질 것 같은 몸이었다.

낚시터 좌대이긴 해도 앞이 트인 호수였다. 혹이라도 누가 지켜볼 수도 있겠단 생각에 흠칫 놀라 주변을 살폈지만 앞이 탁 트인 호수에서 우리를 지켜보는 사람은 아무도 없었다. 나는 어디에 시선을 둬야 할지 몰라 잠깐 우물쭈물하다가 결국 오후의 부신 햇빛에 노출된 그녀의 앙상한 상반신을 고스란히 지켜볼 수밖에 없었다.

"메스암페타민이라는 약물 복용자의 몸뚱이야. 메스버그. 몸뚱이에 벌레가 스멀스멀 기어 다니는 듯한 증상인데 엄청 가려워. 긁다 보면 피부가 파이고 아물고 또 긁어대고 상처 나고 아물고 그래. 여기 주삿바늘 자국 보이지? 이뿐이 아니야. 내 입안을 봐. 이빨은 성한 게 절반도 안 돼. 이러다 잇몸까지 다 상해 음식 섭취도 어려울 거야. 꼬락서니가 이 모양이니 몸에 살이 오를 수가 없지. 마약쟁이들 종말은 대개 비극이래. 살아가는 과정은 더 끔찍하고. 도파민 수치가 높아질 때의 쾌락이 늘 뇌리에 각인돼 있어 끊겠단 약속을 밥 먹듯 하지만, 뒤돌아서기도 전에 눈앞에 약이 어른거리지. 그래서 늘 거짓말이나 해대고 뻔뻔하고 변덕 심하고 자주 미쳐 날뛰고 난리도 아니야. 난 지금 범죄인 신

181

세인데 그동안 안 잡힌 것만도 큰 행운이었어. 경찰에 잡혔더라면 한 5년 이상은 교도소에 가 썩고 있었을 텐데."

운님은 벗어 놓았던 웃옷을 되걸친 뒤 먼저 보트에 올라 선착장에 데려다 달라고 부탁했다. 그리고 그 길로 내 곁을 떠나갔다. 이번에도 그녀는 내게 부탁을 해올 것 같았다. 지난번과는 달리 나를 먼저 보내놓고 가는 길에 10초만 바라볼 테니 뒤돌아보지 말고 냉정히 돌아가라고 말할 것 같았다. 하지만 실제 그런 부탁을 해오진 않았다. 나는 10초 이상 그녀의 뒷모습을 바라보다가 또 10초만큼 눈을 감은 채 가만히 서 있다가 구둣발 소리가 귀에서 사라진 뒤에야 뒤돌아섰다.

우리의 재회는 잠깐 졸다가 꾼 꿈처럼 짧았다. 하지만 잔상의 여운은 내가 밤이 새도록 꾼 어느 저녁의 꿈보다 훨씬 길었다.

22

 1호 낚시터 주위에서 인어가 자주 나타난다는 믿음 때문일까, 아침이나 저녁 무렵엔 명일이의 시선이 주로 1호 낚시터 주변에 머물러 있었다. 개통 테러 이후 제 딴에도 더는 내 모터보트에 오를 수 없을 거란 지레짐작 때문인지 그동안 나루터 옆에 오랜 시간 방치했던 고무보트를 끌어다 옆구리에 낀 물때를 닦아내고 안에 뽀얗게 내려앉았던 먼지를 말끔히 씻어냈다.

 보트를 손보는 그의 속셈은 너무도 뻔했다. 인어가 모습을 드러내는 순간 고무보트에 올라 즉시 현장으로 달려가겠다는 의도일 터였다. 그건 이전처럼 1호 낚시터를 언제든지 잠입할 수 있다는 뜻이기도 해서 내가 때아닌 골칫거리 하나를 떠안는 셈이기도 했다. 게다가 노지인 나루터 가장자리에서 꽤 오랜 시간 비바람을 맞아온 보트였다. 장시간 햇빛에 노출되었던 터라 매끈해야 할 고무의 겉면에 버짐 같기도 하고 혓바닥에 낀 백태 같기도 하고 곰팡이 같기도 한

꺼림칙한 무늬가 군데군데 어룽거리기까지 했다.

예사롭지 않은 얼룩들이 고무가 부식되고 있음을 보여주는 불길한 조짐이라고 단정하기는 어렵지만 어쨌든 그 수상쩍은 자국이 흙이나 물때 같이 닦고 씻어내면 금방 지워질 가벼운 이물질이 아닌 것만은 확실했다. 더군다나 고무의 이음새를 찬찬히 살피면 곳곳에 잔 보푸라기들이 들고 일어나 언젠가는 공기의 팽창을 견디지 못하고 툭 타질 낌새마저 보였다. 길거리에 내놔도 누구 하나 탐낼 사람 없을 고물딱지임엔 분명했다. 그걸 보트랍시고 몸을 의지해 넓고 깊은 호수 한가운데까지 타고 나간다는 건 살얼음 언 강을 건너는 자해행위나 다를 바 없었다.

그런 어리석고 위험천만한 짓을 옆에서 지켜보고도 나몰라라 수수방관하고만 있을 수는 없는 노릇이었다. 젊은 나이에 목숨을 잃는 것이 어찌 저 혼자만의 비극으로 그치겠는가. 젊은이의 비명횡사도 비통한 일이지만 남편에 이어 하나뿐인 자식까지 떠나보내고 홀로 남게 될 여인네의 기구한 말로는 또 어쩌겠는가. 게다가 언비천리라고 행여 우리 낚시터 주변에서 젊은 사람이 죽어 나갔다는 소문이 여기저기로 퍼져가기라도 하는 날엔 내게 미칠 피해 또한 가볍게 볼 사안이 아니었다. 뉘엿뉘엿 해가 기울 무렵 서녘에 드리운 노을과 호수에 한가득 담긴 또 하나의 하늘, 구름, 산이 제아무리 절경이라 해도, 살진 고기떼가 들끓어 팔뚝만한 월척을 소쿠리로 건져 올린다 해도 그곳이 얼마 전 사람이 죽어 나간 자리란 사실을 알게 되는 순간 사람들은 자신이 삶과 죽음의 경계점에 와 있다는 두려움에 머리숱이 서게 되고 가능하다면 낚시터에서 멀찌감치 벗어나기 위해 분주히 발걸음을 옮길 것이다.

정신머리가 멀쩡한 사람이라면 사람이 죽어 나간 자리에서 누가 주변의 빼어난 경관에 취하고 누가 낚싯대를 드리워 답삭답삭 고기를 낚겠는가. 단골손님들조차 발길을 끊고 아예 다른 낚시터를 찾아갈 것이기에 우리 낚시터는 사람들의 기억이 깨끗이 지워지기 전까지 굳게 문을 닫아걸어야 할 것이다.

만일의 사태에 대비해서라도 생각 없이 그냥저냥 넘어갈 일이 아니었다. 마음 같아선 당장에라도 고무보트를 뭍으로 끌어 올려 보이지 않는 먼 곳에 내다 버리거나 보트에 칼집이라도 내어 물에 떠 있는 것이 더는 보트가 아니라 쓰레기일 뿐이란 사실을 보여주고 싶었다.

하지만 녀석의 보트를 내가 함부로 어떻게 할 수는 없는 노릇이었다. 비록 그의 보트가 내게는 지켜볼수록 눈엣가시 같은 흉물이긴 하지만 그에게는 인어에게 다가갈 유일한 이동수단이자 소중한 자산인 동시에 희망인 셈이었다. 누군가가 내 모터보트를 감쪽같이 도둑질하거나 훼손했을 때 내가 느껴야 할 당혹스러움과 분노를 가정해 보면 녀석의 보트가 위험하단 내 주관적 판단을 앞세워 임의로 손을 대는 짓이야말로 황당하고 무모한 짓이 아닐 수 없었다.

　나는 녀석이 선착장에 나타나 서성일 때마다 혹은 보트에 올라 넋 놓고 호수를 바라볼 때마다 금방이라도 무슨 일을 저지를 것만 같은 불안감에 사로잡혔다. 그의 보트를 감쪽같이 치워 없애든 옆구리에 칼집이라도 내어 바람을 빼 놓든 서둘러 근심거리를 해결하는 게 급선무라 여겼다. 녀석을 위해서나 나를 위해서나 양단간 결정을 내릴 때였다. 결단만 내리면 늦은 밤이건 꼭두새벽이건 그가 나타나지 않는 시간을 틈타 보트를 어떻게 할 기회는 얼마든지 있었다.

23

그랬어야 했다. 눈 질끈 감고 입술을 깨물고서라도 그렇게 하는 편이 결과적으론 옳은 일이었다. 그걸 왜 주저주저하고 우물꾸물 망설였는지 모르겠다. 녀석의 수선거림이 우리 주변에서 늘 벌어지는 소소한 일상이거니 치부하고 아무리 물에 대한 두려움이 없다고 해도 설마 제 명을 재촉하는 짓을 저지를까 싶어 그냥저냥 지켜만 보고 있었는지 모를 일이다.

아무튼, 나는 몇 번의 망설임 끝에 녀석의 보트를 건드리지 않기로 했다. 목적지를 향해 걷는 걸음에 누군가가 느닷없이 발을 걸고 꿈을 뭉개는 일이야말로 얼마나 무책임하고 몰인정하고 후안무치한 일인가. 만일 녀석의 보트를 멋대로 깨끗이 치워버리거나 훼손한다면 그 몹쓸 짓이 누구의 소행인지를 알아채는 건 그다지 어려운 일이 아닐 것이다. 녀석이 누군가가 자신에게 다소간 해를 끼치면 가슴에 서운한 감정을 담아두었다가 기회를 엿봐 해코지하고야 마는 모질고 괴팍한 성격이 아닌 것만큼은 사실이지만 그래도 간혹 예측하기 어려운 행동으로 몇 차례 나를 곤혹스럽게 했던 것 또한 사실이었다.

내 보트에 개똥까지 투척한 전력을 보아서도 그는 앞으로 내게 또 무슨 해괴한 짓을 저지를지 예측하기 어려운 일이었다. 어쩌면 앞뒤 분별없이 구명조끼만 걸친 채 호수 한가운데로 돌진할 수도 있을 테고 스스로 다급하다고 판단될 땐 현장으로 달려가기 위해 선착장에 매인 내 모터보트에 손을 대는 일도 충분히 상상할 수 있는 일이었다.

나는 얼마 동안 여러 대안을 고민하다가 그가 가고자 하는 낚시터 주변까지 안전하게 다가갈 수 있는 다른 방법을 찾아냈다. 선착장에서부터 1호 좌대와 근접한 위치까지 안전하게 다가갈 묘안이 떠오른 것이다. 선착장에서부터 1호 좌대 사이에 몇 개의 건축용 파이프를 박아 세우고 빨랫줄처럼 길게 밧줄을 비끄러매 연결하겠다는 복안이었다. 설령 낡은 보트의 이음새가 벌어져 물 한가운데서 보트가 가라앉는 돌발사고가 발생하더라도 밧줄이 구명줄 역할을 톡톡히 해줄 거란 생각에서였다. 구명조끼만 착용한 채 밧줄을 잡고 이동할 경우 설령 보트가 중간에서 전복될지라도 원하는 목적지까지 접근할 수 있을 테고 무사히 선착장까지 돌아올 수 있는 확실한 안전장치가 되는 거였다.

물론 파이프를 호수에 꽂고 밧줄을 연결하는 번거로운 과정이 필요했지만 그건 이웃으로서 녀석이 호칭하는 형으로서 에멜무지로 해보는 일이 그를 돕고 베풀 수 있는 뜻밖의 선물이 될 수도 있을 법했다.

　그에게 멍청이 새끼라는 막말을 퍼붓고 낚시터에 해가 되는 일 앞에선 간청조차 모질게 외면했던 나로선 거의 파격에 가까운 배려이기도 했다. 고백하건대 나는 인어에게 다가가 위로하겠다는 그의 순수한 열정엔 그다지 관심이 없었다. 그로 인해 발생할지 모를 여러 불상사와 녀석이 호수에서 익사 사고라도 당해 우리 낚시터가 입게 될 피해를 사전에 방비하려는 다분히 계산된 조치였다는 점에서 훗날 그가 생각날 때마다 낯이 붉어지는가 하면 괜히 미안하고 부끄러워 어디 쥐구멍에라도 찾아 기어들고 싶을 때가 많았다.

　어쨌든 나는 호수에 파이프를 세우고 밧줄을 연결한 뒤 녀석을 만나 단단히 주의를 시켰다. 고무보트의 이음새가 부식되어 항시 사고위험이 있으므로 이동 시엔 꼭 구명조끼를 착용할 것과 생명줄이나 다름없는 밧줄에서 멀리 벗어나지 말 것, 어떤 일이 있더라도 1호 좌대에 손님이 들었을 때는 설령 그곳에서 정말 비단인어가 발견되더라도 절대 접근해선 안 된다는 호소에 가까운 당부가 그것이었다.

하지만 이 부탁은 며칠이 못가 흐지부지되고 말았다. 이튿날 저녁 명일이 엄마가 나를 찾아와 고맙다는 인사와 함께 내게 봉투 하나를 내미는 것이었다. 봉투를 보자마자 나는 그 안에 지폐가 들어있을 거라 미리 짐작했다.

"고마워서요. 우리 명일이를 늘 아껴줘서 정말 감사해요."

실제로 봉투 안에는 생각보다 큰 액수의 돈이 들어있었다. 그녀는 내가 낚시터 운영으로 꽤 바쁜 시간을 보내고 있다고 믿는 것 같았다.

무척 바쁠 터인데 명일이를 위해 노심초사하다가 손수 재료를 구해오고 안전시설까지 설치해 해주었으니 이 얼마나 고마운 일이냐며 깍듯이 인사치레를 해왔다. 물론 나는 좀 쑥스러워 두어 번 손사래 치는 시늉을 하며 어물쩍거렸으나 결국 그녀가 건네는 돈을 받아 주머니 속에 찔러 넣었다.

명일이의 안전을 위해 나름 고민했고 그녀의 짐작대로 바쁜 시간을 내어 작업한 건 사실이었다. 그녀가 나의 노고를 인정해주고 그 대가를 현금으로 보상해주는 성의 표시를 알량한 겸양을 앞세워 굳이 사양할 필요까진 없는 거였다. 다만 나는 그녀가 생각하는 만큼 명일이를 친동생처럼 아끼는 마음에서 바쁜 시간을 내고 자재를 구해오고 손수 작업을 한 건 아니었다. 아마 그녀도 평소 명일이에게 욕지거리나 퍼붓는 무뚝뚝한 내 태도에 불만을 품고 있다가 이번 일을 계기로 불퉁가지 제발 그만 부리고 친동생처럼 살갑게 대해달라 부탁하는 것일 수도 있었다.

나는 봉투를 받아 주머니에 찔러넣고 맹숭맹숭 그냥 돌아설 수만은 없어 명일이가 요즘 말이 많아지고 표정도 무척 밝아졌다고 말했다.

"이웃분들이 잘 대해주신 덕분이지요."

그녀는 내 말을 뻔한 인사닦음으로 치부하는 눈치였다. 나는 점직스러운 기분에 명일이가 일전 의암호에 서식하는 물고기들을 줄줄 꿰고 있었던 이야기를 그녀에게 들려주었다. 그제야 그녀의 얼굴이 화색으로 돌아왔다.

"다른 사람들은 못 믿을 이야기지만 그나마 명일이가 지금에 이르게 된 건 의암호에 인어가 있다는 믿음 덕분이었어요. 인어를 찾는답시고 이 동네 저 동네 호숫가를 샅샅이 뒤지고 다니며 바깥세상을 접하다 보니 그동안 닫혔던 마음의 문이 조금씩 열렸나 봐요."

그는 아직도 눈에 칼이 보이면 두려움에 몸을 떨거나 존재하지 않는 인어에 집착하는 등 누군가가 말한 대로 리플리 증후군을 앓고 있는 처지이지만 어느 면에서는 정상인보다 우월한 성인이 되어있었다. 낯선 사람을 경계하며 금산리 집 앞부터 시작해 현암리, 덕두원리, 신매리, 서상리 등 서면 일대 호숫가를 발밤발밤 나돈 이유도 동네 사람들이 생각하듯 정신을 놓은 채 맥쩍게 떠돈 게 아니었던 셈이다.

24

　명일이 엄마로부터 돈 봉투를 건네받은 뒤 나는 꽤 너그러워졌다. 녀석이 성인인 이상 자신의 고무보트를 타고 선착장을 벗어나도 내가 주의 깊게 지켜보기는 하되 간여하지 않겠다는 약속을 해주었고 특히나 자주 인어가 출몰한다고 여기는 내 1호 낚시터 근처까지 접근해도 좋다는 허락마저 해주었다.

　다만 낚시터에 손님이 없어야 접근할 수 있다는 다소 까다로운 조건이 붙긴 했다. 1호 수상좌대는 한 번 다녀간 사람들에겐 굳이 낚시가 아니어도 가까운 이들과 오롯한 시간을 즐길 최적의 명소로 입소문이 나면서 사실상 공실일 때가 흔치 않았기 때문이다.

　명일이가 1호 낚시터와 그 주변을 오가도록 허락한 이후 달력에 적어 둔 예약 리스트를 점검해보니 10월까지는 공실인 상태가 기껏해야 한 달에 주초 삼사일이 전부였다. 그가 낚시터 주변을 오갈 기회가 한 달에 고작 서너 번뿐인 셈이었다.

그는 자신에게 주어진 기회가 한 달에 서너 번뿐이고 그조차도 자신이 원하는 시간이 아닌 낚시터에 손님이 빠져나간 뒤의 제한된 시간뿐이란 사실을 뒤늦게야 깨닫고 크게 실망했을지도 모를 일이었다. 내가 명일이 엄마에게 큰 선심이라도 쓰듯 면전에서 흔쾌히 약속해 놓고 뒤에서는 녀석이 옴짝 못하게 발을 묶었다고 오해할 소지가 있기는 했다.

물론 애당초 내 의도는 그보다 좀 더 순수했지만, 그에게 제시한 조건이 까다로운 건 사실이었다. 그의 시야에서 어느 한순간 인어가 목격될지라도 신속히 현장으로 다가가는 건 사실상 어려운 일이었다. 내가 호수에 파이프를 꽂고 밧줄을 연결하기 이전이나 그 이후에나 그의 시야에서 인어가 나타나 헤엄치고 뛰는 환영이 손에 잡힐 듯 생생해도 그 긴박하고 숨 가쁜 순간이 낚시터가 공실인 월요일이 아니라면 안절부절못하고 먼발치인 강가에서 지켜봐야만 했던 것이다. 그렇다고 이미 구두로 오간 약속을 굳이 번복할 필요까지는 없었다.

그는 내 앞에서 불평을 늘어놓지 않았고 1호 낚시터까지 자주 갈 수 있도록 조건을 완화해달라는 요구도 해오지 않았다. 처음 내가 제안했을 때의 달뜬 기분을 유지한 채 제한된 시간을 잘 활용했다. 그건 아마도 돌을볕이 내려앉는 이른 아침, 혹은 붉은 노을이 드리워진 저녁 즈음, 때를 맞춰 호수에 인어가 나타나는 횟수가 그다지 많지 않다는 뜻이기도 했다.

선착장을 오가다 그와 마주칠 때 내가 묻는 말은 언제나 인어 얘기뿐이었다. 오늘도 인어를 봤니? 인어 입술에 달이 떴더냐? 인어의 눈에 별이 몇 개나 떴니? 인어가 소양 2교 아치보다 큰 무지개를 세웠냐? 등등등 열 번을 물으면 그는 여덟아홉 번쯤은 시무룩한 표정으로 고개를 내저었고 한두 번쯤은 고개를 끄덕이면서도 예전처럼 기뻐하지는 않았다. 막상 호수 한가운데로 나아가기는 했지만 가까이서나 멀리서나 그가 찾는 인어가 쉽게 눈에 띄지는 않았던 모양이었다.

하지만 녀석은 활동 범위를 점차 넓혀나갔다. 선착장에 묶어 놓은 고무보트를 타고 어슴새벽에 나아가 서면 일대는 물론이고 아득히 멀게만 느껴지던 호수 건너 춘천 칠전동과 공지천, 근화동 소양2교 근방까지 노를 저어 돌아다니다 저녁 무렵이나 되어서야 지친 몸을 이끌고 선착장으로 돌아왔다.

어머니는 명일이가 낡은 보트를 타고 호수 멀리까지 노를 저어 가는 모습이 목격될 때마다 얼굴을 찌푸리며 혀를 찼다.

"옛말에 나무 잘 타고 헤엄 잘 치는 자식은 낳지도 말랬는데 아무래도 쟤가 명을 재촉하는 모양이다. 남 일이라고 마냥 내곤져두지 말고 얼굴 보거든 제발 몸 간수 좀 잘하라고 타일러라."

그러나 내가 말린다고 해서 들을 그가 아니었다. 어른들의 우려는 노파심 때문만은 아니란 사실을 나는 이때도 알지 못했다. 나는 어머니가 근심 어린 시선으로 쯧쯧 혀를 차며 건네는 소리를 괜한 걱정이겠거니 하고 무심결에 흘려보냈다.

그는 의암호 전역을 제집 문지방 넘어 다니듯 오갔다. 어느 날엔 소양댐 방면의 장학리 언저리까지, 또 어느 날엔 화천 방면의 고슴도치섬까지 다녀왔다 했고 어느 날엔 공지천부터 시작해 인근 어린이회관 앞 호수와 칠전동 물녘을, 어느 날엔 붕어섬 한 바퀴를 찾아다녔다고도 했다.

그렇게 호수 곳곳을 이 잡듯 누비고 있었음에도 그는 특히 1호 낚시터에 관심이 많았다. 어쩌다 찾아오는 기회를 그는 한 번도 놓치지 않았다. 월요일, 1호 낚시터가 공실인 사실을 눈치챈 명일이는 보트를 타고 호수로 나가기 직전 내게 찾아와 잠시 여짓거리는 기색조차 없이 한 마디 짧게 툭 던지곤 바로 선착장으로 사라졌다.

"좌대로 갈게."

내겐 좌대 낚시터가 공실인지, 그곳에 가도 되는지 묻지도 양해를 구하지도 않았다. 낚시인들이 빠져나가면 1호 낚시터 주변 호수는 자신의 영역이나 다름없었고 마치 자신의 좌대라고 생각하는 듯 자유롭게 오갔다.

나는 오랜 기다림 끝에 얻게 된 그의 진지한 시간을 굳이 방해하지 않았다. 단지 내가 애초 제시한 대로 구명조끼를 입고 있는지, 호수 어느 방향으로 향하는지 이따금 지켜만 볼 뿐이었다. 그가 낚시터에 바위처럼 옹송그리고 앉아 인어를 기다리든지 좌대를 들락거리든지 일절 관여하지 않았다. 어디엔가 무엇엔가 몰입하고 있다는 건 그에게 주어진 시간을 나름 알차게 활용하고 있다는 뜻으로 이해했기에 마냥 내꼰져두지 말라는 어머니의 부탁조차 까맣게 잊고 지냈다.

1호 좌대에 올라가 진종일 호수를 살피는 시간이 그로서는 더할 나위 없이 만족스러웠던 모양이었다. 어느 날부터인가 명일이 엄마가 우리 집을 찾는 일이 잦아지는가 싶더니 내게 어렵게 속내를 털어놓았다.

"명일이가 좌대를 제집처럼 드나들어 귀찮으시죠? 미안해요. 명일이 생각엔 좌대가 아마도 비단인어와 소통할 최적의 장소라고 믿고 있는 것 같아요. 좌대 의자에 앉아 깜빡 졸다가 비단인어 꿈을 꾸어도 즐겁고 바람에 날려오는 물비린내조차 비단인어의 향기가 배어 있는 것 같아 좋다

고 합니다. 아슴아슴한 잠결에 깊은 호수 바닥에서 헤엄쳐
다니는 비단인어의 모습이 그려지기도 하고 지금은 멀리서
비켜나 있지만 언젠가는 비단인어가 자신에게로 다가와 손
을 내밀 거라고 찰떡같이 믿고 있어요. 다들 명일이가 환각
상태에서 헛된 꿈을 꾸고 있다고 생각하겠지만 난 언제나
아들의 생각이 옳다고 믿어요. 나까지 다른 사람들처럼 아
들이 하는 일을 믿지 못하고 응원해주지 못한다면 그건 엄
마가 아니죠. 난 명일이가 하는 일은 뭐든 도와주고 싶은데
이번엔 딱히 좋은 방법이 떠오르질 않네요. 낚시터를 만들
어 줄 능력도 없고 그렇다고 사줄 형편도 못되니 오래 고민
하다가 큰맘 먹고 사장님을 찾아왔어요."

그러면서 어렵게 꺼낸 부탁이 하나 있었다. 명일이가 1호
좌대에 지나칠 정도로 집착하고 있으니 아들이 좌대에 머
물면서 꿈을 이룰 수 있도록 한 달가량만 임대해 달라는 청
이었다. 나를 사장님이라 깍듯이 예우해 주면서까지 부탁
하는 그녀의 청을 나는 안타깝게도 들어줄 수 없었다. 이
미 1호 좌대는 늦가을까지 예약이 꽉 차 있어 아무리 큰 액
수의 돈을 얹어준다 해도 선뜻 허락할 수 없는 형편이었다.
나는 지금처럼 낚시 손님이 없는 주초마다 명일이가 마음껏
드나들 수 있도록 1호 낚시터를 개방해 주겠다는 답변만 들
려주었을 뿐이었다.

명일이는 오후 내내 1호 좌대에 올라가 호수 여기저기를 살폈다. 그럴 일이야 없겠지만 정말 그의 믿음처럼 호수에 비단잉어가 살고 있다면 1호 낚시터야말로 비단잉어가 수면 위로 펄쩍 뛰어오르는 그 생생한 장면을 가장 근접한 위치에서 지켜볼 수 있는 최고의 요지라고 확신하는 모양이었다. 그도 제게 주어진 흔치 않은 기회를 놓치기 싫었던지 오후 내내 좌대 위를 서성이며 호수 곳곳을 들여다보았다. 좌대 위에서 그는 하염없이 넓은 호수 한가운데로 시선을 주었다가 보트에 올라 오랜 시간 주변을 탐색하다가 어둑어둑해질 무렵에서야 선착장으로 돌아왔다.

25

　명일이의 하루는 이날도 별반 다르지 않았다. 일찍부터 보트를 타고 호숫가로 나가 중도 한 바퀴를 돌아온 뒤 호수 한가운데서 미동도 없이 앉았다가 어느 순간 무언가를 목격했는지 황급히 어딘가를 향해 돌진해 갔다. 멀리서 보아도 그의 노 젓는 동작은 퍽 유연했고 때론 대장간의 앞메꾼이 칡뿌리 같은 어깻죽지를 움죽거리며 연신 메질하는 듯 당찼다.

　노를 저어 녀석이 향한 호수 한가운데는 파이프와 연결된 밧줄과도 상당히 떨어진 아득히 먼 곳이었다. 자칫 낡은 보트 밑바닥이 찢겨 물이 새거나 뜻하지 않은 사고로 보트가 전복되기라도 하는 날엔 호수 한복판에서 꼼짝없이 조난자 신세가 될 처지였다. 하지만 그는 보트의 안전문제엔 손톱만큼도 관심이 없어 보였다. 낡은 보트를 무한 신뢰하면서 한결 능숙한 솜씨로 힘차게 노를 저어 자신이 원하는 지점까지 다가갔고 그렇게 진종일 호수를 오가다가 서산으로 해가 뉘엿뉘엿 기울 무렵에서야 느적느적 노를 저어 선착장으로 돌아왔다.

선착장에 나타난 녀석의 표정은 떠날 때와는 사뭇 달랐다. 아침엔 비단인어를 볼 수 있다는 기대감 탓인지 마음이 들떠 표정이 진중하고 손길 발길 눈길에 생기가 넘쳤는데 저녁 즈음 선착장으로 돌아왔을 때의 표정은 왠지 수심만 가득했다.

"인어가 또 너를 홀렸구나."

녀석은 내 말에 가타부타 대꾸도 없이 시큰둥한 표정을 지어 보이곤 멍하니 앉아 있다가 한참이 지나서야 보트에서 일어섰다.

"인어가 아리따운 아가씨가 아니고 늙은 아저씨였냐?"

이번에도 그는 묵묵부답이었다. 싱거운 내 농지거리에 불끈 화가 솟구칠 만한데 그는 시무룩해서는 느린 손놀림으로 예인줄을 끌어다 보트를 묶은 뒤 말없이 집으로 향했다. 어쭈구리, 이놈 봐라. 아무리 기진맥진 지쳤기로서니, 이젠 나를 소 닭 보듯 하다니, 괘씸한 놈. 나는 화가 나 그의 큰 등허리에 작대기를 후려치듯 뼈 있는 말을 날렸다.

"네가 인어를 찾으면 내 열 손가락에 장을 지지겠다."

녀석이 가던 발걸음을 멈추고는 뒤돌아서서 나를 흠칫 바라본 뒤 고개를 숙이며 푸우 한숨을 내쉬었다.

"없는 인어를 찾느니 차라리 오동나무 밑에 가서 봉황새를 찾는 게 나을 거다."

내 말이 떨어지기가 무섭게 그는 어깨를 축 늘어뜨렸다.

"웬 한숨이냐. 인어가 무지개다리를 세우고 바닷가로 건너가기라도 했니?"

"비단인어를 눈앞에서 봤단 말이야."

허기가 진 탓에 이놈이 또 헛소릴 지껄이나 싶었다.

"또 인어를 봤다고?"

"아주 가까이서."

"그게 잉어가 아니고 인어였다 그 말이지?"

"인어였다고. 비 단 인 어."

도대체 이해가 되지 않았다. 정말 저 순한 눈동자에 환영이 보이는 것일까. 그게 어떻게 가능하단 말인가. 발칙한 녀석. 말문이 막히니까 거짓말을 늘어놓는 거겠지. 선착장에 와 보트에서 내리지 않고 한동안 멍하니 앉아 있었던 이유도 제 딴엔 둘러댈 궁리를 했다가 꺼낸 답이었으리라. 순간 아주 엉뚱한 생각이 들기도 했다. 녀석을 경찰서에 데리고 가 거짓말 탐지기를 들이대면 어떤 결과가 나올지. 빤히 그의 얼굴을 들여다보니 거짓을 말하기엔 지나치다 싶게 진지한 얼굴이었고 거짓말을 지껄여 놓고 스스로 무안해하는 표정도 아니었다.

"인어를 봤으면 덩실덩실 춤을 춰도 모자랄 판에 왜 얼굴이 우거지상이냐. 인어에게 차였어?"

"비단인어는 누구에게 상처를 줄 만큼 모질지 않아."

"그럼 인어가 물속에 들어와 같이 살자고 꼬시더냐?"

난 지나치게 노골적으로 묻고 있었다. 집으로 향하던 걸음을 멈추고 어깨를 축 늘어뜨린 채 엉거주춤 섰던 녀석이 제자리에 쭈그리고 앉았다. 내 말을 무시하고 그냥 집으로 향했어도 될 터인데 무릎에 턱을 괴고 내 얼굴을 빤히 쳐다보았다. 생각해 보니 나는 인어에 관심이 있는 척 말을 걸면서 녀석의 감정을 자극하고 있었고 내뱉는 말 한마디 한마디마다 다분히 조롱기도 섞여 있었다.

"나도 형에게 묻고 싶은 게 있어. 형은 이미 오래전부터 아저씨야. 그 나이가 되도록 왜 여자친구가 없어. 외롭거나 그리운 감정이 없는 거야? 왜 낚시터를 운영하는 거야. 배고픈 물고기들이 낚싯바늘을 삼켜 낚싯줄에 대롱대롱 매달린 채 끌려 나오는 게 그렇게도 보기에 좋아? 낚시가 좋은 거야, 아니면 돈이 좋은 거야."

녀석의 당돌한 질문, 예기치 못한 공격에 나는 머리숱이 쭈뼛 섰고 잠시 눈앞이 아찔했다. 그때 얼마 전 다녀간 운님의 얼굴이 문득 떠올랐다. 그래. 나도 누군가와 뜨거웠던 시절이 있었고 지금도 가끔은 외롭고 가끔은 누군가가 그립다. 그래도 섣불리 다가가지 못하는 건 아직 덜 외롭고 덜 그립기 때문이겠지. 사실 떠나갔던 사람이 병색이 짙은 추한 몰골로 다시 상대 앞에 다가선다는 건 대단한 용기와 결단이 필요했을 것이다. 하지만 그날 이후 운님에게선 더이상 소식이 없었고 나 역시 굳이 찾아 나서지 않았다. 간혹 가슴 저리게 하는 외로움이 찾아들면 보트를 타고 비어 있는 좌대로 나가 큰대자로 벌렁 드러누웠다. 그때마다 쓸쓸한 감정을 부추기듯 호수 하류에서 잔 물살이 살랑살랑 밀려왔다. 나는 무심히 하늘을 바라보다가 간질이는 바람에 취해 까무룩 잠이 들었다. 더 절절한 그리움이 찾아오기 전까지 외로움이나 그리움은 그런대로 즐길 만한 것이었다.

그녀가 약물치료 모임 합숙소에 들어가 단약 프로그램에 참여하고 있는지, 그 뒷일이 궁금해지기는 했지만 나는 응원해 달라고 찾아와 내민 그녀의 손을 짐짓 외면하고 있는 거였다.

"당연히 돈이 좋겠지."

말을 않고 잠시 머뭇거리는 나를 바라보던 명일이가 눈길을 거두며 체념했다. 나는 이 발칙한 놈에게 인어가 이곳에 존재할 수 없는 결정적 이유를 들이댔다.

"여기 의암댐이 생긴 지가 벌써 오십 년도 넘었잖니. 물고기가 백 년 천 년을 사냐? 기껏 살아봤자 십 년쯤이겠지.

설령 네 말대로 의암호에 인어가 있었다 해도 벌써 몇 번은 늙어 죽었겠다."

"물고기들이 모두 단명하는 건 아니야. 그런 걱정은 하지 않아도 돼."

"오십 년 이상 사는 물고기가 있으면 이름을 대봐라."

나는 의기양양하게 대꾸했다.

"육상 동물보다 장수하는 수중 물고기 종들이 훨씬 많다면 믿겠어?. 생명체 중에서도 어떤 종은 육상에 적응하고 살아가기보다 수중에서 살아가기가 훨씬 낫단 뜻이겠지. 육상에서 장수하는 동물들은 조류 중에 독수리, 펠리컨, 앵무새가 겨우 오십 년을 살고 코뿔소나 곰이 고작 삼십 년 이상 산다고. 물고기는 어떨 거 같아?"

나를 빤히 바라보는 눈빛이 석양만큼이나 부셨다. 나는 할 말을 잃고 멍해졌다. 물론 녀석이 내 대답을 바라고 물은 건 아니었던 모양이다. 내가 우물쭈물하는 사이 녀석이 또박또박 말을 이어갔다.

"흔한 피라미야 일 년에서 삼 년을 살지만 크기에 따라 수명도 달라져. 잉어나 메기는 최대 오십 년 이상을 살고 태평양에 사는 타이거볼락이란 물고기는 백 년 넘게 살아. 북극 수염고래와 호주폐어란 종도 이백 년 이상을 생존한다고. 특히 그린란드상어는 백오십 살에 성체로 자라 최대 오백 살까지도 산다는 연구결과가 있어. 댐 들어선 지 이제 오십 년, 인간계와 엇비슷한 신비로운 생명체인 비단인어가 겨우 백 년도 못 살고 단명했을 거라 짐작하는 거야?"

오래전부터 내 물음을 기다리고 있었다는 듯 녀석은 장수하는 물고기 종과 수명까지 거침없이 답을 쏟아냈다. 나는 할 말을 잃고 엉거주춤했다. 말을 건넸다가 본전도 못 건진 꼴이 되어 그만 얼굴이 벌게지고 말았다. 그래, 넌 너만의 세계에 푹 파묻혀 살아라. 나는 체념하고 말았다.

하지만 나도 녀석에게 퉁명스레 답하고 싶었다. 낚시터 운영을 도덕적 잣대로 들이대면 이 세상 어부들이나 어부들이 잡아 온 고기를 먹는 사람들 역시 자유로울 수 있냐고. 아직은 네가 낚시의 참맛을 몰라서 하는 소리라고, 사람들이 낚시에 빠지는 건 네가 인어를 찾는 즐거움과 같은 거라고. 하지만 녀석의 나를 향한 반격은 대화랍시고 툭툭 던지는 말마다 거드럭대기나 하며 자신을 조롱한다는 언짢은 속내가 숨어 있는 게 확실했다. 나 역시 좀 불쾌해진 건 사실이었지만 화가 솟구치기보다는 웬일인지 부끄러웠다. 나는 면전에서 그를 대할 때마다 제 또래의 팔팔한 젊은이들과 비교하면서 혀를 차곤 했다. 겉으로 표현은 못 해도 세상 물정엔 관심도 없이 밤이고 낮이고 오로지 인어나 뇌까리는 숙맥으로 치부하고 있었던 것이다.

녀석은 내가 무슨 대답을 하건 어떤 반응을 보이건 관심도 없다는 듯이 쭈그리고 앉은 채 멍한 눈으로 호수를 바라보고 있었다. 나는 다가가 녀석의 어깨를 툭 쳤다. 이대로 돌아가면 뒤끝이 개운치 않을 것이기에 잠시 서먹해진 분위기를 바꿔보려는 의도에서였다.

녀석이 고개를 돌려 내 얼굴을 힐끔 올려다보았다. 나도 녀석과 똑같은 자세로 나란히 쭈그리고 앉았다.

"너 그동안 나한테 많이 섭섭했구나."

"……"

"난 너 어릴 적 모습이 아직 눈앞에 생생하다. 지금 내 곁에 있는 너보다 일곱 살 시절의 네가 정말 특별했거든."

그건 옳은 말이었다. 어릴 적 그의 탱글탱글 해맑은 눈동자에선 총기가 번득였고 제 엄마의 시를 낭송할 때나 언어의 생김새와 언어와 관련한 이야기를 조잘거릴 때의 그 맑고 야물딱진 표정에선 사람 마음을 움직이게 하는 영민함과 기질이 언뜻언뜻 엿보였다. 그 기대치가 너무 컸던 탓일까, 지금의 명일이는 허우대 빼곤 당시의 일곱 살 명일이보다 지적으로나 정신적으로나 크게 성장했다고 믿고 싶지 않았고 아예 믿으려 하지도 않았던 것이다. 중고등학교 과정을 독학으로 이수하고 지금은 환경 분야의 전문지식까지 쌓고 있다는 사실을 알고 있었음에도 나는 그를 성인으로 혹은 지식인으로 인정하려 들지 않은 채 잘난 편견을 고수해 왔던 거였다. 모르긴 해도 아마 우리 마을 사람 중 열에 여덟이나 아홉쯤은 명일이를 보는 시각이 나처럼 그런 지독한 편견에 사로잡혀 있다 해도 틀린 말이 아닐 것이다.

"나는 솔직히 어릴 적 네가 지금의 너보다 좋다."

"형은 예나 지금이나 한결같이 세속적이야."

명일이가 불퉁스럽게 쏘아붙이곤 내가 귀에 거슬릴 거라 지레짐작했던 모양인지 얼른 고개를 떨구었지만 나는 그 말이 언짢게 들리지는 않았다.

"네가 나에게 바라는 이상형은 뭔데. 나도 발록구니처럼 하릴없이 호수나 들락거리며 너와 함께 인어를 찾아다녔으면 좋겠어?"

"내겐 두 가지 원하는 게 있어. 형이 빨리 부자가 됐으면 해. 낚시터일 그만두고 좌대를 얼른 내게 선물로 줬으면 좋겠어. 그리고 이 호수가 전부 내 것이었으면 좋겠고. 나는 비단인어가 혹이라도 낚싯바늘이나 그물에 걸리지 않을까, 늘 마음이 조마조마해. 이 호수가 내 것이라면 당장에라도 낚시꾼과 어부들 출입을 막고 비단인어를 위한 호수로 만들 거야. 물론 어림도 없는 일이란 걸 알지만 누구나 꿈은 꿀 수 있잖아."

"네게도 꿈이 있었구나. 당차고 원대한 꿈이."

그렇게 말해 놓고 나는 또 아차 싶었다. 그 말은 오해의 소지가 다분했다. 너도 꿈을 꿀 줄 아냐? 난 이제껏 네 의식 속에 꿈이 존재하리라곤 생각지 못했다, 그런 뜻으로 해석할 여지가 충분했기 때문이다.

"너 요즘도 어릴 때처럼 인어가 보고 싶으면 주문을 외워? 인어야, 인어야 네 얼굴이 보고 싶어……. 물 위로 펄쩍 뛰어보렴, 하고 말이다."

"형이 그 주문을 아직도 기억해?"

녀석이 놀란 눈을 희번덕이며 내 얼굴을 빤히 쳐다보았다.

"내가 말했잖아. 네 어린 시절은 정말 특별했다고. 한데 그렇게 주문을 외면 요즘도 멀리 있던 비단인어가 네 앞에 불쑥 나타난단 말이야?"

"비단인어가 나타나건 나타나지 않건 그건 내가 비단인어에게 다가가는 최소한의 절차이고 갖춰야 할 격식이야. 일테면 노크 같은 것이지."

"문 앞에서 똑똑 노크를 하듯 네가 호수에 대고 인어야 인어야 어쩌구저쩌구 주문을 외면 인어가 왜 불렀느냐고 불쑥 나타나 준단 말이지? 그것참 신통방통한 일이다."

"오늘도 그랬는걸. 호수 한가운데서 비단인어와 신경교감을 나누기 위해 물에 손을 담그고 나직나직 노래하듯 주문을 외웠더니 거짓말처럼 호수 한가운데서 비단인어가 펄쩍 뛰어오른 거야. 나는 울컥해서 인어를 향해 소리쳤어, 제발 내 얘기 좀 들어달라고. 할 얘기가 많다고 악착같이 노를 저어 뒤따라갔는데, 비단인어를 보았다는 기쁨이 너무 짧았어. 꿈에서도 그리던 비단인어를 바로 눈앞에서 봤는데 얼마나 놀랍고 가슴이 벅찼겠냐고. 갑자기 심장이 쿵쿵 뛰고 눈이 어지러워 만세를 부르고 당장 물속에 뛰어들고 싶었는데, 그 기쁨이 잠시뿐이었다고. 한편으론 비단인어가 야속하기도 했고. 얼마나 속상했는지 몰라."

"왜? 인어를 봤다며."

"그냥 보통 인어가 아니라, 비 단 인 어 라고."

"그래, 그 비단인어를 봤다며?"

"비단인어를 보면 뭐해. 비단인어가 나를 보지 못하는걸. 어쩌면 비단인어는 눈도 귀도 다 어두운가 봐. 내 눈엔 물속에서 온몸을 번쩍 들어 올릴 때 무지개가 뜬 것같이 돋아난 비늘도, 달같이 둥근 입술도, 금린 번득이는 지느러미도 한눈에 다 보이는데 왜 인어는 내 모습을 외면하고 그냥 가버리는지, 얼마나 실망스러웠는지 몰라."

"그래서 돌아올 때 어깨가 축 늘어졌던 거냐?"

"어깨도 다리도 힘이 쭉 빠지더라고. 돌아오며 내내 생각해 봤는데 아마 비단인어가 병이 든 모양이야. 어디가 아프지 않고서야 내가 부르는 소릴 듣고 기껏 찾아왔다가 아무런 이유도 없이 냉정히 돌아설 리 없잖아."

이 어리석은 놈의 말 한마디 한마디가 모두 거짓일까? 어릴 적부터 인어 이야기를 꺼내면 관심을 보인 내 모습에 희열을 느끼고 그걸 합리화시키고 정당화시키기 위해 지금껏 계속 거짓말을 지어내고 있는 것일까? 어릴 적부터 비단 인어에 너무 집착하다 보니 날이 갈수록 감정이 이입되어 결국엔 착시나 환시 현상까지 나타나는 걸까? 나는 모르겠다고 고개를 가로저었다. 어쨌거나 그와 그의 엄마는 진종일 인어를 찾아다니는 일이 피해망상의 늪에서 탈출할 수 있는 유일한 출구라고 믿고 있는 게 확실했다.

녀석이 호수에서 돌아올 때 어깨가 축 늘어졌던 이유를 그때 알았다. 그는 꽤 우울한 표정이었다.

나는 자리에서 일어나 다시 녀석의 어깨를 툭 쳤다. 너무 처지지 말고 힘내란 뜻에서였다. 아무리 녀석과 속 깊은 대화를 나눈다 해도 내가 그의 세계를 이해하는 데는 큰 벽이 존재했다.

그는 자리에서 일어나 지친 걸음을 떼며 집으로 향했고 나는 말뚝처럼 멀뚱히 서서 그의 뒷모습을 바라보고 있었다. 이럴 땐 얼른 뒤따라 가 그와 어깨라도 얽고 함께 걸으며 꿍짝꿍짝 결장구를 쳐줘야 할지, 네 눈에 보인다는 인어는 세상에 전혀 존재하지 않는 헛것이니 허무맹랑한 세계에서 얼른 벗어나라고 일침을 가해야 할지 잠깐 정신이 혼란스러웠다. 하지만 내 생각은 이미 한쪽에 쏠려 있었다. 서른 걸음쯤 멀어져가는 그를 불러 세워놓고 이놈아, 비단잉어건 나일론인어건 네가 보았다는 물고기의 실체는 그냥 호수 어디에서나 볼 수 있는, 흔해 빠진 잉어나 큰 민물고기일 뿐 비단잉어는 절대 아니다. 네가 본 잉어는 간혹 사막에서 목마르고 지쳤을 때 볼 수 있는 신기루 같은 것이다. 이 말이 너에게 해주고 싶은 솔직한 내 속마음이다. 어서 눈앞에 있는 진실의 문을 열고 세상 밖으로 뛰쳐나와라! 금방 그의 뒷덜미를 향해 외치고 싶은 마음뿐이었다.

하지만 그의 뒷모습이 어찌나 쓸쓸하고 측은해 보이던지 내 생각대로 한 마디 또 툭 던졌다간 그 큰 체구가 만취한 사람처럼 갈지자로 비척거리다 길바닥에 풀썩 고꾸라질 것만 같았다. 녀석의 그렇게 축 처진 어깨, 느린 걸음, 절망적인 뒷모습을 보긴 아마 처음이었을 것이다. 말이 없고 순진하고 무엇엔가 집중하는 모습만 줄곧 보아온 나로선 퍽 낯선 뒷모습이기도 했다. 배은망덕한 놈이라고 감히 내 말을 무시한 채 돌아선다고 퉁명스레 말을 건 나 자신이 좀스럽고 같잖아 보였다. 지친 그에게 용기를 주기는커녕 생색이나 내려 하고 주제넘게 나무라고 무시하는 것도 모자라 조롱하기까지 하다니. 나는 그를 대할 때마다 눈앞에서 잘못을 저질러놓고 사과해야 할 시기를 놓쳐버리곤 했는데 이날도 그랬다. 미안하다고 말해주었어야 했다. 안쓰러운 그의 뒷모습을 지켜보는 대신 얼른 달려가 모든 만남이 처음에는 다 그렇게 시작되는 거라고, 나름 깨우친 조언 한 마디쯤 들려줬어야 했다.

녀석이 술이라도 할 줄 안다면 어디 한적한 주점에라도 데려가 흉금을 터놓고 마시고 떠들며 위안하고 싶기도 했다. 하지만 나는 전에도 운님이 떠나가는 뒷모습을 넋 놓고 지켜보고만 있었듯이 이번에도 녀석의 뒷모습이 눈에서 사라질 때까지 멍하니 지켜만 보다가 무심히 집으로 돌아왔다.

누군가의 뒷모습이 유달리 쓸쓸해 보인다는 건 뒷모습을 지켜보는 동안 혹은 그 아련한 옛일을 생각하는 동안, 아니 내가 그리움을 잊고 지냈다고 자부해 온 시간에도 누군가에게 내주었던 가슴 한자리가 아직 텅 비어 있거나 아직도 아물지 않은 채 상처로 얼룩져 있다는 뜻일지도 모르겠다. 잊으면 될 일인데, 기억 속에서 깨끗이 지우면 될 일인데 느닷없이 그녀가 다녀간 뒤 텅 비어 쓸쓸하던 내 가슴 한자리엔 또 하나의 상처가 그어진 듯 시린 아픔이 시작됐다. 나는 이날 저녁 옛적 아버지가 자주 나가 술판을 벌이곤 했던

서부시장에 동네 친구 셋을 데리고 나가 밤이 늦도록 술을
마셨고 새벽이 되어서야 돌아왔다.

26

좌대에 입선한 낚시꾼들은 밤낚시를 하다 출출해지면 전
화로 야식을 주문하곤 했다. 시도 때도 없이 주문을 해오
는 경우가 잦아 식단 차림표에 밤 9시까지만 영업하고 있다
는 안내문까지 써 붙였지만 열 시가 넘어 혹은 자정이 넘어
서도 음식을 주문하는 전화가 걸려오곤 했다. 밤 열 한시가
넘으면 어머니는 이미 잠자리에 든 시간이었다.

10호 좌대에 든 손님으로부터 된장찌개 4인분을 부탁하
는 주문 전화가 걸려온 건 밤 열한 시가 훌쩍 넘어서였다.
이미 영업시간이 한참 지난 시간이었다. 정이나 허기가 심
하다면 라면을 끓여가면 어떻겠냐고 물었더니 그건 또 아니
라며 주저주저하다가 전화를 끊는 거였다. 5분쯤 지나 10
호 좌대 손님으로부터 또 전화가 걸려왔다. 밖에 나가 곯은
배를 채우고 와야 밤낚시를 할 수 있겠다며 두어 시간 외출
할 수 있게 도와달라는 부탁이었다. 그거야 들어주지 못할
만큼 거북스러운 청은 아니었다. 그들을 보트에 태워 선착

장에 내려주기만 하면 식당 옆 공터에 주차돼있는 자신의 차를 몰고 시내까지 나가 해장국이나 닭갈비로 늦은 저녁한 끼 해결하는 일쯤은 저들끼리 알아서 할 일일 터였다.

밤이 퍽 깊어지고 있었는데 마침 맑은 하늘 한가운데 뜬 달이 막 샤워를 하고 나온 여인네 얼굴처럼 희고 고왔다. 호수에 내려앉은 교교한 달빛이 아니어도 내게는 매일 수차례나 드나드는 익숙한 뱃길이었다. 너무 익숙해서 짙은 어둠 속에 가시거리가 짧거나 자욱한 안개가 호수를 덮어도 중간에 길을 잃고 엉뚱한 곳을 헤매고 다닐 일은 없었다. 아무리 늦은 밤이라도 보름 즈음의 뽀얀 달까지 둥실 떠 있는 호수이고 보니 가시거리 끝 어딘가에서 잉어 한 마리만 펄떡 뛰어도 그 방향이 어디쯤인지 가늠하는 일이 어렵지 않았다. 그런데 내가 1호 좌대를 막 벗어날 때쯤 상중도로 가는 호수 한가운데에 작은 보트 한 척이 느릿느릿 움직이는 모습이 눈에 들어왔다.

그건 퍽 낯선 움직임이었다. 낚시터를 운영하는 사람들이 손님을 실어나르거나 어촌계에 속한 어부들이 붕어, 잉어, 메기, 쏘가리 등의 물고기를 잡기 위해 수심이 야트막하면서 수초가 발달한 어귀를 찾아가는 늘 보아 익숙했던 바쁜 움직임은 아닌 것으로 보였다. 얼마쯤 가다가는 멈춰서고, 멈췄나 싶었을 때 또 얼마간 나비처럼 나풀나풀 움직이는 것으로 보아 손으로 노를 저어 어딘가를 향해 가고 있는 작은 보트로 보였다. 늦은 시간에 호수 한가운데서 손으로 노를 저어 어딘가로 가는 보트가 있다니, 그건 처음 본 밤 풍경이었고 호기심을 자극할 만큼 희한한 일이기도 했다.

하지만 나는 손님들이 기다리고 있는 10호 좌대로 가는 중이어서 호수 한가운데 떠 있는 이 낯선 보트를 굳이 확인하기 위해 모터보트의 방향을 돌릴 필요까진 없었다. 누가 옆에 있기라도 했다면 누구지? 하고 한 번 더 관심을 가졌을 테지만 10호 좌대로 가 그들을 싣고 선착장으로 돌아오는 동안 그 낯선 움직임을 까맣게 잊고 말았다.

두어 시간쯤 지나 저녁을 먹고 돌아온 그들을 다시 10호 좌대로 실어다 주고 돌아오는 길에 나는 다시 그 낯선 보트를 발견했다. 보트는 중도에서 금산리 방향으로 머리를 둔 채 굼벵이처럼 느린 속도로 다가오고 있었다. 누구지? 누굴까? 어떤 미친놈이 이 오밤중에 노 젓는 배에 올라 호수를 배회한단 말인가. 내 눈은 보트의 나른한 움직임을 좇고 있었다. 아마도 외지인이 밤낚시를 위해 어딘가로 이동 중이겠거니 싶었다. 그러나 왠지 모를 수상쩍은 느낌을 눈치채고 보트의 코가 맞닿을 만큼 가까운 곳까지 다가가서야 그가 누구인지 알게 되었다.

희미한 달빛 아래 드러난 얼굴을 확인한 뒤 나는 놀라움과 기막힘에 잠시 할 말을 잃고 말았다. 두말이 필요 없이 그는 명일이가 확실했다. 비록 달빛이 호수를 밝히고 있다고는 해도 도대체 무엇 때문에 이 늦은 밤 두려움도 잊은 채 호수를 떠돌고 있는지 도무지 이해하기 어려웠다. 내가 다가가는 걸 이미 눈치챈 명일이는 좀 당황한 기색이었지만 내 모터보트의 엔진이 꺼지는 동시에 먼저 아는 체를 했다.

"이 밤중에 형이 웬일이야?"

그건 내가 묻고 싶은 말이었다.

"너 그동안 나 모르게 밤에도 보트를 탔던 거야?"

그는 말없이 고개만 두어 번 끄덕였을 뿐 얼굴을 들어 나를 바라보지도, 몸을 움직이지도, 심지어 숨을 쉬는 것 같지도 않았다.

"몇 번째야. 오늘까지."

"여러 번."

"밤마다 보트를 탔다고?"

"달이 뜰 때만."

"넌 참 겁도 없구나. 밤에 귀를 기울이고 들어보면 용궁 대감이 마을 처녀들을 홀리느라 휘이잉, 휘이잉 휘파람 부는 소리가 들려온다. 처녀귀신은 또 얼마나 많은데. 물가 어디서든 남자가 들어오기만 하면 발목이고 손목이고 잡히는 대로 깊숙이 끌어들인다고. 그렇게 온갖 귀신들이 우글 우글 들끓는 호수 위로 그것도 깜깜한 밤에 혼자 배를 타고 나왔다고?"

나는 탄식하듯 이 말을 던지고 그만 낯이 뜨거워졌다. 그는 귀신 이야기에 겁을 먹을 만큼 어린아이가 아니었고 특히나 호수가 칼보다는 무섭지 않다고, 칼 이외엔 아무것도 두렵지 않다고 몇 번을 말했었는데 귀신이라니. 나는 그를 아직도 세상 물정 모르고 허구의 세계에만 빠져 사는 어리숙한 아이로만 생각했던 것이었다.

"어서 돌아가."

이번에도 녀석은 내가 해야 할 말을 먼저 꺼내고 있었다. 그는 달빛이 희뿜하게 쏟아져 내리는 중도 주변의 호수 한 가운데서 금산리 선착장까지 노를 저어 가야 할 처지였다. 많이 익숙해진 솜씨이긴 했으나 힘을 써 선착장까지 돌아가자면 지금 속도로는 한 시간은 족히 걸릴 아득한 거리였다.

"오늘도 인어한테 뻥 차였구나."

그런 일은 없었을 테지만, 녀석과 나눌 말은 소재가 극히 제한되어 있었다. 결국에는 그의 관심사인 인어를 빼놓고는 할 말이 없던 나였다. 나는 말을 꺼내 놓고도 난감했다. 깊은 밤 호수 한가운데서 이 무슨 싱거운 헛소리란 말인가. 나도 녀석도 부질없는 무의미한 시간을 보내고 있는 거였다. 자신이 만든 허구의 세계에 파묻혀 끝없이 상상하고 방황하며 밤이고 낮이고 헛된 꿈속에서 헤매고 있는 그와 이 야심한 시간에 호수 한가운데서 실랑이를 벌인다는 건 생각할수록 무의미한 일이었다. 보트를 돌이키려는데 녀석이 고개를 빤히 쳐들고는 마치 돌덩이를 호수에 툭 던지듯 말했다.

"형은 너무 몰풍스러워."

나는 그게 무슨 말뜻인지 알지 못했다. 고개를 돌리고 멀뚱히 바라보는 나를 향해 그가 다시 말했다.

"너무 차갑고 퉁명스러워 정이 안 가는 사람이라고."

나는 피식 웃었다. 미친놈, 정말 미친놈이네. 나는 한 번 더 웅얼거리고는 보트를 돌려 그 자리를 벗어났다. 잠시 뒤 뒤돌아보니 녀석과 떨어진 거리가 꽤 멀어 보였다. 먼 거리를 손으로 노를 저어 돌아오기가 수월찮아 보였다.

몰풍스럽다는, 너무 차갑고 퉁명스럽다는 그의 말이 달빛 아래서 나비 한 마리가 팔랑팔랑 날갯짓하듯 노를 저어 오는 녀석의 모습과 함께 눈앞에 아물거렸다. 그런데 웬일이었을까. 나는 다시 뱃머리를 돌려 녀석에게로 다가가고 있었다. 녀석이 노를 저어 돌아오거나 말거나 호수 한가운데 내버려 두고 집으로 들어가면 그만인 거였다. 내가 너무 몰풍스럽다는 그의 말을 의식하고 갑자기 마음을 바꿔 다

가간 것도 아니었다. 하지만 녀석이 툭 던진 그 말이 정말
퉁명스럽게 정말 차갑게 내 뒤통수를 후려친 건 사실이었
다.

27

　호수 한가운데서 몸집이 남산만 한 녀석을 작은 보트로 옮겨 태우기엔 위험이 따랐다. 나는 예인줄을 챙겨 그의 고무보트를 내 모터보트 엉덩이에 매달고는 충분한 안전거리를 유지한 채 느릿느릿 선착장으로 돌아왔다. 그는 좀 지쳐 보였지만 내가 배를 달아 끌고 가는 동안 달리 불편한 기색을 보이지는 않았다. 선착장에 모터보트를 대고 꽁무니에 끌려온 그의 고무보트도 원래의 자리에 묶어 둔 뒤 나는 녀석을 선착장 의자에 앉혔다. 의외로 그는 호수 한가운데서 얼굴을 묻고 나를 퉁명스럽게 대하던 때와는 달리 기분이 썩 좋아 보였다. 차광막 안으로 솔솔 날아 들어오는 한여름 밤바람이 제법 선선했다. 차광막 모퉁이에 켜진 전등불엔 수많은 크고 작은 나방들이 날아와 연신 날개를 퍼덕거렸다.

　"명약이 떠올랐어."

　말을 꺼내자마자 그는 흠뻑 웃고 있었다. 나는 지금껏

녀석이 이토록 흡족히 웃는 얼굴을 본 적이 있었나 싶어 다시 보았지만 역시 생경한 웃음이었다. 굳이 그의 웃음을 떠올리자면 여기저기 마을을 베돌다 사람과 마주칠 때 으레 머루레한 눈을 껌벅거린 뒤 씨익 웃어넘기는 그 어수룩한 웃음이 전부였다. 똘망하고 야무졌던 그의 어린 시절을 기억하는 사람들은 그가 먼발치에서 느슨하고 허술한 웃음을 지어 보일 때마다 돌아서서 혀를 차곤 했었다.

뭔 뚱딴지같은 소리냐고 반문하듯 바라보는 나에게 명일이가 다시 활짝 웃어 보이고는 내 곁으로 바투 다가와 앉았다.

"비단인어에게 줄 명약을 찾았다고."

하도 엉뚱한 소리여서 이번에도 나는 새하얀 이를 드러내고 웃는 그의 얼굴을 멀거니 바라보고만 있을 뿐이었다. 나는 이 벙벙한 녀석의 속내를 도대체 알 길이 없었다. 어찌 보면 정상인과 다르지 않고 또 달리 보면 제 상상의 세계를 합리화시키려고 자꾸 거짓을 덧씌우는 영락없는 허언증 환자였다. 다만 그는 자신이 상상하는 세계, 일테면 인어의 존재를 찰떡같이 믿고 있는 건 확실했다. 왜냐하면, 그는 자신이 믿지 않는 상상의 세계를 그토록 오랫동안 누군가에게 거짓으로 말해야 할 특별한 이유가 없었기 때문이다. 거짓으로 함정을 파거나 덫을 만들어 무슨 이득을 취하려는 생각은 애초부터 없어 보였고 속과 행동이 그렇게 음험하지도 약삭빠르지도 못했다. 그의 말이 거짓이기보다는 그만의 상상 속 세계가 이미 아잇적부터 신앙처럼 자리 잡고 있었기에 인어를 보았다고 떠버리는 말을 의도적인 거짓말이라 단정하는 건 지나친 비약이었다.

"형은 하나도 안 궁금하지? 내가 왜 밤중에 호수로 배를 타고 나갔는지. 내가 왜 그토록 허구한 날 비단인어를 찾아 다니는지."

"그래. 하나도 안 궁금해. 그런데 명약을 찾았다는 건 좀 궁금하다."

갈수록 태산이라더니, 참 가지가지 한다. 나는 그런 투였다. 육안으로 식별이 가능한 대낮에야 어디에 가 누워 잠을 자건 알몸뚱이로 미역을 감건 저 좋아서 하는 짓이니 상관할 바가 아니지만 이슥한 밤 발이라도 헛디뎌 물에 빠진다거나 낡은 고무보트에 물이 차 가라앉기라도 하는 날엔 저 혼자 허우적거리다 변을 당할 게 뻔한 일이었다. 그렇다고 너는 더 이상 선착장에 출입할 수 없다고 못을 칠 수도 없는 노릇이었다. 시내로 오가는 뱃길이 끊긴 지금은 내가 사유물처럼 들락거리며 관리해오고 있기는 해도 이미 오래전 마을 사람들이 부역으로 터를 닦고 뱃길을 내어 공동으로 이용해 온 선착장이었다. 때문에 너는 선착장을 이용할 수 없다고, 혹은 출입해선 안 된다고 통행을 막을 권한이 내게는 없었다. 설령 그런 권한이 있을지라도 이미 녀석의 선착장 출입은 거의 일상화된 상태여서 이제 와 좀스럽게 출입을 제한한다면 그건 나에게도 녀석에게도 더 큰 혼란만 초래할 뿐이었다. 나는 방관자 역할 이외엔 그를 통제할 방도가 없음을 알게 되었다.

"또 비단잉어 이야기 꺼냈다고 비웃는 거지?"

그는 나를 흘끔 돌아보고는 이내 고개를 떨구었다.

"빨리 꿈에서 깨라."

툭 내뱉고 나서야 녀석을 대하는 나의 번버듬한 태도가 예전이나 오늘이나 변함없이 불퉁스럽고 야멸차단 사실을 깨달았다.

"형은 매일 낚시터 드나드는 낚시 손님 숫자를 헤아리느라 정신이 없지? 나도 요즘 밤마다 호수 어딘가에서 들려오는 비단잉어의 울음소리를 듣느라 정신이 없어."

녀석은 마치 내가 돈벌이에만 정신이 팔린 사람처럼 보이는 모양이었다. 그건 아마도 보트를 태워주고 돈을 받은 일, 얼마 전 안전파이프를 설치해 주고 사례비를 받은 일을 떠올리고 은연중 뱉어낸 말일 수도 있었다. 나는 생선 가시가 목에 걸린 것처럼 거북스러워 응징하듯 물었다.

"이젠 귓구멍에 환청까지 들리냐?"

"나 역시 이게 혹시 환청인가 싶어 내 귀를 여러 차례 의심했거든. 한데 호수에 나와 가만 귀를 기울여보니 그게 비단인어가 흐느끼는 울음소리였던 거야. 며칠 전부터는 울음소리가 사라지고 호수 한가운데서 끙끙 앓는 소리가 들려왔어. 어디가 몹시 아픈 듯이 끙끙 앓는 소리가."

"호수에서 무슨 소리가 들렸다면 그건 뻔할 뻔 자다. 네 발목을 잡아 물속에 끌어들이려고 호시탐탐 유혹하는 물귀신의 웃음소리였던 거야."

"형은 안 믿겠지만 난 며칠 전 하중도 습지에서 믿지 못할 광경을 목격했거든. 병이 깊어 신음 중인 비단인어를 만났다고."

이 대목에선 녀석의 말에 신빙성이 전혀 없어 보였다. 눈에 보이는 새빨간 거짓말을 지껄이고 있다고 생각됐다. 코웃음을 치며 네 말은 콩으로 메주를 쑨대도 못 믿겠다고 한마디 하고 싶은 걸 겨우 참았다. 어처구니가 없어 헛웃음을 지은 뒤 못 이기는 척 맞장구를 쳤다.

"또 비단인어를 봤다고?"

"내 눈엔 보이는데 비단인어가 내게로 다가오지 않아 무척이나 속상했었거든. 그런데 이날은 드디어 비단인어가 나를 발견하고 그 화려한 비단 무늬의 비늘을 번득이면서 내 곁으로 다가왔어. 난 그동안 속에 품고 있던 말들을 모두 들려주느라 정신이 없었지. 내 진실을 믿어달라고. 상처받은 당신을 위로하러 왔다고. 그래야만 상처로 찢겨 피멍 든 내 가슴도 치유가 돼 편히 살아갈 수 있을 거라고."

"두 눈으로 비단잉어를 목격한 것도 모자라 단둘이 만나 대화까지 나눴다고?"

기가 찰 노릇이었다. 나는 덜 익은 감을 깨문 듯 떫은 표정으로 허허 웃고는 곁눈으로 그의 동공을 주시했다. 그런데 전등불의 굴절 때문일까. 녀석의 눈에서는 예전 일곱 살 아잇적 시절에 보았던 해맑은 기운이 명료했다. 나는 녀석의 어깨를 툭 치고는 그의 눈앞에 자동차 와이퍼처럼 손바닥을 휘휘 저었다. 장난기 섞인 우스꽝스러운 손짓이었지만 그는 아랑곳하지 않고 하고 싶은 말을 술술 쏟아냈다.

"비단잉어가 거친 신음을 쏟아내며 내게 물었어. 무엇으로 날 위로할 건가요? 내 눈에 흐르던 눈물은 흐르고 흐르다 이미 말랐고 몸은 병들어 신음조차 버거운데 무엇으로 날 위로하겠다고 찾아왔나요, 묻는 모습이 거의 자포자기 상태였어. 나는 기회를 놓칠세라 준비한 말을 전부 들려줬어. 내 살이 필요하면 뜯어가라고. 내 피가 필요하다면 혈관이라도 뜯어 뚝뚝 떨어지는 피를 받아가고. 내 뼈가 필요하다면 손가락 마디뼈 하나라도 남김없이 뽑아가라고 말이야."

227

"참 대단한 살신성인이다. 네가 호수에서 비단인어랑 신파 영화를 찍었구나."

비꼬는 말투로 빈정거렸지만 그는 너무도 태연했다.

"지금 형의 모습처럼 비단인어도 피 하고 비웃더라고. 비단인어 역시 사람들처럼 내 진실을 믿지 않는구나. 난 짧은 한숨을 쏟아내며 잠시 절망했어. 그 순간 비단인어가 푸르고 창백한 입술을 달싹이며 말했어. 당신이 상처의 의미를 아시나요? 외로움이 깊어져, 시름이 깊어져, 절망이 쌓이고 쌓여, 노여움이 불길같이 솟고 솟아 울분으로 엉긴 마음의 상처를 아시나요? 누군가가 알고 있다고 해도 이미 늦었어요. 내 눈엔 여명보다 어둠이 익숙하고 가슴엔 삶보다 죽음이 친근하게 다가오고 있어요, 그러고는 핏기없는 눈을 감아 내리며 돌아서려는 거야. 나는 얼른 외쳤어. 약을 구해 오겠다고. 비단인어는 쓴웃음을 지은 뒤 그런 명약이 있기는 하냐고 물었어. 나는 찾아보겠노라고, 기적의 명약을 꼭 찾아오겠노라고 자신만만하게 답을 해주었는데 비단인어는 반가워하기보단 서글픈 표정을 지어 보이곤 내 곁을 떠나버린 거야. 멀리 사라져가는 비단인어의 뒷모습을 넋 놓고 바라보면서 안타까운 마음에 자꾸 한숨만 내쉬게 되더라고. 이미 비단인어의 상처는 치유 불능의 상태였고 이제 울음조차 그치고 신음마저 들려오지 않으면 의암호에선 영영 비단인어를 볼 수 없겠지. 그게 비단인어의 신음이 멎기 전에 내가 명약을 구해야 했던 이유라고."

"네가 그 약을 찾았다며?"

그의 허무맹랑한 소리에 또다시 헛웃음이 나올 뻔했지만, 무슨 이유에서인지 마음 한구석에선 작은 연민과 함께 호기심이 불쑥 일었다.

"소금."

"소금?"

"응. 소금. 비단인어에게 필요한 기적의 명약이 무엇일까. 고행 중인 스님들에게 주어진 화두처럼 무겁게 내 머리를 내리눌렀는데 마침내 오늘 밤에서야 그리도 찾던 명약이 머릿속에 떠오른 거야."

녀석은 눈을 지그시 감은 채 입꼬리를 초승달처럼 끌어올리며 웃었다. 뜬금없이 소금이라니, 늦은 밤 선착장에 앉아 귀신 씻나락 까먹는 소리나 듣고 있는 내가 꽤 실없어 보였다. 녀석은 쏟아지는 미소를 거두지 않고 연이어 주절거렸다.

"소금이 약이었던 거야. 내가 드디어 비단인어에게 줄 약을 찾아낸 거라고! 이 명약을 고무보트에 한가득 싣고 호수로 나가 비단인어에게 아낌없이 뿌려줘야지. 약이 혀끝에 닿는 순간 비단인어는 정신이 번쩍 들 거야. 흐릿했던 눈이 햇빛처럼 환해질 테고 이끼가 끼어 빛바랬던 지느러미도 금세 윤기 자르르 흐르는 비단 빛을 되찾겠지. 기운을 되찾은 꼬리로 힘을 모아 첨벙 솟구쳐오르면 바다까지 잇는 큰 무지개다리를 세울 수 있을 거야."

그의 몸은 이미 호수에 가 인어를 만난 듯 들썽거리고 있었다. 비단인어를 만나는 순간 바다의 향기를 흠뻑 느낄 수 있게, 바다의 진하고 깊은 맛을 마음껏 들이킬 수 있게, 넓고 깊고 자유로운 바다의 정취를 머릿속에 금세 떠올릴 수 있게, 오랜 외로움, 오랜 그리움에서 속히 벗어날 수 있게, 파도보다 희고 모래보다 잘고 눈물보다 짭조름한 소금을 아낌없이 훌훌 뿌려줘야겠단 의지가 활활 타올랐다.

어떤 연유로 소금이 비단인어에게 명약이 되느냐고 굳이 물을 여유도 주지 않은 채 녀석이 싱글벙글 화색이 된 얼굴로 계속 말을 이어갔다.

"비단인어가 얻게 된 병, 비단인어의 가슴에 그어진 상처가 무엇 때문인지는 너무도 분명해. 사람들이 댐을 만들었기 때문이라고. 강물에 댐이 생겨나지 않았더라면 비단인어는 다시 고향으로 돌아가 넓은 바다에서 한평생 자유롭게 행복한 삶을 누리며 살아가고 있었을 텐데. 알게 모르게 누군가로부터 상처받고 살아가는 우리네 삶처럼 댐이란 감옥에 갇혀 상처투성이로 평생을 살다 보니 답답하고 외로워 매일 밤 울부짖다가 이제는 병을 얻어 끙끙 앓게 된 거야. 어느 순간 신음마저 끊기는 날엔 비단인어는 영원히 고향으로 돌아가지 못한 채 의암호에서 사경을 헤매다 죽게 될 거라고."

"세상 많고 많은 약 중에 왜 하필 소금이 명약이란 말이냐."

"신토불이란 말이 왜 나왔겠어. 바다에서 태어나고 자란 비단인어에겐 민물이 체질에 맞지 않아 병에 걸린 거야. 소금이 필요했던 거라고. 의암호에서 맛보는 소금이야말로 오랫동안 향수에 지쳐 시름시름 앓게 된 병, 상처로 얼룩진 심신을 치유해 줄 최고의 명약이고 보약인 거야. 신해불이, 바다의 맛, 바다의 향기가 소금밖에 또 있겠냐고. 내가 가진 모든 걸 던져 상대를 위로한다는 건 내 말이 비록 진심이었을지언정 비단인어에겐 허울뿐인 위로로 보였던 거야. 상처받은 비단인어를 치유할 수 있는 건 몇 마디 위로의 말도 중요하지만 그보다 급한 건 약, 몇 줌의 소금이 필요했던 거라고."

녀석은 당장이라도 고무보트에 소금을 한가득 싣고 호수를 향해 노를 저어 갈 것처럼 굽은 등을 연신 움찔거렸다.

녀석이 깊은 계곡과 맑은 호수에만 서식하는 토착 희귀어종 연구에 파묻혀 산다거나 텃새, 철새를 비롯해 멸종위기에 처한 삶, 담비, 수달, 하늘다람쥐, 사향노루 등 명백히 실존하는 생명체에 집착하고 살아가는 처지라면 내가 어찌 그의 정신세계에 의구심을 품겠는가. 도리어 존중하고 격려하며 살가운 이웃사촌의 형과 아우로 지낼 수 있었을 것이다.

어디선가 들려오는 울음소리를 듣고 호수 한가운데로 다가가 비단인어와 만나 대화까지 나누었다고 신이 나 지껄이는 녀석의 허풍을 솔깃해서 귀담아 들어주고 맞장구까지 쳐 줄 정도로 내가 천연덕스럽지는 못했다. 목낭청이나 물신선이 아닌 이상 그가 지껄이는 허무맹랑한 말을 이래도 *끄덕끄덕*, 저래도 *끄덕끄덕* 수긍해주면서 맨정신으로 들어주기엔 퍽 곤욕스러운 일이기도 했다.

나는 녀석을 자리에 앉혀놓은 뒤 백여 걸음쯤 떨어져 있는 집으로 걸어가 가게 냉장고에서 캔맥주 세 개와 사이다 하나를 꺼내 들고 나왔다. 자리에 앉기도 전에 캔맥주 하나를 따 단숨에 비웠고 그중 하나를 명일이에게도 권했다.

예상대로 그는 아직 술이 낯선 듯 고개를 절레절레 흔들었다. 바꿔 건네는 사이다를 따 두어 모금 마시다가 내가 *끄억* 하고 트림을 내뱉자 그 역시 *끄억* 하고 트림을 따라하곤 차돌같이 흰 앞니를 드러내며 웃었다.

"가끔 동생이 있었으면 좋았겠단 생각이 들곤 해. 내가 비단인어 이야기를 들려주면 가까이 다가와 토끼처럼 귀를 쫑긋 세우고 끝까지 들어주는 어리고 여린 동생."

사이다 두어 모금으로 마른 목을 축인 뒤 녀석이 툭 내던진 뜻밖의 말이 내 생각과는 또 다른 것이었다. 사실 나는 간혹 몸이 피곤할 때 낚시터에 와 일을 거들어주거나 아쉬울 때마다 한걸음에 달려와 뚝딱 힘든 일을 해결해 주는 형이 필요했으면 했지 동생이 필요하다고 생각한 적은 없었다.

"네 머릿속엔 인어밖에 아무것도 없지?"

"비단인어는 지금 너무 절박해."

"내 눈엔 비단인어보다 네가 더 절박해 보인다."

"난 칼을 지닌 사람 외에도 경계해야 할 유형의 사람이 있다는 사실을 알아. 눈물 없는 차가운 눈, 젖지도 열리지도 않는 메마른 가슴으로 살아가는 사람이 그 부류거든. 제발 형은 그러지 마."

나는 미친놈, 하고 곰처럼 앉아 있는 녀석의 둥근 이마에 꿀밤을 한 방 먹이고는 언중유골처럼 귀에 굴러와 꽂힌 말을 곱씹으면서 두 번째 캔을 땄다.

"형은 희망을 상실한 이들에게 다가오는 가장 큰 비극이 뭔지 알아?"

"⋯⋯"

"현재의 고통스러운 삶보다 죽음이 더 평온할 거라는 믿음을 갖게 되는 거야. 비단인어가 지금 그런 상태일 수도 있다고."

그는 다시 인어를 들먹이고 있었다. 나는 체념하며 한숨을 내쉬었고 고개를 절레절레 흔들어대며 마개를 딴 두 번째 캔을 단숨에 들이켰다.

"소금이 약이라며?"

"그래서 내일이라도 당장 질 좋은 곤소금을 한 배낭 준비할 거야."

"물에 들어가면 같은 염수거늘 곤소금이건 호렴이건 뭔 상관이냐. 정말 네가 인어를 만나거든 사정없이 아가미를 벌리고 목구멍 안에다 가지고 간 소금을 두어 됫박 쏟아부어라. 그래야 죽어도 원이 없을 거 아니겠냐."

삭정이 꺾듯 번버듬하게 던진 말이 목에 걸린 생선 가시처럼 듣기에 좀 거북스러웠던지, 그는 어깨를 뒤로 젖히곤 딱하단 표정으로 내 눈을 쏘아보았다. 그건 원망의 눈빛이기보단 자기의 말뜻을 좀처럼 이해해주지 못해 못내 서운해하는 눈빛에 가까웠다. 나는 그런 녀석의 표정을 짐짓 무시한 채 손에 쥐고 있는 사이다를 마저 마시라며 빈 맥주캔을 들어 입안에 들이붓는 시늉을 해 보였다.

"나한테 형이 없는 건 정말 행운인 거 같아. 아무튼, 내가 건넨 약을 먹고 건강해질 때까지 비단잉어가 제발 희망을 포기하지 않았으면 좋겠어."

그는 남은 사이다를 목에 쏟아부어 벌컥벌컥 들이킨 뒤 잘 마셨다는 인사치레 삼아 빈 캔을 번쩍 들어 보이더니 너부죽이 앉았던 자리에서 엉덩이를 떼고 부스스 일어나 어슬렁어슬렁 집으로 향했다. 약을 찾았다는 생각에 몸이 달떠서였을까, 곰처럼 어깨를 수그리고 걷던 평소의 걸음과는 사뭇 다르게 이날 집으로 오르는 걸음걸이는 느리면서도 발걸음을 뗄수록 사풋사풋 가벼워 보였다.

누가 상상이나 했으랴. 구부정한 앉음앉이, 명약을 찾았다고 흡족해하며 초승달처럼 입꼬리를 올리고 웃던 늑진한 웃음, 끄윽, 목을 빼면서 내뱉던 트림, 큰 체구에서 움직이는 걸음새가 유달리 사풋사풋해 보였던 이날 밤 녀석의 뒷모습이 내가 본 그의 마지막 모습일 줄이야.

나는 하나 남은 캔맥주의 마개를 따 입안에 들이부었다. 등 뒤 전등 주변을 수선스레 돌던 나방 몇 마리가 내 얼굴로 덤벼들며 연신 날개를 푸덕거리고 있었다.

28

인어에게 줄 명약을 보트에 한가득 싣고 호수로 나가려던 명일이의 계획에 잠시 차질이 생겼다. 명일이의 발목을 잡은 건 궂은 날씨였다. 그의 보트는 밧줄에 매인 채 선착장 한구석에서 비를 맞고 있었다.

장마는 이미 7월 중순에 지나갔고 낚시 손님들로 북적이던 휴가철도 훌쩍 지나 있었다. 호숫가는 유별나게 습해 조금만 움직여도 전신에 땀이 배어 입고 있던 속옷이 흥건히 젖었다. 오랜 세월 살아오며 날씨의 변화를 읽어온 노인들은 전에 없던 습한 날씨가 여러 날이나 이어지자 조만간 큰비가 올 예후라며 불안해했다. 어머니 역시 비슷한 생각을 하고 있었다.

예전부터 서면 사람들은 큰비가 내릴 때마다 강 상류에서 거친 물살에 떠내려오는 비극적 상황들을 여러 차례 목격해 왔다. 박꽃이 하얗게 핀 외양간 지붕이 떠내려오는가 하면 집 한 채가 통째로 떠내려오기도 했다. 운 좋게 오르기는 했지만 죽음 문턱에서 공포에 떨고 있는 개나 닭을 실고 떠내려오는 지붕도 혹간 보였다. 지붕은 지붕대로 기둥은 기둥대로 서까래와 대들보와 대문이 제각기 뒤틀리고 뜯기고 흐트러지면서 둥실둥실 떠내려왔고 궤짝에 절구통에 다래끼에 소쿠리에 별별 가재도구들이 다 떠내려왔다. 마을 사람들이 돈 주고도 보기 어려운 흥미로운 구경거리는 거기까지였다. 소나 돼지의 사체들이 둥둥 떠내려오고 사람까지 죽어 떠내려올 때는 차마 그 처참한 광경을 눈에 담을 수 없어 뒤돌아서서 발을 동동 굴러야 했다.

이름 있는 산이건 없는 산이건 높은 산이건 낮은 산이건 물줄기는 외진 골짜기를 급하게 달려 내려와 이 마을 앞 개울, 저 마을 뒤 실개천을 수백 수십 굽 에돌아 숨 가쁘게 흘러내리다 강의 지류와 합세했다. 굽이치는 거센 물살로 흘러내리던 강물은 소양댐과 화천댐, 춘천댐에 막혀 흐름이 뚝 끊겼고 갈 길 잃은 물은 댐 안에 한가득 고인 채 술 취한 불량배처럼 호수를 배회했다. 수위가 불어 자칫 둑을 넘는 날엔 최악의 재앙이 닥치는 건 불 보듯 뻔한 이치였다. 큰물이 날 때마다 굳게 잠겼던 댐 수문이 개방되면서 끊겼던 물길이 열리곤 했다. 물줄기는 산이 떠밀려 내리듯 구름 더미가 흘러내리듯 수문 아래로 미끄러져 내려와 바닥에 떨어졌고 물안개를 내뿜으며 멍석말이 흐름으로 굽이쳐 흘러내렸다.

화천 방면에서 흐르는 물길은 자양강이란 이름으로, 인제 방면에서 흐르는 물길은 소양강이란 이름으로 흐르다가 춘천 근화동 지류와 서면 신매리, 금산리 마을 앞 넓게 누운 강변에서 엉키고 뒤섞이며 합류했다. 양 갈래에서 합수한 강물은 더 깊고 더 넓고 더 드세고 더 사나워졌다. 큰물이 날 때마다 어른들은 아이들을 불러 세우곤 이다음 너희들이 장성해 어딘가에 살 집을 지으려거든 저지대 물가나 산사태 위험지인 비탈에는 절대 터를 잡지 말라는 당부의 말을 잊지 않았다.

물가에 펼쳐놓은 장사는 하늘 눈치를 봐야 한다거나, 낚시터가 수해를 당하지 않으려면 매일 좌대를 점검하고 주변을 돌아봐야 한다는 아버지의 당부 또한 이와 무관치 않았다. 나는 그동안 아버지의 유훈을 잊은 적 없이 성실히 실천해왔다. 덕분에 매년 장마철 강 상류에서 소양댐과 화천댐, 춘천댐이 수문을 활짝 열어 초당 수천 톤씩의 물을 방류해 불어난 호수가 범람 위기까지 직면했을 때에도 나는 미리 단도리를 해 아버지가 물려준 수상 낚시터를 온전히 지켜낼 수 있었다.

하지만 사고는 늘 예기치 못한 순간 느닷없이 찾아오게 마련이다. 장마 동안 비가 예년보다 더 모질게 퍼부어 상류의 댐들이 물을 한가득 채워둔 상태였다. 그런 와중에 비 예보가 시작되더니 거푸 며칠을 계속해 쏟아졌다. 명일이가 보트에 소금을 구해 싣고 호수로 나가기로 작심한 다음 날 이른 새벽부터였다.

비 예보로 낚시터 손님이 끊겨 나는 퍽 한가로웠다. 궂은 날씨로 인해 잠시 일손을 놓고 쉬는 시간은 봄여름 내내 수고한 내게 하늘이 주는 특별한 선물 같았다. 나는 오랜만에 친구들과 어울려 낮술까지 마시고 비가 내리는 동안 낚시터 근처엔 얼씬도 하지 않았다. 보통 댐들이 수문을 개방할 땐 사전에 댐 하류 주민들에게 몇 시부터 초당 몇 톤의 물을 방류한다는 안내방송을 해왔다. 비가 몇 날 계속 쏟아지긴 했지만 설마 댐에서 예고도 없이 수문을 개방할 리 없었고 설령 소량의 물을 방류한다 한들 이제까지 그러했듯 앞으로도 별 탈이 없을 터였다. 그렇게 나는 한가로이 시내로 나가 낮술을 마셨고 저녁 무렵 불쾌하게 취해 집으로 돌아왔다.

사고가 터지고 나서야 알았다. 내가 퍽 심란해 있었단 사실을. 그날 늦은 밤 집으로 향하는 명일이의 뒷모습을 지켜보다가 얼마 전 다녀간 운님의 뒷모습이 문득 떠올랐다. 그 뒤 운님의 행보를 내가 알 길은 없었다. 우리는 왜 이토록 인연에 집착할까. 떠나갔으면 이미 깨진 독이라고 생각하면 될 일이다. 꺼진 모닥불이라고 생각하고 눈 질끈 감고 잊으면 될 일이다. 그런데 왜 우리는 헤어지면서도 끝이라고, 영영 잊자고 말하지 못했을까. 끝이란 말이 잊자는 말이 그리도 두렵단 말인가? 우리는 정말 아직도 서로를 향해 이어진 실낱같은 인연의 끈을 붙들고 놓을지 말지를 고심하고 있는 걸까? 그건 아마 더 외롭고 더 그리울 때를 대비해 서로를 향해 갈 비상구를 만들어둔 게 아닐지 모르겠다.

나 역시 명일이처럼 마음속 깊은 호수에 사는 비단잉어를 찾아 사방을 헤매고 다니는 건 아닐까 자문하다가 그건 아니라고 절레절레 고개를 흔든 적이 있었다. 하지만 어쩌면 운님이도 꿈을 향해 아등바등 벼랑길을 오르다 뚝 떨어져 절망하고 그게 상처가 되어 앓아누운 비단잉어일 수도 있겠단 생각이 들기는 했다.

그동안 아버지의 유훈을 잊은 적 없이 매사 긴장하면서 위험에 대비하면서 주변 경쟁업체들과 선의의 경쟁을 해오면서 낚시터를 탈 없이 이끌어오는 동안 한편으론 꽤 오랜 시간 외로움을 잊고 지냈다. 명일이의 뒷모습을 바라보던 중 불쑥 찾아와 깡마른 앞가슴을 보여주고 외롭게 돌아가던 운님의 쓸쓸한 뒷모습이 떠올라 자꾸 들썽이는 가슴을 가라앉힐 겸 모처럼 찾아온 망중한을 즐길 겸 친구들을 데리고 시내로 나갔던 것인데 하룻저녁 일상의 궤도를 벗어난 대가는 크고 참담했다.

이날 밤늦게 집에 돌아온 나에게 어머니가 매우 걱정스러운 표정으로 건넨 한마디를 대수롭지 않게 넘긴 게 화근이었다.

"너는 낚시터가 걱정도 안 되냐? 하늘에 구멍이 뚫린 듯 진종일 장대비가 쏟아지는데 대체 어디다 정신을 팔고 다니는 거야. 더 늦기 전에 어서 한 바퀴 돌아봐라."

돌아보고 오란 곳은 물론 낚시터를 말하는 거였다. 이 순간 내가 어머니의 우려를 잠깐이나마 새겨들었다면 그날 저녁은 아무 탈 없이 무사했을 것이다. 물가 장사는 하늘의 눈치를 봐야 한다고, 동쪽 대룡산부터 서쪽 삼악산까지 하늘 한가득 비구름이 덮이거든 십 리 밖에서도 달려와 비설거지부터 하라던 아버지의 마지막 유훈조차도 그때는 까맣게 잊고 있었다.

나는 줄기차게 퍼붓는 빗소리를 들으며 창밖이 어두워지는 모습을 몽롱한 눈길로 지켜보다가 어느 순간 방바닥에 모로 누운 채 곯아떨어지고 말았다.

29

몇 시간이 지났을까. 귀에 익은 어머니의 목소리, 목이 찢어지는 듯한 누군가의 울부짖음에 놀라 나는 어렴풋이 눈을 떴고 이내 어머니가 급하게 문을 두드리는 소리를 듣고서야 잠에서 깨어났다.

"좌대 단도리는 제대로 해놓고 자는 것이냐? 지금 댐에서 수문을 열어 강물이 산더미처럼 쏟아져 내리는데 어설피 묶어 둔 좌대들이 이 난리 통에 성하게 남아있을지 모르겠다. 좌대들이 떠내려가면 대체 어쩔 셈이냐. 어여 일어나 밖에 나와 봐라."

비몽사몽 간에 들려오는 어머니의 목소리는 내가 이때까지 들어보지 못했던 엄중한 경고였다. 마치 유리창에 돌덩이가 날아와 깨어지는 듯한 목소리였다. 좌대들이 떠내려가면 어쩔 셈이냔 우려 섞인 목소리가 고압 전류처럼 내 뇌리를 찔렀다. 나는 둔기로 정수리를 얻어맞은 듯 충격에 휩싸였다. 눈앞이 깜깜해지는 청천벽력과도 같은 소리였다. 잠을 깨우는 어머니의 목소리와 함께 마당 밖에서 들려오는 곡지통은 그게 울부짖음인지 비명인지 가늠하기조차 어려 웠다. 분명 어머니의 울부짖음은 아닌 게 확실했다. 잠에서 깨어나긴 했지만, 밖에서 들려오는 연이은 절규에 놀라 어 리둥절하던 나는 누군가에게 도움을 청하는 여인의 울먹임 이 예사롭지 않은 사달임을 직감했다.

"명일이를, 우리 명일이를 구해주세요. 명일이가 보트를 타고 강으로 나갔어요. 누가 명일이를 살려주세요."

술에 취해 집에 돌아오자마자 등걸잠에 빠져들었던 나는 눈을 비비고 무얼 생각할 겨를도 없이 자리에서 벌떡 일어 나 밖으로 뛰쳐나왔다. 자다 깨어난 헙수룩한 몰골인 데다 아직 술기운이 가시지 않아 정신까지 몽롱한 상태였다.

어둠이 촘촘히 내려앉은 집 밖은 지금이 오밤중이란 사 실을 여실히 말해주고 있었다. 멀리 호수 건너편 시내에서 불빛이 한가로이 어른거렸다. 그러나 내가 뛰쳐나온 선착장 과 그 아래 호수는 어둠에 갇혀 눈으로 바깥 상황이 어떻 게 돌아가고 있는지조차 확인하기 어려웠다. 다만 눈에 보 이지 않는 대신 귓속으로 전해져 오는 무언가가 있었다. 귀 에 설은 강물 소리였다.

이른 아침마다 선착장에 나가면 아직 곤히 잠든 호수는 늘 평온했고 언제나 너그러웠다. 결이 없이 누운 검고 평평

한 호수는 마치 아스팔트로 포장된 드넓게 펼쳐진 광장과도 같아 금방이라도 어디선가 군중들이 몰려와 행진을 벌일 것만 같았고, 맑은 날 아침엔 이 판판한 광장에서 자동차를 타고 무한속도로 질주해보고픈 충동을 느끼기까지 했었다. 그뿐인가. 때론 푸른 하늘과 뜬구름이 그려진 거대한 유리판이란 착각에 빠져 아이처럼 구름다리를 겅중겅중 뛰어보고픈 때도 있던 호수였다. 아래로 흐르는 법이 없이 고요히 누워 잠들어 있거나 바람의 등쌀에 못 이겨 깨어있어도 가벼이 발광한 적이 없었고 누구를 향해 성을 내는 법이 없었던, 너름과 깊이가 있어 배경이 되는 주변의 산들은 더 산다웠고 도시는 모자라는 무엇을 다 채운 듯 넉넉하기만 했다. 좁은 도시에 사는 사람들 모두에겐 삶을 비춰보라며 큰 거울이 되어 주기도 했고 뜨겁게 사는 사람들에겐 어서 가슴을 식히라며 골짜기서 배회하는 바람을 불러오기도 했다. 때론 아침마다 덩치 큰 안개를 불러와 건조한 삶을 사는 이들의 가슴을 촉촉이 적셔주기도 했고 맑은 날엔 종일 뜨거운 해를 품어 몸뚱이를 활활 불사르면서까지 무한한 상상력을 제공해 주던 시민 모두의 호수였다.

그런데 이날 밤은 나나 뭇 사람들이 생각하는 고요히 잠든 호수가 아니었다. 늘 평온하고 언제나 너그럽기만 했던 호수가 정녕 아니었다.

30

나는 굽이쳐 흘러내리는 강물 소리에 압도되어 순식간에 머리숱이 곤두서고 온몸에 소름이 돋는 것을 느꼈다. 어딘가로 발걸음을 떼어놓아야 했지만, 이제껏 들어보지 못했던 괴기스러운 강물 소리에 놀라 허둥거리고만 있었다. 강물이 무엇에 단단히 성이 나 고래고래 고함을 치는 건지, 미치광이가 되어 길길이 날뛰고 있는 건지 분간하기 어려웠다. 강물 소리보다 더 괴기스러운 건 명일이 엄마의 울부짖음이었다. 그녀는 실성이라도 한 듯이 캄캄한 선착장 앞 공터를 수선스레 오가며 명일이를 불러댔다. 한 손에 랜턴을 들고 호수를 바라보며 명일이를 불러대다가, 돌아서서는 선착장을 우왕좌왕했다가, 내 얼굴을 확인하고는 한걸음에 달려와 팔을 잡고 매달렸다.

"이 일을 어찌해야 좋을까요. 우리 명일이가 한밤중에 비단잉어를 찾는답시고 고무보트를 타고 호수로 나갔는데 아직 깜깜무소식이에요. 곡류처럼 굽이쳐 흐르는 이 강물 위에서 명일이가 무사할까 모르겠네요. 사장님. 제발 강에 나가 우리 명일이가 죽었는지 살았는지 생사부터 확인해 줄수 있을까요?"

나는 아직 바깥 상황을 자세히 모르고 있었다. 무방비 상태에서 갑작스레 벌어진 일이라 가슴만 덜컹거릴 뿐이었다. 마치 울창한 가시덤불이 내 눈앞을 내 앞길을 가로막고 있는 양 혼란스러웠다. 선착장 앞에서 잠시 정신을 바로잡고 주변 상황을 점검할 여유조차 없었다.

명일이 엄마는 필사적으로 내게 매달렸다. 주저앉아 내 바짓가랑이를 붙잡다가 일어서서는 팔에 매달리며 안절부절못했다. 몸도 목소리도 사시나무처럼 떨고 있었다. 몸이 젊은 시절처럼 곱고 수려하진 않아도 아직 고아한 기품을 잃지 않던 그녀였다. 한쪽 다리를 절룩이면서도 걸음새가 흐트러짐이 없었고 아픔을 겪은 뒤 표정이 차고 어두워졌음에도 밖에 나서면 단아한 용모만큼은 예나 지금이나 변함없던 여인이었다.

"명일이가 이 밤중에 왜 보트를 타고 나갑니까?"

오른팔로 억센 여인의 손을 풀어내면서 내가 물었다. 그녀가 내 손목에서 손을 풀고는 맨바닥에 털썩 주저앉았다.

"보트에 소금을 싣고 나갔어요."

"소금을요?"

"오늘이 비단인어를 만나러 가는 마지막 날이라고 했거든요. 마침내 명약을 찾아내 저도 비단인어도 고통에서 벗어날 길이 열렸다는 거예요. 비단인어가 약을 먹고 치유되면 저도 오랜 악몽에서 깨어나 아침마다 세상을 향해 기지개를 켤 거라고 뛸 듯이 기뻐했답니다. 비단인어에게 줄 약이라면서 소금을 한 배낭 챙겨싣고 초저녁 비가 그치기가 무섭게 호수 한가운데로 노를 저어 나갔는데 이게 웬 마른 하늘에 날벼락인가요. 잠잠하던 호수가 이렇게 무서운 강으로 변하다니요."

반은 울먹이고 반은 탄식하면서 명일이 엄마가 피를 토하듯 말했다. 비단인어를 만나러 가는 마지막 날이었다니, 내 입에서도 절로 탄식이 쏟아지고 말았다.

"어디로 간다고 했나요."

"제 말로는 상류인 고슴도치섬까지 오른 뒤 섬이란 섬은 다 찾아본댔어요. 밤새 소양2교 주변과 근화동, 공지천을 지나 칠전동 둔치 앞까지 내려간 뒤 붕어섬을 돌아 하중도를 거쳐 올라오려면 밤새도록 강행군해야 할 거라며 새벽에나 돌아올 테니 걱정하지 말고 엄마는 일찍 자라더군요."

설령 비단인어를 찾아 마음 끌리는 곳을 향해 부지런히 노를 저어 갔다고 해도 거침없이 흘러내리는 강물을 피할 수는 없을 터였다. 이 넓은 호수에 그것도 한 치 앞도 분간하기 어려운 오밤중에 어디에 가 명일이를 찾는단 말인가.

더군다나 나는 당장 내 발등에 떨어진 불부터 꺼야 했다. 호수에 세운 열 대의 좌대가 안전한지부터 살펴야 했는데 1호 좌대부터가 심상치 않아 보였다. 어머니의 말대로 벌써 유실된 상태인지, 좌대 지붕 위에서 깜박이고 있어야 할 은은한 조명등의 불빛이 전혀 시야에 들어오지 않았다. 악몽이 아니고선 이럴 수가 없었다. 아버지가 일구고 내 젊음을 불사르며 운영해오던 일터였고 내 밥줄이었다. 그제야 비로소 몽롱한 술기운이 가시는 것 같았다. 가슴에 불덩이가 들어온 듯 뜨거워지는가 싶더니 눈이며 어깨며 다리에 불끈 힘이 솟구쳤다.

나는 명일이 엄마를 향해 119에 신고부터 하라 소리치고는 가게로 뛰어가 머리에 헤드 랜턴을 착용한 뒤 모터보트가 매여있는 선착장으로 달려갔다. 모터보트는 강물이 잔뜩 불어났음에도 단단히 묶어둔 긴 밧줄 덕분에 하류로 떠내려가지 않고 용케 자리를 지키고 있었다.

모터보트에 올라 엔진을 켜고 얼결에 선착장을 벗어난 뒤에야 나는 사태의 심각성을 직접 두 눈으로 확인할 수 있었다.

강물은 온갖 쓰레기더미를 동반한 채 거센 물살을 이루

며 굽이쳐 흐르고 있었다. 뿌리째 뽑힌 나무들이 물속에 그루터기를 박고는 누운 듯 선 듯 뻐딱한 사선의 형체로 떠내려왔고 검불에 얹힌 쓰레기와 잡동사니들이 더미를 이루어 빠른 속도로 떠내려왔다. 바람의 등쌀에 귀찮아하며 올랑올랑 일렁이던 호수가 아니었다. 발에 차이고 손에 잡히기만 하면 설령 그게 돌덩이가 되었든 나무토막이 되었든 멍석말이하듯 휩쓸고 떠밀고 짓뭉개면서 강 하류로 끌고 내려갔다. 헤드 랜턴의 투시 각도가 좁고 빛의 밝기 또한 신통치 않았지만 나는 잔뜩 불어난 강물 한복판으로 모터보트를 몰고 나가 가장 근거리에 자리 잡고 있어야 할 1호 좌대부터 살폈다.

여기서 고백하건대 내가 두려움을 무릅쓰고 모터보트에 올라 강물에 뛰어든 건 우선은 나의 좌대들을 돌아보기 위함이었다. 명일이 안위부터 살펴 달라는 여인의 간절한 부탁은 내 낚시터를 찾아 나서는 순간 까맣게 잊고 말았다. 설령 명일이의 행방을 찾기 위해 홀로 굽이치는 강물을 헤치며 찾아 나선다 한들, 칠흑 같은 어둠 속에서 이 넓은 강 어디에 가 명일이를 찾는단 말인가. 더군다나 강물은 두렵기까지 했다. 그 두려움은 누군가와 나눠 갖는 게 아니라 오직 나 혼자만의 것이었다.

하류로 내려갈수록 굽이쳐 흐르는 강물의 물살이 점점 더 거세졌다. 바다에만 너울이 있는 게 아니었다. 보트 앞 시야를 가리며 밀려드는 어둠이야말로 나를 집어삼킬 듯 다가오는 공포의 너울이었고 육중한 몸을 울렁울렁 뒤트는 강물 역시도 단박에 보트를 엎어버릴 듯 일렁이는 너울이었다. 보트의 동력이 너울을 당해내지 못하고 하류로 떠밀려가기까지 했다. 유속이 빠르다 보니 모터보트는 엔진의 힘을 빌리지 않고도 애니메이션박물관 뒤쪽 호수 가장자리에 나란히 세워져 있던 내 좌대 낚시터까지 저절로 떠밀려갔다. 하지만 정작 내 좌대들이 보이지 않았다. 아늑한 호수 가장자리에 어슷비슷한 모양새로 고즈넉이 떠 있어야 할 좌대들이 전혀 보이지 않는 거였다. 눈을 부릅뜨고 찾아도 손등으로 눈을 비비고 찾아도 열 동이나 되는 내 좌대들은 단 한 대도 눈에 들어오지 않았다.

강물이 불어난 탓에 내가 엉뚱한 곳에 떠내려와 비몽사몽간에 좌대들을 찾고 있는 건 아닐까? 그러나 강물이 아무리 범람했기로서니 아무리 주변이 어둡기로서니 내가 좌대 위치를 착각할 만큼 어리석지는 않았다. 매일 문지방 넘듯 오간 호수였고 수년 동안 매주 밟듯이 누빈 호수였다. 1호부터 10호까지 좌대들이 들어선 위치를 찾는 일쯤이야 굳이 지형을 살필 필요도 없이 눈을 감고도 찾아갈 수 있는 뻔한 위치였다. 하지만 호수 위에 당연히 떠 있어야 할 내 수상 구조물들은 거짓말처럼 단 한 채도 제 위치에 남아 있지 않았다.

한동안 나는 내 눈을 의심했다. 모터보트를 멈춘 채 얼이 빠진 눈으로 좌대들이 들어섰던 자리를 둘러보는 동안 보트는 거센 물살에 밀려 하류로 떠내려갔고 나는 다시 뱃머리를 돌려 그 자리로 돌아오기를 반복했다.

31

몇 번을 그랬는지 모르겠다. 꿈인가 싶어 몇 차례나 눈 꺼풀을 껌벅여보고 뺨을 꼬집어가면서 주변을 둘러보았지 만 내 일터이자 아버지로부터 물려받고 멀쩡한 직장을 그만 두면서까지 젊음을 투자해 왔던 내 좌대들이 흔적 하나 남 기지 않은 채 어딘가로 사라져버린 거였다. 어릴 적 장마철 마다 마을에서 보아온 본래의 강, 굽이쳐 흐르는 거친 강 물 중심에 내가 뒤섞여 있는 것이었다. 강 상류에서 지붕이 떠내려오고 가축들이 떠내려오고, 심지어 사람의 시신까지 떠내려오던, 모질고 야박하기만 하게 보였던 강 한가운데 내가 서 있었다. 강물은 애초부터 그곳엔 좌대들이 차지해 서는 안 될 오로지 강물만이 흘러야 할 중요한 물길이란 사 실을 냉혹한 현실로 증명해 보이고 있었다.

강물이 때론 재난을 몰고 온다는 사실을 알고 있던 아버 지가 물가 장사는 항상 하늘 눈치를 봐야 한다고 특별히 당 부까지 했었건만 성나고 허기진 강물이 이렇듯 닥치는 대로

꿀꺽꿀꺽 집어삼키고 난동을 부리리라곤 나는 상상조차 하지 못했다. 해가 지날수록 아버지의 당부가 그렇게 중요한 사실인지 까맣게 잊은 채 최근에는 비를 구실삼아 낮술을 퍼마시고 세월아 네월아 능놀기까지 하면서 음풍농월하듯 여름날을 보내온 거였다.

그 대가가 이렇게 혹독할 줄 몰랐다. 평소엔 상류 댐에서 수문을 개방하기 전 호수 유역 곳곳에 설치한 고성능 스피커를 통해 해당 지역 주민들이 미리 대비하란 안내방송을 해왔었다. 아마 이번에도 지역 주민들이 방류에 대비하란 경고 방송은 어김없이 동네 스피커를 통해 울려 퍼졌을 것이다. 마치 드라마의 각본처럼 먼 밖에서 스피커로 안내방송이 전해지는 사이 어머니는 때마침 누군가로부터 걸려온 전화를 받고 있었을 것이다. 어쩌면 드라마 시청을 위해 한껏 높였던 TV 볼륨이 마을 스피커 소리를 집어삼켰을지도 모를 일이었다. 게다가 나는 집에 들어서자마자 술에 취해 곯아떨어진 상태였다. 상류의 댐들이 만수위까지 꼴딱꼴딱 차오르는 수위를 더는 감당할 길이 없어 수문을 열고 강에게 길을 터주는 그 숨 가쁜 시간, 강물이 마침내 본래의 제 길을 찾아 거침없이 흘러내리며 길을 막아선 장애물들을 훑고 떠밀며 휩쓸어가는 그 아찔한 순간에도 나는 술에 취해 깊이 잠들어 있었던 것이다.

몇 개의 파이프에 꽂혀 잔잔한 호수 위에 평온히 떠 있던 내 좌대들이 이 엄청난 강물의 위세 앞에 무사할 리가 없었다. 간당간당 꽂혀 있던 파이프 말뚝이 수십 개나 되는 빈 플라스틱 드럼통의 부력을 당해낼 리 없었고 말뚝이 뽑힌 좌대들은 노여난 망아지처럼 강 하류로 앞다투어 떠내려간 모양이었다.

하지만 지금 이 시간에도 내 좌대들이 너른 강 어딘가를 떠돌거나 의암호의 수문을 향해 떠내려가고 있을지도 모를 일이었다. 아직 좌대들이 의암댐 수문 아래로 빨려 내려가지만 않았다면 모터보트를 이용해 좌대들을 하나씩 하나씩 뭍으로 끌어올릴 수 있으리라. 그동안 좌대 낚시터에 쏟아부었던 내 청춘을 이렇듯 허무하게 강물에 쓸려 보낼 수는 없는 노릇이었다.

좌대를 잃는다는 건 그동안 지키고 키워온 사업체를 강물에 송두리째 빼앗긴다는 의미였고 나아가 어머니와 나의 평온한 삶이 한순간에 무너진다는 뜻이기도 했다. 이 거친 강물이 내 삶을 송두리째 쓸어가고 있는 거였다. 나는 갑자기 눈앞이 깜깜해졌다. 좁은 보트 안에서 어지럼증을 느꼈고 숨까지 턱턱 막혀왔다. 온몸이 송두리째 무너져 내리는 것 같았다.

하지만 이렇게 수수방관하고만 있을 때가 아니었다.

열 동의 좌대들이 의암호 어딘가에 온전한 형태로 아직 떠 있기를 바라면서 나는 모터보트를 댐 하류로 빠르게 몰아갔다.

불빛에 드러나는 강물은 기괴한 흐름으로 나를 위협하고 있었다. 잔잔하고 고요하고 더없이 평화롭기만 하던 호수가 이처럼 험악한 강물로 돌변해 나를 위협하다니, 이건 분명 악몽이었다. 도무지 현실이라곤 믿어지지 않았다. 나는 정말 꿈을 꾸고 있는 것처럼 몽롱한 상태에서 모터보트를 몰아 상중도 하중도를 지나고 붕어섬을 지나 덕두원 마을 입구로 내려갔다. 엔진의 힘으로 내려가는 것인지 물살에 떠밀려 내려가는 것인지 보트는 휘청이며 강 하류로 빠르게 전진해갔다. 매순간 강물이 나를 집어삼키고 있다는 생각에 공포가 엄습해왔다. 거대한 강물의 아가미를 지나 조만간 식도를 향해 미끄러져 들어갈 것만 같았다. 아래로 내려갈수록 유속은 더 빠르게 흘렀고 물살은 더 거칠었다.

얼마나 그렇게 내려갔을까. 어둠을 찢으며 먼발치에서 불빛이 번득였다. 협곡을 가로막고 있던 의암대교 위로 몇 대의 자동차들이 라이트를 켠 채 반딧불처럼 어른어른 지나쳐 가는 모습이 보였고 일정한 간격을 유지한 채 교량 위를 밝히고 있는 가로등 불빛이 눈에 들어왔다.

그제야 나는 강물이 나를 아직 목구멍으로 삼키지 못했다는 사실을 알아챘다. 암흑 속에 오로지 거대하고 억센 물살만 어른거리던 눈앞에 반짝이는 불빛이 보이자 나는 안도의 숨을 몰아쉬며 공포의 늪에서 잠시 벗어났다. 자동차의 불빛이 이토록 반갑다니, 깜빡이는 불빛들이 마치 구원의 손길처럼 느껴졌다. 물살 굽이치는 암흑천지에서 좌대들을 찾기 위해 홀로 사투를 벌이고 있는 내 모습을 누군가가 지켜보며 응원을 보내고 있다고 생각됐다.

하지만 그것도 잠시뿐이었다. 드넓은 호수를 지난 강물이 좁은 협곡으로 쏜살같이 흘러내리다가 열린 댐 수문으로 급하게 쓸려가는데 아래로 잡아끄는 물살이 어찌나 우악스럽던지 마치 모든 물체를 빨아 삼키는 블랙홀을 연상케 했다. 내 모터보트는 금방 의암댐 수문 아래로 빨려 내려갈 기세였다. 게다가 이제껏 내가 찾아 나섰던 좌대 하나가 댐 수문에 걸려 너덜거리는 참혹한 광경까지 목격하게 되자 나는 지금이 좌대에 집착할 때가 아니란 사실을 깨달았다.

이미 내 모터보트는 더는 진입해선 안 된다고 협곡을 가로질러 띄워놓은 수상통제선 앞까지 와 있었다.

이제 더 지체했다간 나를 태운 모터보트는 댐 수문으로 빨려 내려가 거대한 물기둥에 뒤섞이며 수십 길 낭떠러지 아래로 떨어질 게 확실했다. 아마 내 좌대들도 수문 아래로 쓸려 내려가 그 안에 남아있던 가전제품과 잡다한 가구 등 용품들이 제각기 부서지고 깨지고 흐트러진 채 무서운 속도로 강물에 뒤섞여 떠내려가고 있을 것이다. 더 지체했다간 내 몸뚱이 역시도 댐 수문 아래로 떨어진 좌대 부스러기처럼 처참한 최후를 맞이할 것이다.

아, 내가 죽음의 문턱에 와 있구나. 내 나이가 아직 젊디젊어 죽음의 문턱이 눈에 보이지 않는 아득히 먼 곳에 머물러 있을 줄 알았는데 이렇듯 눈앞에 성큼 다가와 있을 줄이야.

이건 아마 꿈일 것이다. 아침에 일어나면 닦아놓은 유리처럼 판판하고 깨끗했던 누구나 뛰어놀아도 좋을 마당같이 다정다감하던 호수가 이렇듯 배곯은 맹수처럼 갑자기 돌변할 수는 없는 일이다. 꿈에서는 가파른 언덕을 날듯이 뛰어다니고 홍길동처럼 손오공처럼 동에 번쩍 서에 번쩍 넘나들기도 하고 죽음 문턱까지 갔다가 이건 꿈이야 하고 눈을 뜨면 정말 꿈이었던 때가 있었잖은가.

나는 이 급박한 상황이 제발 꿈이기를 바라면서 눈을 질끈 감았다가 번쩍 떠보았다. 하지만 꿈이 아니었고 수상통제선 저 아래가 바로 죽음 문턱이었다.

32

나는 무슨 수를 써서라도 신속히 보트를 돌려 상류로 돌아가야 했다. 비록 열 동의 좌대들을 다 잃기는 했지만, 사업기반까지 잃은 건 아니었다. 호수가 영원히 사라지고 매일 이렇듯 무서운 강으로 흐르는 게 아니었다. 내가 살아남기만 하면 이 끔찍한 밤은 잠깐 꾸었던 악몽으로 기억될 것이다. 며칠 후 호수는 다시 이전의 평온한 모습을 되찾아 낮에는 가슴을 활짝 열어 뙤약볕을 품고 저녁엔 무수한 별들과 외로운 달까지 맞아주는 친근 다정한 본래의 모습으로 돌아올 것이다. 나는 그동안 거래해왔던 은행을 찾아가 대출을 내서라도 다시 원래의 자리에 좌대들을 하나씩 하나씩 세워나갈 테고 낚시꾼들도 다시 찾아와 이전처럼 좌대 위에 앉아 낚시를 즐길 것이다.

나는 모터보트의 방향키를 강 상류로 틀었다. 더는 지체할 수가 없었다. 지체했다간 강물의 목구멍 속으로 금방 빨려들어 갈 위급한 상황이었다. 그러나 40마력의 낡은 보트가 오르기엔 오르막 물살이 너무 억셌다.

　내려올 땐 미처 생각지 못했던 일이었다. 보트는 상류로 오르기는커녕 제자리에서 주춤거리다가 엔진의 과부하를 막기 위해 잠깐 물러서는 사이 점점 더 빠르게 점점 더 간당거리며 하류로 떠밀려 내려갔다. 강물은 마치 레일 아래로 달려가는 청룡열차처럼 몸뚱이를 아래로 처박았다가는 위로 솟구치고 새끼를 꼬듯 끊임없이 뒤틀면서 수문을 향해 흘러내렸고 나와 내 보트는 강물의 제물이라도 된 것처럼 목구멍 속으로 점점 깊숙이 빨려 내려가고 있었다. 어마지두 놀란 나는 절망하고 있었고 거의 공황상태로 침몰해가고 있었다. 의암댐 수문 아래로 빨려 내려가는 순간 나는 죽음의 문턱을 넘게 되는 거였고 그 문턱까지 가는 시간이 그리 많지 않단 사실에 숨이 막혀왔다. 그렇다고 손을 놓고 미친 강물의 먹잇감이 될 수는 없는 노릇이었다. 아예 보트를 버리고 물에 뛰어들어 수풀 우거진 강 둔덕까지 헤엄쳐가면 기적처럼 살 수 있겠단 생각도 들었지만, 강물을 들여다보니 그건 아예 생명을 포기하는 짓이나 다름없었다.

　나는 강물 한가운데, 가장 유속이 빠른 지점에 와 있었고 따라서 강물에 뛰어들어 맨몸으로 거대한 물살과 맞선다는 건 시도 자체야 가상한 용기일지 모르지만 한 번만 더 생각하면 그건 스스로 강물의 목구멍을 향해 돌진하는 자해행위나 다름없었다. 한순간 나는 무시무시한 강물의 물살과 정면으로 맞서려 한 무모한 시도가 무지에서 비롯된 만용이란 사실을 깨달았다. 그리고 다른 대처방식 하나가 언뜻 머리를 스쳤다. 협곡으로 빠르게 흘러내리는 억센 물살과 정면으로 맞서기보다는 지그재그를 그리며 사선으로 비켜 오른다면 괴물로 변한 미친 강물을 어슷어슷 거슬러 오를 수 있겠단 생각이 든 것이다. 다급한 마음에 나는 거의 떠밀려가는 보트의 핸들을 움켜쥐고 갈지자, 갈지자를 되뇌면서 이것이 댐 수문으로 빨려 내려가기 직전 내가 보트 위에서 할 수 있는 살아나기 위한 마지막 시도이자 유일한 선택지란 사실을 믿어야만 했다. 실제 나는 삶과 죽음의 경계선에서 돌연히 떠오른 갈지자 행보를 시도하기 시작했다.

이를 얼마나 악다물었던지, 고개를 빳빳이 세운 채 시신경을 얼마나 전방에만 집중했던지, 보트의 핸들을 어찌나 다부지게 쥐고 있었던지 나중에 협곡을 벗어나 유속이 원만한 넓은 호수로 올라온 뒤에서야 턱과 시신경, 손목의 근육이 경련을 일으키고 있단 사실을 알게 되었다.

어쨌거나 나는 의암댐 협곡의 곡류에서 댐 수문으로 빨

려 내려가기 직전 가까스로 위험지역에서 벗어날 수 있었다. 죽음 문턱에까지 도달했던 그 긴박하고 아슬아슬한 시간이 아마 반 시간은 족히 되었을 것이다. 협곡을 벗어나 폭이 넓은 호수 한가운데로 진입했다고는 하나 좌측의 춘천댐과 우측의 소양댐이 좌우에서 흐르다 합수한 물살의 위세는 험상스럽게 달려드는 야수의 무리 같았다.

나는 의암댐이 차오르면서 생겨난 붕어섬을 막 지나치고 있었다. 길을 가로막은 것이라면 설령 그것이 태산이라 해도 단박에 휩쓸어갈 위세로 거침없이 흘러내리는 강물이 용케 붕어섬을 비켜 흐르고 있었다. 붕어섬을 막 거슬러 오를 즈음 하중도를 질러 내려오는 행정선 한 척이 내게로 다가오는 게 보였다. 오징어잡이 선박처럼 배를 에운 부신 등불을 발견한 순간 나는 길게 안도의 한숨을 내쉬었다. 나는 정말 위급한 상황에서 벗어나 있었다. 내 주위에 사람이 있다는 건 내가 위험에 처하더라도 구원해 줄 누군가가 있다는 뜻이기도 했다. 한데 행정선이 늦은 밤 이 모진 물난리에 왜 호수 한가운데까지 찾아왔단 말인가? 나를 찾기 위해서일까? 그건 아니었다. 나를 발견하고도 서너 명의 경찰이 탐조등을 번쩍이며 뱃머리에 나와 호수 곳곳을 향해 연신 후레시를 들이대며 훑고 있는 거였다.

마침 그들 중 한 명은 이곳 서면 금산리 출신으로 내 초등학교 3년 후배였다. 그는 내 행색을 보자마자 좌대가 보이지 않던데 다 떠내려간 거냐고 큰 목소리로 물어왔다. 강물 소리에 두 선박의 엔진소리까지 섞여 그의 목소리가 모깃소리처럼 들려왔다. 나는 이미 지친 몸이어서 그의 목소리보다 크게 답하기가 어려웠다. 대답 대신 한숨을 쏟아내며 고개를 끄덕였다. 그는 내 시무룩한 표정엔 아예 관심조차 없다는 듯이 높은 행정선 뱃전 난간에 몸을 기대고는 목이 찢어질 것처럼 카랑카랑한 목소리로 내게 물었다.

"혹시 강물에 떠내려가는 고무보트 못 봤어요?"

나는 강물을 따라 내려가는 동안 온통 잃어버린 좌대 생각뿐이었고 댐 수문을 향해 떠내려갈 때는 오로지 거친 곡류에서 탈출해야 한다는, 반드시 살아야 한다는 의지뿐이어서 주변을 돌아볼 여유가 없었다. 후배 입에서 고무보트 이야기가 나올 때도 나는 무슨 뚱딴지같은 소리냐고 물어볼 참이었다.

"내 발등에 불덩어리가 떨어졌는데 그깟 고무보트가 무슨 대수냐."

나는 지친 몸인 데다 내 좌대를 모두 잃었다는 상실감이 너무나 컸다. 높은 뱃머리에 서서 쭈뼛거리고 있는 후배를 향해 퉁명스럽게 한 마디 대꾸해 주고는 무심히 연료 게

이지를 들여다보았다. 연료 게이지는 바닥을 가리키고 있었다. 조금만 일찍 연료가 떨어졌어도 꼼짝없이 댐 수문 아래로 빨려 내려갔을 갔을 거란 생각이 미치자 살갗에 소름이 돋았다. 아마도 나는 앞으로 상당 기간 댐 수문으로 빨려가는 꿈을 꾸거나 죽음의 문턱에 진입했을 때의 절망감, 죽음을 목전에 두고 위기에서 벗어나려는 잠깐이었지만 숨이 턱턱 막혀왔던 절체절명의 순간을 오랫동안 잊지 못할 것 같았다.

"실종신고가 들어와 출동했어요. 형 사는 동네에서 누군가가 모터도 없는 고무보트를 타고 나갔다는데 이 물난리 통에 어디 가서 찾아야 할지 막막하네요."

그제야 비로소 나는 이들이 오밤중에 위험을 무릅쓰고 이곳까지 출동한 이유를 알게 되었다. 이 배는 119 신고를 받고 명일이를 찾기 위해 출동한 행정선이었던 것이다.

33

명일이, 그랬다. 그제야 명일이의 얼굴이 내 눈앞에 어른 거리고 있었다. 명일이 엄마가 집 앞 선착장을 정신없이 오 가다가 내 바짓가랑이를 붙잡으며 울부짖고 맨바닥에 털썩 주저앉아 탄식하던 모습이 떠올랐다.

여기서 잠깐 다소 궁색한 변명을 해야겠다. 혹자는 내가 모터보트를 몰고 나가면서 강물 위에서 모터도 장착되어있 지 않은 고무보트를 타고 나간 명일이가 전혀 걱정되지 않 더냐고, 왜 명일이부터 찾아 나서지 않았냐고 성을 내거나 추궁하려는 이가 있을 것이다. 더군다나 내가 모터보트를 타고 강으로 나가기 직전 명일이 엄마의 그 애절한 통곡 소 리를 듣지 못했던 거냐고, 좌대보다 젊은 생명이 소중하지 않냐고 성을 내며 따져 묻고 싶을 것이다. 더불어 같은 이 웃에서 유일하게 형이라 믿고 따른 동생인데 정말 모터보트 를 몰고 강으로 나간 의도가 명일이를 찾기 위해서가 아니 라, 오로지 자신의 떠내려간 좌대만을 찾기 위해서였냐고,

그걸 되찾기 위해 의암댐 협곡까지 내려가 물살과 사투를 벌인 거냐고 묻고 싶을 것이다.

거짓 없이 답하건대 모터보트를 타고 강으로 나갈 때만 해도 내 좌대가 강물에 떠내려가지 않고 어딘가에 걸려 있거나 지금 막 강물에 쓸려가는 중이라면 좌대들을 하나씩 안전지대로 끌어다 묶어 놓은 뒤 곧바로 명일이를 찾아 나설 생각이었다. 아마 열 대의 좌대 중에 절반만이라도 구해 냈더라면 나는 낙담 대신 명일이를 생각할 여유가 생겼을지 모르겠다. 하지만 제 위치에 둥둥 떠 있어야 할 좌대들이 단 한 대도 보이지 않았고 그 순간부터 나는 하늘이 노래지면서 잃어버린 내 전 재산, 내 일터, 내 미래를 되찾기 위해 몸부림쳐야 했다.

내 눈에는 호수 위에 언제나 우아하면서도 호젓한 풍경을 자아내던 열 대의 좌대들만 아른거렸다. 미친 강물이 아버지의 혼이 서리고 나의 땀이 밴 좌대들을 손쓸 겨를도 없이 몽땅 쓸어갔다는 절망감에 거의 공황상태에 빠져 있었다고 해도 틀린 표현이 아니다. 내 처지가 이러함에도 사람들이 즉시 명일이를 찾아 나서지 않았다거나 내가 말한 이유가 궁색한 변명이라고 힐난한다면 그건 나로서도 어쩔 수 없는 일이다.

나는 행정선에 타고 있던 후배로부터 실종신고를 받고

출동했다는 소식을 접한 뒤부터는, 특히나 실종대상자가 명일이라고 확신하고부터는 비상용으로 보관 중이던 연료를 보충한 뒤 정신을 차리고 수색에 동참했다. 그들은 내가 겨우 탈출했던 댐 하류로 내려가며 수색을 재개했고 나는 붕어섬 일대와 중도 주변, 심지어 호수 건너 칠전동과 삼천동 물녘까지 기웃거리며 명일이를 찾아 나섰다. 녀석이 급류에 휩쓸려 떠내려가지만 않았다면 중도 섬 둑이나 숲 어딘가로 피신해 구조를 기다리고 있을지도 모른다는 생각 때문이었다. 만약에 녀석의 고무보트가 중도를 지나쳐 붕어섬까지 떠내려갔다면, 거기에서도 섬이나 강가로 피신하지 못한 채 강한 물살에 쓸려 내려갔다면, 목숨이 경각에 이르고 있음에도 물이 무섭지 않다고 칼이 더 무섭다고 버티고 있었다면 그건 내가 그토록 공포에 떨어야 했던 의암댐 협곡의 거세고 억센 급류 속으로 떠밀려가는 길 외엔 달리 강에서 벗어날 길이 없다고 봐야 할 것이다. 수문을 통과하자마자 까마득한 죽음의 절벽으로 떨어져 살과 뼈는 스스로 폭약과 파편이 되어 수만 개의 물방울로 산화하고 붉은 피와 눈물은 어슴새벽 흰 안개로 피어나 호수 위로 엉금엉금 기어오를지도 모를 일이었다.

나는 그런 비극적인 일은 절대 일어나지 않을 거라 믿고 있었다. 내가 의암댐 협곡으로 밀려드는 그 우악스러운 물살 한가운데서도 기적적으로 살아나왔듯이 명일이도 호숫가 어딘가로 떠밀려가다가 보트가 강둑에 다다랐을 즈음 주변에 지천으로 자라다 비를 맞고 누운 갈대포기라도 부여잡고 둑으로 껑충 뛰어올라 놀란 가슴을 쓸어내리며 지금쯤 집을 향해 느적느적 걸어가고 있으리라.

사람이 어찌 그리 쉽게 죽겠는가. 내가 아는 주변 사람들은 어디 몸이 아파도 사고를 당해도 늘 근심하며 술과 담배에 절어 지내도 대부분 버젓이 살아가고 있다.

아마 명일이도 내일 아침 날이 밝자마자 집에서 굼벵이 걸음으로 느릿느릿 걸어 나와 언제나처럼 비단잉어를 걱정할 것이고 하루라도 빨리 강물이 잦아들기를 바랄 것이다. 더군다나 이번이 비단잉어를 만나러 가는 마지막 밤이라고 말했다지 않던가. 어쩌면 가져간 곤소금을 비단잉어에게 훌훌 뿌려준 뒤 이제 제 병도 다 나았다고 어두운 동굴 속에서 벗어나 내일 아침이면 전혀 다른 사람이 되어 동네 사람들 앞에 모습을 드러낼지도 모를 일이었다. 그건 충분히 가능한 일이었고 나는 그렇게 믿고 싶었다.

나는 그런 기대와 희망을 한시도 내려놓지 않았다. 의암댐이 담수를 시작하면서 생겨난 몇 개의 섬 중에 땅덩이가 그중 큰 중도를 한 바퀴 수색하면서도, 수풀로 우거진 강가를 구석구석 탐색하면서도, 녀석이 어딘가에 피신해 있다가 입가에 계면쩍은 웃음을 지어 보이며 내 앞에 불쑥 나타나 줄 거라 믿고 있었다.

하지만 사방을 조여오는 농익은 어둠과 물귀신의 울음을 동반하고 흘러내리는 기괴한 강물은 잠시 정신이 느슨해지거나 작은 허점 하나라도 노출되면 이때를 기다렸다는 듯이 순식간에 보트를 뒤엎어버리고 의암댐 수문 아래로 질질 끌고 가 물지옥에 처박아버릴 것만 같았다.

물살의 기세 앞에 나의 희망은 점점 절망으로 기울어갔다. 더욱이 강물은 수만 개의 혓바닥을 연신 풀떡거리며 무엇이든 닥치는 대로 한입에 집어삼킬 기세여서 그 으스스한 흐름을 잠시만 바라봐도 머리숱이 쭈뼛쭈뼛 곤두섰다. 조금만 더 음흉한 강물을 훔쳐보다 발각됐다간 보트를 뒤집어버릴 것 같은 두려움에 살갗에 소름이 돋고 등이 오싹거렸다. 생각 같아서는 중도 하류로 내려가 붕어섬을 한 바퀴 더 수색하고 그래도 명일이의 생사확인이 불가능하면 다시 중도로 돌아와 주변을 샅샅이 훑어보고 싶었다.

그러나 내 몸은 이미 녹신하게 지쳐 무엇을 하겠단 의욕보단 어서 빨리 집으로 돌아가고픈 생각뿐이었다. 게다가 걸리적거리는 것은 무엇이든 쓸어가고 있는 강물이 명일이의 낡고 볼품없는 보트를 그냥 내버려 둘 상황이 아니었다. 명일이가 무사하기를 바라는 마음은 누구보다 간절했지만 정말 무사할 거란 기대는 기괴한 강물 소리가 귓가를 맴돌 때마다 성난 강물이 눈을 어지럽힐 때마다 점점 비관적으로 바뀌었다.

사람은 너무도 쉽게 죽지 않던가. 드러누워 자다가도 화장실에 가다가도 길을 가다가도 일하다가도 심지어 동료들과 어울리다가도 울다가도 웃다가도 분노하다가도 행복해하다가도 돌연 쓰러져 병원 응급실에 실려 가 깨어나지 못하고 죽는 일들이 허다하게 벌어지지 않았던가. 방귀깨나 뀌면서 호령하고 떵떵거리면서 부귀와 명예는 내 손 안에 있다고 으스대면서 태평성대에 세상 근심 걱정일랑 개나 갖다 주라면서 잘 먹고 잘 놀고 잘 자던 세력가라 해도 방귀 뀌다 죽고 호령하다 죽고 으스대다 죽고 잘 먹다 죽고 잘 놀다가 죽고 잘 자다가도 죽지 않던가.

하물며 칼날 같은 수만 개의 혓바닥을 날름거리며 흉악하게 흘러내리는 강물의 기세를 보고도 명일이가 무사하기를 바라는 건 오늘의 사고가 눈앞에 닥친 현실이지만 제발 꿈이기를, 녀석이 벌써 강물에 쓸려갔을 테지만 어디엔가 몸 성히 살아있기를 빌어 보는 막연한 기원에 불과했다.

수색을 포기하고 집으로 돌아올 무렵 내 눈가엔 강물 언저리에서 정신 줄을 놓고 망연해하던 명일이 엄마의 얼굴이 자꾸만 어른거렸다. 아직도 명일이가 집에 돌아오지 않았다면 벌써 몇 번을 숨을 헐떡이다가 곱드러지며 울부짖다가 기진맥진 지친 모습으로 어디선가 희소식이 들려오기만을 학수고대하고 있을 것이다.

나는 밤을 새워서라도 명일이를 끝까지 찾으려 했지만 나 역시 생계수단인 낚시터 좌대를 모두 잃어버린 절망감에 제정신이 아닌 상태였다. 의암댐 수문으로 빨려 내려갈 뻔한 위기에서 가까스로 벗어난 이후 지친 몸뚱이로 두려움과 맞서며 붕어섬 일대와 중도 한 바퀴를 돌아본 터여서 계속 여기저기 찾아다니는 일은 무모한 짓이고 헛고생이라 생각했다. 이미 강물과 맞설 용기는 물론 정신도 체력도 바닥이 나 있었다.

일터를 잃어 당장 내일부터 무엇부터 손을 쓰고 어디서부터 어떻게 수습해야 할지, 내 경제력으로 과연 피해를 감당할 수는 있을지, 원래의 모습대로 낚시터를 새로 짓고 영업을 재개할 수는 있을지 막막하고 두렵기까지 했다. 떠내려가는 강물이 아니라 잔잔한 호수였다면 모터보트의 시동을 끄고 의자에 기대어 녹초가 되어버린 심신을 수면으로 달래보고도 싶었다.

결국, 나는 열 채나 되었던 좌대들을 단 한 채도 구해내지 못한 채로, 고무보트를 타고 호수로 나간 명일이의 생사는 물론 흔적조차 찾지 못한 빈손인 채로 뱃머리를 돌려 홀로 돌아와야 했다. 돌아오는 동안 눈앞에 명일이 엄마의 울부짖음이 매 순간 어른거렸고 특히나 명약이라며 달뜬 기분으로 소금을 싣고 호수로 나갔던 명일이가 갑자기 불어난 거센 강물을 만나고도 전혀 무섭지 않다고 정면으로 맞서는 장면이 그려졌다. 재빠르게 어딘가로 피신하기보단 거친 강물을 의식하지 않고 큰 눈망울을 뒤룩거리면서 여기저기 비단인어를 찾아다니는 모습이 내 눈을 한가득 채우고 있었다.

34

끝내 명일이는 돌아오지 않았다. 굳이 토를 달아 말하자면 돌아오지 못했다는 표현이 옳을 것이다. 깊고 어두운 밤, 눈에 보이지도 않고 사람들이 나다니지도 않는 외진 호수였다. 평온히 누워 잠든 호수가 아니라 몸통을 뒤틀며 손에 잡히고 발에 차이는 건 무엇이든 집어삼킨 채 하류로 흘러내리는 거센 강물이었다. 물이 불어나기 직전 상류 댐에서 수문을 개방한다는 방송을 듣고 부리나케 노를 저어 안전한 피신처로 탈출했는지, 보트가 전복되어 몸은 몸대로 보트는 보트대로 잡동사니에 섞여 떠내려가다 의암댐 수문 아래로 떨어졌는지 온갖 추측만 무성할 뿐 살아있는 그를 목격했다거나 떠내려가는 사람 비슷한 물체를 보았다는 사람도 전혀 나타나지 않았다.

처음 사흘 동안은 매일 구조대가 출동해 댐 주변 바위 아래나 수목 우거진 산기슭을 찾아 헤매다가 사흘이 지나고부터는 살아있을 가능성이 희박하단 판단하에 수백 명의 경찰이 동원되어 의암댐 일대와 댐 하류를 오르내리며 수색했다. 상류의 댐들이 수문을 닫거나 방수량을 줄이면서 며칠 동안 산더미가 떠밀려 내려오듯 흘러내리던 강물은 언제 그런 일이 있었냐는 듯 흐름이 완만했고 좁건 넓건 애당초부터 물길이었던 흔적이 남은 곳이라면 모조리 쓸고 밟고 짓이기며 흘러내리던 엄청난 유량도 어느새 보통의 강물처럼 홀쭉해졌다. 의암댐 하류, 강촌 근방을 흐르는 강은 폭이 좁고 깊이가 얕은 데다 흐름마저 유연해 얼추 개헤엄으로도 건널 수 있을 만큼 만만해 보였다.

하지만 붉은 황토물이 쓸고 지나간 강가는 여름 내내 우거졌던 수풀과 갈대들이 물에 짓밟히고 쓸리고 채이고 깔린 처참한 몰골로 바닥에 널브러져 있었고 드문드문 솟은 덩치 큰 아카시아나 옹골차게 뿌리를 박았던 저지대의 버드나무들이 강 아래쪽으로 몸이 기운 채 처참한 몰골로 박혀 있었다. 겨우 살아남은 나무들은 가지마다 희고 검은 비닐쪼가리들을 뒤집어쓰고 있거나 몇 해 묵은 까치둥지처럼 뭉친 쓰레기 더미들을 한 아름씩 떠안은 채 삐뚜름한 몰골로 겨우 서 있었다.

마을에서는 의용소방대원들과 이장단, 지도자들이 자발적으로 명일이를 찾아 나섰고 경찰은 의경들을 동원해 강물이 훑고 간 수변 수풀지대를 이 잡듯 뒤지고 다녔다.

그럼에도 명일이는 끝끝내 돌아오지 못했다. 아니 살아오지 못했다. 그렇다고 시신을 찾은 것도 아니었다. 시신은 커녕 명일이가 타고 나간 고무보트는 물론 곤소금을 한가득 채워 간 배낭, 운동화, 양말 한 짝 수거하지 못했다.

드문 일이긴 하나 나는 간혹 큰 체구로 굼뜨게 걷는 명일이가 금산리 선착장에 나타나는 꿈을 꾸곤 했다. 그는 꿈속에서도 호숫가를 기웃거리며 비단잉어를 찾곤 했는데 어느 날 꾼 꿈에서는 교수가 되어 제자들을 데리고 찾아온 적도 있었다. 잘 알다시피 서면 지역은 박사마을로 퍽 유명하다. 그날 밤 비단잉어를 찾아 떠난 마지막 여정이 탈 없이 마무리되었더라면 아마 그는 이 지역 생태계나 호수 주변 환경의 연구를 계속 이어갔으리라 믿어 의심치 않는다. 그리고 몇 해 뒤엔 이 마을에서 배출한 200명 이상의 박사 중 한 명으로 마을 중심에 세운 선양비에 정명일이란 이름 석 자를 올렸을지도 모를 일이다.

저마다 생각이 다르긴 하겠지만 대부분의 마을 사람들은 명일이가 고무보트와 함께 의암댐 수문 아래로 낙하했을 거라 믿고 있었다.

수만 톤의 수량이 댐 수문을 박차고 나와 수십 미터 절벽 아래로 수직 낙하하는 물살의 위력을 혹자는 폭탄에 비유하기도 하고 혹자는 화탕지옥에 비유하기도 한다. 물기

둥 아래로 처박히고 솟고 뒤틀고 꼬이고 뒤섞이는 미친 소
용돌이는 그동안 상류에서 물길을 막고 있었던 장애물들을
거대한 가마솥에 가두고 펄펄 끓여 녹여버리는 거대한 용
광로처럼 보였다. 만에 하나 명일이가 보트와 함께 의암댐
수문 아래로 휩쓸렸다면 그의 몸뚱이 역시 산산이 아스러
진 채 흔적도 없이 강 하류로 떠내려갔을 것이다.

하지만 명일이는 애초부터 물을 두려워하지 않았다. 설
령 명일이가 죽어 그 시신이 호수 안에 남아있건 혹은 의암
댐 수문 아래로 떨어졌건 이제 와 그걸 상상하는 건 의미
없는 짓이다. 명일이가 한밤중 호수로 나간 건 인어의 신음
이 끊기는 게 두려웠기 때문이다. 그는 고무보트에 소금 한
자루를 싣고 호수 어딘가로 나가 인어야 인어야, 네 얼굴이
보고 싶다고 주문부터 외고는 캄캄한 호수를 두리번두리번
찾아다녔을 것이다. 마침내 물살을 헤치고 자신의 곁으로
다가온 비단인어의 별이 뜨는 부신 눈과 마주치는 순간 그
는 황홀한 기분에 젖어 잠시 넋을 놓고 바라보고만 있다가
강물의 물살이 거세질 즈음 얼른 정신을 차려 치유에 필요
한 명약이라는 곤소금을 원 없이 훌훌 뿌려주었을 것이다.

이 무렵 명일이는 인어의 신음이 끊기는 걸 누구보다 두
려워했고 명약을 찾았다는 기쁨에 마음이 구름처럼 달뜬
상태였다. 그날이 인어를 만나러 가는 마지막 날이었기에

그 상봉이 가슴 뛰는 가장 긴박한 순간이기도 했을 것이다. 비단인어와 만난다는 상상을 해보라. 격한 감정, 울렁울렁 설레는 가슴, 벅차오르는 감동에 젖어 뜨거운 눈물이 앞을 가로막을 지경인데 사납게 흘러내리는 물살을 두렵다고 피해갔을 리 없다. 굽이치는 물살이 눈에 들어올 리 없다. 두려움을 생각할 여유가 없다. 오로지 비단인어만을 눈에 그리며 굳세게 노를 저어 가는 그의 마음은 목숨을 위협하는 물살보다 뜻을 이룬 뒤에 밀려올 환희의 물살이 더 크게 보였을 것이다. 명일이에겐 이날 밤이 일생 가장 달콤하고 황홀한 밤이었을 것이다.

어쩌면 그는 굽이쳐 흐르는 물살 한가운데서 인어와 만나는 순간 가져간 소금을 뿌려 기운을 내게 하고 파도처럼 거칠고 해류처럼 거센 물살에 몸을 맡긴 뒤 하류로 내려가는 길을 스스로 선택했을지도 모를 일이다. 병든 인어와 동행해 자유와 평온함과 희망이 공존하는 넓고 푸르고 깊은 바다에서 그동안 아물지 않았던 자신의 상처를 치유하고 있을지도 모를 일이다.

하지만 나는 명일이가 비단인어와 함께 바다로 향했을 거란 추측엔 동의할 수 없다. 그는 새벽안개처럼 늘 의암호와 그 주변을 서성였고 그건 아마 그가 있는 곳에서도 항시 그럴 것이다. 수시로 변하는 의암호의 영롱한 색조와 일렁일 때마다 결결이 물꽃이 피어나는 호수를 어찌 쉽게 벗어날 수 있겠는가. 한낮의 부신 윤슬과 마법 같은 노을, 그 놀놀한 수면 위로 금린을 번득이며 비단인어가 헤엄치고 다니는 의암호를 어찌 멀리 벗어날 수 있단 말인가? 살아서든 죽어서든 그는 한순간도 의암호를 벗어날 수 없었을 것이다.

어쨌든 명일이는 상처로 고통받는 누군가를 치유함으로 외로움에서 벗어나려 했던 건 분명한 사실이다.

명일이는 우리가 모르고 흘려보내던 삶의 방식을 알고 있었고 다른 누군가의 상처를 다독이며 위로하고 치유해주는 길을 선택했다. 그 길은 퍽 어리석어 보였지만 그가 외로워 보인 적은 거의 없었다.

35

내가 운님을 찾아간 건 명일이가 사라진 그해 여름이 지나고 가을이 한창일 무렵이었다. 운님은 약을 끊겠다고 찾아간 합숙소에서 채 한 달도 못 버티고 또 마약에 손을 댔다. 스스로 마약쟁이들은 대부분 거짓말쟁이라고 인정하곤 다시 단약 합숙소에 들어가기를 세 번, 그녀는 좀 더 뻔뻔해졌고 스스로 절망과 타협하는 데 익숙해졌다. 절망이 시도 때도 없이 구름처럼 밀려오는 중에도 자발적으로 약을 끊을 수 있다는 희망을 새싹처럼 품고 살았다.

그러다 결국 제 발로 경찰서를 찾아가 자수했다. 조울증으로 감정 기복이 심해졌고 몸은 더 엉성궂게 야위었다.

나는 그녀가 교도소에 수감 된 후에도 두 차례 더 찾아가 면회했다. 그건 응원해 달라는 그녀의 부탁을 들어주기 위해서가 아니었다.

앳된 아잇적부터 실종될 무렵까지의 명일이가 언뜻언뜻 떠오를 때마다 나는 그의 기억 속에 남아있던 건강한 비단인어가 호수에서 펄쩍 뛰어올라 소양2교의 아치보다 크고 서녘 하늘에 빚어 놓은 저녁노을보다 우아한 무지개다리가 세워지는 모습을 상상하곤 했다. 나 역시 명일이가 건네준 소금이 비단인어의 상처를 치유해준 기적의 명약이 되어 주었을 것이라 믿고 있는 건 아닐까, 스스로 의아해하기도 한다. 그건 아마 내가 누군가로부터 위로의 참뜻을 깨닫게 되었기에 가능한 일일 것이다.

내가 마약쟁이 운님을 찾아간 연유도 이와 무관치 않다. 고통 속에서 하루하루를 죽지 못해 견디는 이에게 누군가의 관심이나 격려가 무슨 위로가 되고 치유가 되겠는가? 나 자신에게 그렇게 되묻고 그녀에게로 향하는 발걸음이 망설여지거나 무겁지 않았다면 그건 거짓말이다. 하지만 인연의 끈이 제아무리 끈덕지다 해도 한도 끝도 없이 영원할 리 없듯 어느 때 눈앞에 계절처럼 다가와 있는 인연을 영영 뿌리치기도 어려운 법이다. 나는 외로움과 마주치는 대신 한발 한발 그녀에게로 다가가고 있었다.

다가가 말없이 건네는 눈빛과 묵묵히 내미는 손끝에 언 땅을 뚫고 나오는 봄풀의 생명력처럼 운님에게도 뜨거운 온도가 전해지기를 바라면서.

36

　명일이가 살던 서면 금산리 호숫가 주변엔 가끔 흰 안개
가 자오록이 피어난다. 어둑새벽에 시작된 안개는 의암댐
협곡을 타고 상류로 올라와 동살이 들기 직전까지 호수 구
석구석을 샅샅이 누비고 다니다가 대룡산 능선을 올라온
돋을볕이 대지의 습한 기운을 덥힐 무렵에야 스멀스멀 자취
를 감춘다.

　의암호의 안개는 명일이의 숨결이 배어 있어 특별할 수
밖에 없다. 특별한 현상이 특별한 아침에 특별한 이미지를
뿜어내는 게 의암호의 안개다.

　단언컨대 그건 명일이가 어깨에 메거나 혹은 등에 지고
다니는 소금 보따리다. 옥양목처럼 희고 뭉게구름처럼 푸짐
한 소금 보따리를 때론 어깨에 둘러메고 때론 널찍한 등판
에 지고 이른 새벽 호수 구석구석을 찾아다니다가 어느 순
간 병색이 도는 야윈 비단인어를 만나게 되면 앉은 자리에
서 보따리를 풀어헤친 뒤 솥뚜껑만 한 손아귀로 바다 내음

물씬 풍기는 곤소금을 한 움큼씩 떠 훌훌 뿌려주는 것이
다.

　호숫가 이 마을 저 마을을 훑고 다니는 안개는 명일이가
내뿜는 더운 입김이기도 하다. 깊은 상처로 앓아누운 누군
가의 약시시를 위해 느릿느릿 마을을 기어 다니며 위로의
입김을 후우후우 뿜어주는 것이다.

　지금도 호수 앞에 서면 사람 눈을 피해 쭈뼛쭈뼛 마을을
베돌다가 외진 호숫가 어딘가에 명일이가 쭈그리고 앉아 중
얼중얼 주문을 외는 소리가 들려오는 듯하다.

　　−인어야. 인어야. 별이 뜨는 눈, 달 같은 네 얼굴이 보고
　　싶어. 지느러미를 활짝 펴고 비단 비늘을 번득이는 네 모
　　습이 보고 싶어. 인어야. 인어야. 네 고향 그리 가고 싶거
　　든 꼬리에 힘을 모아 물 위로 펄쩍 솟구쳐 바다까지 잇
　　는 큰 무지개다리를 세워보렴.

　때론 인어가 나타나기를 바라는 명일이의 간절한 그 목
소리가 어딘가에서 바람에 실려 들려오는 듯하다.

　나는 그 목소리가 자주 그립다.

그해 나는 예금을 탈탈 털고도 은행에 예금 액수보다 더 많은 금액을 대출받아 원래 있던 자리에 열 대의 좌대를 재설치해 낚시영업을 재개했다. 수나롭게 일이 풀리면서 낚시터는 예전처럼 활기를 되찾았다. 하지만 어느 해부터인지 여름철만 되면 녹두죽처럼 곤죽이 된 녹조가 호수를 뒤덮기 시작했다. 녹조 발생의 원인을 둘러싸고 여기저기서 갑론을박 논쟁이 끊이지 않았으나 의암호수 곳곳에 들어선 수상 낚시터가 수질 악화의 주요 원인 중 하나라는 데는 이견이 없었다. 마침내 시에서는 수도권 상수원 수질 개선 차원에서 의암호수 곳곳에 들어섰던 좌대 낚시터들을 연차적으로 모두 철거한다는 계획을 발표했다. 몇 해 지나지 않아 나는 울며 겨자 먹기로 시에서 지급한 철거보상금을 수령하고 낚시터를 자진 폐쇄하기에 이르렀다.

　이제 의암호수에서는 더 이상 좌대 낚시터들을 찾아볼 수 없다. 호수 가장자리에 둥실 떠 있으면서 사철 주변 풍치를 돋구어 주던, 굳이 물속 세계의 싱싱한 고기를 낚아 올리는 짜릿한 손맛이 아니어도 일상에 지친 도시인들의 심신을 달래주던 의암호 좌대들은 흔적도 없이 사라졌다. 그 자리엔 비단인어를 불러내려는 듯 아침엔 돋을 볕이 화사하게 내려앉아 번득이고 저녁 무렵엔 선홍빛의 부신 노을이 수면을 한가득 채워놓곤 한다.

가끔 사람들은 거대한 윤슬이 호수 한가운데 나타나 수만 마리 나비 떼가 은빛 날개를 파닥이듯 영롱한 광채를 뿜어댈 때면 어디선가 비단인어가 수면 위로 펄쩍 뛰어오르기만을 기다린다. 운이 좋으면 의암호에서 먼 바다까지 잇는 큰 무지개가 서는 경이로운 장면을 지켜볼 수 있다고 믿고 있기 때문이다.

　젊어서 늘 산드러지고 우아하여 뭇 남정네들의 이목을 잡아끌었던 명일 엄마는 실종된 아들을 찾아 매일매일 의암호 둔치를 오르내렸다. 어느 날엔 댐 하류인 의암리에서 강촌과 당림리를 지나 가평까지 이어지는 강변길을 하염없이 거닐었고 어느 날엔 의암호 상류로 이어진 둔치를 넋 놓고 걸어 다니곤 했다. 홀로 몇 해를 그렇게 지냈다. 그녀는 끝내 아들을 만나지 못했고 유품 한 점 수습하지 못한 채 병을 얻어 몇 해 앓다가 쓸쓸히 세상을 떠났다.
　그녀의 집은 수풀로 우거진 폐가로 얼마간 방치되다가 몇 차례 주인이 바뀐 끝에 철거되었고 빈터로 남게 된 그 자리엔 어느 해부터인지 텃밭으로 변해 봄엔 감자가 여물고 가을엔 무와 배추가 자랐다.

● 참고 ●

- 「의암호에 유입되는 오염물질 관리를 위한 호소 수질 개선 방안」 황환민, 이건호, 김미연, 김동진, 김영관, 상하수도학회지 논문 25권 5호, 2011년 10월호, 780~790p.
- 『의암호의어류군집』, 2005년 한국어류학회지, 73~83p, 최재석 강원대학교 자연과학대학 생물학과 연구논문 참고

의암호엔 비단인어가 산다

초판 1쇄　2023년 09월 25일

지은이　안병규
발행인　김재홍
교정/교열　김혜린
디자인　박효은
마케팅　이연실

발행처　도서출판지식공감
등록번호　제2019-000164호
주소　서울특별시 영등포구 경인로82길 3-4 센터플러스 1117호 (문래동1가)
전화　02-3141-2700
팩스　02-322-3089
홈페이지　www.bookdaum.com
이메일　jisikwon@naver.com

가격　15,000원
ISBN　979-11-5622-816-5　03810

※이 도서는 춘천문화재단에서 후원한 창작지원금으로 제작되었습니다.